농담 반 진담 반

이남규 에세이

농담 반 진담 반

초판 1쇄 인쇄일_2015년 11월 27일
초판 1쇄 발행일_2015년 12월 05일

지은이_이남규
펴낸이_최길주

펴낸곳_도서출판 BG북갤러리
등록일자_2003년 11월 5일(제318-2003-00130호)
주소_서울시 영등포구 국회대로 72길 6 아크로폴리스 405호
전화_02)761-7005(代) | 팩스_02)761-7995
홈페이지_http://www.bookgallery.co.kr
E-mail_cgjpower@hanmail.net

ISBN 978-89-6495-087-6 03810

이 도서의 국립중앙도서관 출판시도서목록(CIP)은 e-CIP홈페이지(http://www.nl.go.kr/ecip)
와 국가자료공동목록시스템(http://www.nl.go.kr/kolisnet)에서 이용하실 수 있습니다.
(CIP제어번호 : CIP2015032180)

이남규 에세이

농담 반 진담 반

BIG 북갤러리

머리말

이제 그곳으로 돌아가 풀숲에 맺힌 이슬에 감동하며 살아보려고 합니다

이 책은 제가 지난 5년여 간 맡고 있던 업무 관련 직원들에게 매주 업무 연락 서두에 편지를 써서 보냈는데, 그 편지를 엮은 것입니다. 그중 일부는 모 지방신문에 기고도 했습니다. 편지라고는 하지만 칼럼형식과 에세이 형식이 혼합된 단편입니다. 내용은 그때그때 일상과 책, 신문, SNS에서 본 것을 소재로 제 느낌 등을 덧붙여 가볍게 썼습니다. 이제 와서 다시 읽어보니 그럴듯한 얘기도 좀 있고, 어떤 것은 너무 진부해서 내놓기가 살짝 부끄럽기도 합니다. 또 태생과 업무가 농촌과 농업 관련이라 이와 관련한 얘기도 있고, 직원들과 소통 목적으로 쓰다 보니 썰렁한 우스갯소리도 좀 썼습니다. 그래서 책 제목을 《농담(弄談, 農談) 반(半), 진담(眞談, 陳談) 반(半)》이라고 붙였습니다.

제가 책을 낸 것은 이번이 처음은 아닙니다. 7년 전 출판사를 하는 친구의 도움으로 180여 쪽짜리 조그만 책자 한 권을 냈습니다. 이름 하여 《개밥집 1호와 미싯가루의 전설》입니다. 주로 먹을거리와 관련된 내용을 에세이 형식으로 썼습니다. 그 당시는 일선 사무소장을 하는 기간이라 무척 바빴습니다. 그 책을 5백여 권 찍어 지인들에게 돌렸습니다. 몇몇 지인들로 부터 과하게 덕담(?)을 들었습니다. 그 소리에 제 자신 우쭐해서 다음번엔 제대로 된 책을 내리라 마음먹었습니다. 그나저나 생각은 생각일 뿐 미루고 허둥대다 보니 밀린 숙제하는 학생처럼 서둘렀습니다. 조금 더 미적거렸다면 이번 것도 '책'이라는 모습으로 나오기가 어려울 뻔했습니다.

이제 저는 34년여 동안의 직장생활을 마무리할 시간이 다가왔습니다. 어쩌면 요즘같이 어려운 '사오정'(45세 정년)시대에 '오륙도'(56세 퇴직하면 도둑)인지 모릅니다. 한편으로는 농사꾼의 아들로 태어나 그들을 위한 업무를 해 왔는데……. 우리의 농업·농촌은 자꾸 늙고 힘들어지고 있어 마음 한구석이 아립니다. 이제 저도 제 아버지가 그랬던 것처럼 그곳으로 돌아가 농사도 짓고 꽃도 가꾸고 풀숲에 맺힌 이슬에 감동하며 살아보려고 합니다. 그러면서 잘 될지는 모르겠지만 그곳의 풋풋한 이야기를 또 써보려고 합니다. 김춘수 시인의 표현대로 그때의 글 편들이 저에게로 와서 꽃이 되도록 하는 것이 제 야무진 소망입니다.

이 책이 나오기 까지 성원해 주신 동료직원, 친구, 지인 여러분 고맙습니다. 특히 엉성한 가장을 최고로 아는 사랑하는 아내와 딸, 아들에게 고마움을 전합니다. 또한 항상 노심초사 걱정을 해주시는 외로운 어머니, 장모님께 이 책을 드립니다. 출판하는 데 애써주신 〈북갤러리〉 최길주 사장님과 직원여러분께도 감사말씀 드립니다. 이 책을 읽어 주시는 모든 분들 행복이 넘쳐나길 기원합니다. 정말 농담이 아니라 진담입니다. ㅎㅎㅎ

2015년 12월 초 서울 충정로에서
이남규 씀

차례

제2장 잭슨목련과 신드버그 장미　　- 眞談 半

제3장 프렌디와 현금인출기　　- 弄談 半

제4장 맏며느리 열 받다   - 農談 半

제1장
똥피와 비광

談
陳半

아름다운 오해

어느 교육과정 특강에서 들었던 한 교수님의 주례사 관련 이야기가 떠올라 혼자 빙그레 웃게 됩니다. 그 교수님이 말씀하신 유명한 어느 주례선생님의 명 주례사는 "결혼은 아름다운(?) 오해에서 출발하여 참담한(?) 이해로 진행되는 과정이니……"로 시작한다는 거였습니다. 그러면서 결혼은 더 이상 핑크빛 꿈이 아닌 현실이라는 점을 강조하는 그런 주례사를 들려준다고 했습니다. 흔히 "부부간에 사랑하고, 부모에게 효도하고, 형제간에 우애하고……" 등 천편일률적인 주례사는 누가 모르겠습니까? 요즘 많은 연예인들의 결혼과 이혼이야기는 더 이상 화젯거리가 아닙니다. 너무 빨리 만나고 너무 빨리 헤어지는 풍토가 마치 인스턴트 음식 같습니다.

남편의 눈에 "아내는 어느 날 산행 길 바짓가랑이에 묻어 온 도꼬마리씨"로 임영조 시인은 표현하고 있습니다. 그의 시는 "서로가 서로에게 빚이 있다면 / 할부금 갚듯 정주고 사는 거지 뭐……"라고 마지막 구절을 맺고 있습니다. 시인 문정희는 그의 시 '남편'에서 "아버지도 아니고 오빠도 아닌 / 아버지와 오빠 사이의 촌수쯤 되는 남자……. 세상에서 제일 가깝고 제일 먼 남자"라고 노래하고 있습니다. 평생을 연애하듯 지내는 닭살부부도 있겠지만 많은 부부는 시간이 감에 따라 무덤덤해집니다. 어쩌면 이 두 시인의 눈에 비친 아내와 남편모습이 통상의 우리네 부부모습인지도 모릅니다.

부부는 닮는다고 합니다. 어느 학자가 연구한 결과 그 이유는 부부가 오래 살면서 같이 울고 같이 웃다 보면 얼굴근육이 움직이는 형태가 같아서라고 합니다. 심지어 요즘 다문화 가정이 많아졌지만 그들도 부부간엔 왠지 닮아 보입니다. 엊그제 5월 21일은 '부부의 날'이었습니다. 5월 21일을 '부부의 날'로 정한 것은 '가정의 달인 5월에 둘(2)이 하나(1)가 된다'는 뜻이 담겨져 있기 때문이라네요. 의미부여를 잘한 날인 것 같습니다.

철학자 사르트르는 "인생은 B(Birth : 태어남)와 D(Death : 죽음) 사이의 C(Choice : 선택)다"라고 말했답니다. 그러기에 사람은 눈을 감는 순간까지 수많은 선택을 하며 살아가는 것 같습니다. 결혼도 그 선택의 하나인 '사랑의 선택'일 것입니다. 그 선택이 아름다운 오해로 이루어졌든 아니든 간에 결혼식 이후에는 그 선택을 사랑해야 할 것입니다. 비록 참담한 이해의 연속이라 하더라도 말입니다. 왜냐하면 부부는 천생연분보다는 '둘이 하나가 되기 위한' 노력 여하에 따라 그 모습이 달라지기 때문입니다.   (2011. 5. 23.)

장생(長生) 리스크

지난주 통계청이 발표한 '2010년 인구주택 총 조사'에 따르면 우리나라 100세 이상 노인은 1,836명이라고 합니다. 이는 5년 전에 비해 무려 두 배나 늘어난 수치라고 합니다. 또 서울 등 대도시에서도 100세 이상 장수인이 많이 늘었다고 합니다. 이는 병원이 많고 친구도 많은 도시가 장수에 도움이 될 수 있음을 보여준 결과입니다. 유엔은 65세 이상 인구가 총인구에서 차지하는 비율이 7% 이상이면 '고령화사회', 14% 이상이면 '고령사회'라고 부릅니다. 또 그 비율이 20% 이상이면 '초 고령사회'라 합니다. 우리나라는 이미 65세 이상 노인인구가 전체 인구의 11.3%를 넘어 고령화사회에 접어들었습니다.

며칠 전 모 일간지에서 충격적인 기사를 읽었습니다. 평균수명 세계 1위의 장수대국 일본에서 죽은 후에 시신을 인수할 가족이 없는 무연사(無緣死)가 연간 3만 2천여 명에 달한다고 합니다. 더구나 장례식 없이 곧바로 화장하는 직장(直葬)이 크게 늘어 도쿄에서만 그 비율이 사망자의 30%나 된다는 겁니다. 우리나라도 1인 가구 비율이 전체 가구의 23%나 되며, 최근 가족 없이 홀로 생을 마감하는 '고독사'가 급증한다고 합니다. 또한 고령화사회가 되면서 '돈'에 대한 걱정이 많아졌습니다. 현 추세대로의 고령화가 지속된다면 우리나라도 2050년엔 노후 용돈의 원천인 국민연금이 바닥이 난다고 합니다. 걱정이 아닐 수 없습니다.

몇 년 전에 재테크 전문가인 강창희 미래에셋 퇴직연구소장의 강의를 들은 적이 있습니다. 그분의 강연에서 '장생(長生) 리스크'라는 신조어를 들었습니다. "우리가 교통사고를 당하거나 병이 들어서 평균수명보다 일찍 죽을지 모르는 위험에 대비하기 위해 생명보험에 드는 것처럼, '너무 오래 살게 될지도 모르는 리스크'에 대비하기 위하여 투자를 해야 한다"는 것이 그분의 지론이었습니다. 실제로 과거 40년 동안에 세계에서 평균수명이 가장 많이 늘어난 나라는 터키로 27년, 그 다음이 우리나라로 26년 늘어났다고 합니다. 이런 현상에서 보면 노후 생활자금 부족, 할 일도 없고 말벗 등 친구와 가족이 없을 수 있는 '장생 리스크'는 분명 존재합니다.

어느 의사선생님의 강좌에서 노후를 잘 보내는 비법을 다섯 가지로 요약하여 이야기하는 것을 들은 적이 있습니다. 그분의 말씀은 평소에 1건(健) - 2처(妻) - 3재(財) - 4우(友) - 5취(趣)를 실천하라는 겁니다. 풀어 보면 건강이 제일이고, 배우자와 잘 지내는 것이 두 번째며, 노후생활자금과 친구 확보가 각각 세 번째와 네 번째, 마지막으로 즐길 수 있는 취미가 있어야 한다는 겁니다. '장생 리스크'를 해결하는 최선의 방법이 이런 평범한 것의 실천이라고 생각합니다. 최근 미국 프로야구 메이저리그 플로리다 말린스 구단은 81세의 '잭 맥키언'이라는 감독을 선임했습니다. 그는 기자회견에서 95세까지 감독을 하겠다고 공언했습니다. 그를 보며 노후를 어떻게 보낼까를 생각해 봅니다. (2011. 6. 27.)

삼식이놈과 젖은 낙엽

지난주 모 농협 전무님의 퇴임식을 다녀왔습니다. 그분에게 퇴임하시는 심정을 물으니 "시원섭섭"이라 표현하더군요. 매일 매일의 스트레스와 직장과 가족을 지켜야 한다는 무거운 짐을 내려놓는다는 해방감은 시원하기조차 할 겁니다. 한편 홍안의 청춘에서 시작한 직장생활에 정이 들대로 들어 하루아침에 그만둔다면 섭섭하기도 할 겁니다. 하여튼 무려 30년 이상을 한 직장에서 몸담다가 정년퇴직한다는 것은 실로 대단한 일이며, 축하할 만한 일입니다. 그러나 이렇게 축하할 만한 일인데도 정년보장이 안 되는 소위 '사오정(45세가 정년)' 시대인 요즘에는 정년퇴직이 '오륙도'(56세 이상에서 퇴직하면 도둑)인 것 같아 안타깝습니다.

우스갯소리로 퇴직 후에 집에서 밥 먹는 횟수에 따라 남편의 형태를 '영식씨', '두식이', '삼식이놈'으로 분류한답니다. 즉, 하루 한 끼도 안 먹을 정도로 바쁘면 '~씨'가 붙고, 하루 세 끼 꼬박 집에서 먹으면 '~놈' 신세가 되는 겁니다. 일본에서는 퇴직 이후 집에서 빈둥거리는 남편들을 '누레오찌바(ぬれ落ち葉)', 즉 우리말로는 '젖은 낙엽'이라고 부른답니다. 구두나 몸에 붙으면 쉽게 떨어지지 않는 젖은 낙엽처럼 퇴직 후 하루 종일 집에 있으면서 시시콜콜 잔소리를 해대는 남편을 빗대서 한 말입니다. 퇴직 후의 삶을 시간 때우기 식의 '여생(餘生)'으로 생각한다면 자칫 '삼식이놈'이나 '젖은 낙엽'이 될 수 있을 겁니다.

'퇴직'이라는 용어를 영어로 '리타이어(Retire)'라고 합니다. 이 리타이어 (Retire)를 풀어보면 '바퀴(Tire)를 갈아 낀다(Re-)'라는 뜻이랍니다. 요즘엔 퇴직 후의 삶을 '인생 이모작'이라 표현하더군요. 어찌 보면 평균수명을 산다 해도 정년퇴직 후 약 30년 가까운 많은 시간이므로 '인생 이모작'이란 표현 이 맞겠지요. 연륜이 묻어나는 이모작은 가족과 직장을 책임져야 했던 일모 작 때보다는 여유가 있을 겁니다. 어떤 분들은 아직 직장생활이 많이 남았는 데도 이모작 준비를 시작하시고 계시더군요. 이런 분들을 '십장생'이라고 한 답니다. 즉, '십대부터 장래를 생각하는 사람'이란 뜻이라고 합니다.

흔히들 '인생 이모작' 준비는 '돈이 최고'라고 생각할지도 모릅니다. 그러 나 돈이 전부는 아닌 것 같습니다. 톰 래스와 짐 하터 박사가 미 갤럽연구소 의 50년에 걸친 행복연구 결과를 《웰빙파인더》라는 책으로 엮어 냈는데, 그 책의 서문에서 의미 있는 지적을 하였습니다. 즉, 사람들이 자신의 인생을 평 가할 때 종종 돈과 건강에 너무 많은 비중을 둔다는 점이랍니다. 왜냐하면 갤럽의 연구 결과에서 밝혀진 웰빙을 좌우하는 테마는 돈, 건강 외에 직업, 인간관계, 지역참여도 등도 골고루 갖추어야 한다는 겁니다. 따라서 현재의 일에 몰두하기, 친구와 직장동료들과의 좋은 관계 유지하기, 지역사회에 잘하 기 등도 돈과 건강 못지않게 '인생 일모작'은 물론 '이모작'에도 대비하는 일 인 것 같습니다. (2011. 7. 4.)

맥주 맛있게 먹는 비법

노무현 전 대통령이 영국에 가서 김치냉장고에 맥주를 넣었다가 먹으면 맛이 있다고 해서 화제가 된 적이 있었답니다. 그래서 실제 맥주를 넣었다가 먹으니 그 맛이 일품이더랍니다. 이는 이광재 전 강원도지사가 자신의 저서 《이광재 독서록》에 쓴 내용입니다. 요즘엔 쌀이나 과일도 김치냉장고를 이용하는 사람이 많아졌습니다. 1995년 국내 처음 등장한 김치냉장고는 2000년대 초반에 폭발적인 인기를 끌었습니다. 당시 주부들 사이에선 김치냉장고를 구입하기 위해 '딤채계'가 유행하기도 했었습니다. 김치냉장고 보급률은 2009년 말 81%라고 합니다. 1인 가구 등을 감안한다면 거의 전가구가 보유하고 있다고 봐야 할 것 같습니다.

우리 일상생활의 필수품이 된 냉장고가 발명된 건 불과 150여 년 전의 일입니다. 1862년 인쇄공이었던 스코틀랜드의 제임스 해리슨이란 사람에 의해 만들어졌다고 합니다. 그는 인쇄소에서 기름때를 씻는 데 쓰는 '에테르'라는 액체가 증발하면서 손이 아주 시리다는 걸 발견하고, 이것을 이용해 냉장고를 만들었던 것입니다. 우리나라에서 김치냉장고를 처음으로 개발한 업체는 '만도위니아'입니다. 만도위니아 연구소는 김치냉장고를 개발하기 위해 무려 100만 포기의 김치를 담가보았다고 합니다. 또한 김치가 숙성하는 최적의 온도와 조건을 알아내기 위하여 김장철 땅속 온도를 체크하고 질 그릇 김장독을 연구하여 맛의 원리를 알아냈다고 합니다.

냉장고의 등장은 전 세계 인류의 식생활 방식을 바꿔놓은 혁명적인 일이라 할 수 있습니다. 모 석유화학회사 대표가 쓴 에세이를 읽은 적이 있는데, 그는 인간수명 연장에 가장 크게 기여한 요인으로 의료기술 향상, 생활환경 개선 등도 있겠지만 냉장고라고 주장합니다. 냉장고가 보급됨으로써 위생적인 식품보관으로 안전한 식생활이 이루어졌다는 논리입니다. 냉장고가 혁명가였다면 김치냉장고의 탄생은 대한민국 부엌의 고민 해결사 같은 존재라 할 수 있습니다. 김치는 김장독에 담아 묻어야 제 맛인데 아파트 중심의 주거형태에 있어서 김장독 묻기란 우물에서 숭늉 찾기와 같은 일입니다.

대부분의 사람들이 냉장고가 식품의 안전지대라고 믿고 있습니다. 그러나 마냥 믿을 건 못됩니다. 지난 4월 소비자단체와 식약청이 서울시내 50가구를 무작위로 뽑아 냉장고 오염도를 검사한 결과, 전체의 86%인 43가구의 냉장보관식품에서 1그램당 최고 6만 8천 마리의 세균이 검출됐다고 합니다. 또 몇 개의 식품에서 '황색포도상구균'이란 식중독균도 별견됐다고 합니다. 냉장고 폐해를 방지하고자 이탈리아에선 냉장고 없는 식당을 운영하는 곳도 있답니다. 그 식당은 제철 식재료를 그날그날 장봐서 준비한 만큼만 음식을 낸다고 합니다. 어떤 분들은 김치냉장고가 보급되고 나서 신 김치로 만든 김치찌개 등을 먹을 기회가 많이 줄었다고 합니다. 이젠 노무현 전 대통령처럼 김치냉장고에 맥주나 넣었다 먹는 것으로 위안을 삼아야 할 것 같습니다.

(2011. 10. 17.)

세상에서 가장 아름다운 말

새해 덕담인사를 한 것이 엊그제 같은데 올해도 한 달이 후딱 지나 어느덧 2월입니다. 1월의 마지막 날인 어제 오후엔 함박눈이 펑펑 내렸습니다. 사무실 창가로 내다본 도심의 풍경이 겨울다움의 정취를 자아냅니다. 인왕산 능선풍경이 면사포를 쓰고 있는 수줍은 신부모습 같기도 하고 고색창연한 산수화 같기도 합니다. 그러나 출근길 얼굴을 스치는 찬바람은 절로 종종걸음을 치게 합니다. 특히 당분간은 강추위가 이어진다는 예보이고 보면 "입춘추위가 김장독을 깬다!"는 말이 옛말이 아닌 것 같습니다. 더군다나 사업구조 개편, 인사 등을 앞두고 가뜩이나 시린 우리의 마음을 더욱 움츠러들게 만듭니다.

많은 사람들이 이때쯤이면 새해에 세웠던 야심찬 계획을 되뇌며 '작심3일'이 된 것을 느끼게 됩니다. 특히 금연, 다이어트, 운동계획은 한 이틀 정도 했다가 중단한 분도 계실 겁니다. 언뜻 시험 날 아침 늦잠 잔 기분처럼 허전합니다. 저도 계획했던 일이 세 가지쯤 되는데 그중 한 가지만 겨우 연명하고 있습니다. 굳이 마음의 위로를 삼는다면 지난 한 달은 업무든 가정사든 작년도 마무리를 위한 달이기도 했습니다. 또한 설 명절 연휴에다가 승진고시, 승진인사 등도 있어서 분주하기도 했거니와 아쉽고 서운한 마음에 계획했던 것이 제대로 지켜지지 않은 부분이 많았을 겁니다.

오늘 아침 월례조회 시 외부특강이 있었습니다. 강사는 세계 최초로 8천 미터급 히말라야 16좌 등정에 성공한 산악인 엄홍길 씨였습니다. 자신이 선택한 삶에서 무수한 장애물을 넘어 마침내 처음 목표했던 것을 그는 이루어 냈습니다. 38번의 도전 끝에 18번을 실패하고 20번 성공했다고 했습니다. 특히 그 과정에서 동료산악인 10명을 히말라야에서 잃었습니다. 동상 걸린 엄지와 검지발가락을 절단하기도 했습니다. 생과 사의 경계를 넘나든 불굴의 도전정신에 감명을 받았습니다. 그는 '도전'이란 단어가 세상에서 가장 아름다운 말이라고 했습니다.

새해 계획 실천, 아직 늦지 않은 것 같습니다. 다시 시작하면 되니까요. 더군다나 본격적인 한 해의 시작을 알리는 입춘이 아직 3일이나 남아있습니다. 오늘 아침 엄홍길 대장이 말했던 것처럼 포기하지 않고 미지와 불가능에 대한 도전정신을 본받고 싶습니다. 저도 다시 '작심3일'이 될지라도 지난 한 달 실천 못했던 두 가지를 다시 시작하려 합니다. 이제 제아무리 엄동설한 추위라지만 봄이 온다는 절기인 입춘이 이번 주말이고 보면 쫓기는 형상일 겁니다. 오는 입춘 때는 '입춘대길 건양다경'(立春大吉 建陽多慶 : 입춘이 오니 크게 길할 것이요, 따스한 기운이 도니 경사가 많으리라)이라는 입춘첩(立春帖)을 아파트 현관에라도 크게 써 붙였으면 하는 마음이 절로 듭니다.

(2012. 2. 1.)

소통은 여자의 마음

한 친구가 '카카오톡'으로 유튜브 동영상 하나를 보내놓고 꼭 보라는 겁니다. 내용을 봤더니 최근 모 방송에서 인기리에 방송된 '세상을 바꾸는 시간 15분 : 약칭 세바시' 강의 중 하나였습니다. 서울여대 김창옥 교수의 '소통은 여자의 마음과 같다'라는 주제의 강의였는데 매우 재미있고 인상 깊은 강의였습니다. 그는 15분 짧은 강의에서 우리에게 많은 질문과 고민거리를 던져줍니다. 주로 소통을 위해 우리가 해야 할 일은 어떤 것이 있을까에 대한 물음과 해답입니다. 결론은 간단했습니다. 조금만 더 상대방을 위해 배려하고자 하는 노력과 생각 그리고 이를 실천하기 위한 꾸준함이 있어야 한다는 거였습니다. 특히 그는 남편들의 아내에 대한 배려를 예화로 들었습니다.

지난주 영국 일간신문 〈가디언〉은 최근 영어권에서 화제가 되고 있는 책 《죽을 때 가장 후회하는 다섯 가지》를 소개했습니다. 이 책은 오스트레일리아에서 말기환자들을 돌봤던 간호사 브로니웨어가 블로그에 올렸던 글을 모아 펴낸 책이라고 합니다. 그 다섯 가지 중 세 가지 정도가 주변 사람과의 소통과 관련한 내용이었습니다. 즉, '일 좀 덜 할걸', '화 좀 덜 낼걸', '친구들 챙길걸' 하는 후회라고 합니다. 모든 남성들이 회사에서 쳇바퀴 돌듯이 일하느라 아이들과 배우자와의 친밀감을 놓친 것을 깊이 후회하고 있었다고 합니다. 또 사람들과 솔직한 감정을 표현하지 못해 쌓인 냉소와 분노가 '병'을 만들었다고 여겼으며, 임종 직전에야 '오랜 친구'의 소중함을 깨닫고는 했다고 합니다.

지금은 말 그대로 SNS(소셜네트워크서비스)시대입니다. 우리나라도 소셜 친구 1백만 명이 넘는 인기인들이 있는가 하면 일부 정치인들도 몇 십만 명의 소셜 친구를 갖고 있기도 합니다. 버락 오바마 미국 대통령의 소셜 친구는 무려 3천만 명이라고 합니다. 우리나라도 소셜 미디어를 이용한 인터넷 선거운 동이 가능해져 정치권이 비상이 걸렸습니다. 이렇듯 SNS 없이는 단 하루도 살기 어려울 것 같은 시대에 살고 있습니다. 그렇지만 이상하게 소통은 더 안 되는 경우가 많아졌습니다. 최근 미국에서 20대의 한 청년이 90일 동안 트위터와 페이스북은 물론 휴대전화와 이메일까지 사용하지 않은 이색적인 실험을 했습니다. 그 결과 사람들을 연결시켜 주는 SNS에서 벗어나자 오히려 로맨틱한 행동을 하게 되는 등 사람들과 더 깊은 관계를 맺게 됐다고 합니다.

요즈음 우리 조직은 인사이동 등으로 낯설고 어색한 때인 것 같습니다. 특히 사업추진에 있어서도 계통 간 관계나 고객과의 관계가 중요한 시기인 것 같습니다. 또 가정에서도 가족구성원이 입학, 취직, 인사 등으로 가족과 떨어져야 할 경우가 생기는 시점입니다. 가족과 떨어져 있으면 자칫 우울해질 수도 있습니다. 이런 때일수록 조금 더 상대방을 배려하는 소통 노력이 필요한 것 같습니다. 김창옥 교수 말대로 저도 이제부턴 손발이 오그라드는(?) 일이 있더라도 집사람과 소통을 좀 더 해야겠다는 생각을 해 봅니다. 명품 핸드백은 못 사주더라도 카톡에 하트그림이라도 넣으면서……. (2012. 2. 7.)

잊혀진 여자

프랑스의 화가이면서 시인이었던 마리 로랑생의 시 '잊혀진 여자'라는 시는 어디에선가 한 번쯤은 읽어 보셨을 겁니다. "권태로운 여자보다 / 불쌍한 여자는 / 슬픈 여자……" 등으로 시작한 시는 "~ 죽은 여자보다 / 더 불쌍한 여자는 / 잊혀진 여자 / 잊혀진다는 건 / 가장 슬픈 일"이라고 끝을 맺고 있습니다. 이 시는 당대의 아름다운 시인이었던 그녀의 애인 기욤 아폴리네르가 종군을 하고 있을 때 바르셀로나에 머물면서 쓴 시라고 합니다. 아마 그녀가 연인으로부터 잊혀진 후 가슴 아린 그녀의 심정을 풀어 쓴 시가 아닌가 생각해 봅니다.

요즈음 새로운 용어 중에 '잊혀질 권리(right to be forgotten)'란 말이 있습니다. 이는 개인이 온라인 사이트에 올라가 있는 자신과 관련된 각종 정보의 삭제를 요구할 수 있는 권리를 뜻한다고 합니다. 지난 1월 유럽연합(EU)에서 이를 제도화하면서 이슈화되고 있고, 우리도 도입해야 한다는 여론이 높아 가고 있습니다. 스마트폰과 SNS의 확산에 따라 정보의 과잉이 심각한 사회문제가 되기 시작했습니다. 특히 연예인 자살사건 등은 온라인상에서 연예인들의 신상 털기가 무차별적으로 확산되어 일어난 경우가 많습니다. 최근에는 유명인뿐 아니라 평범한 사람들도 신상 털기의 피해자가 되기도 합니다. 이쯤 되면 잊혀지는 것도 문제지만 잊혀지지 않는 것도 문제입니다.

지난해 어느 신문에선가 100세를 넘어 해로한 중국인 부부를 인터뷰한 기사를 읽은 적이 있습니다. 장수비결을 묻는 질문에 그 부부는 "특별한 건 없고 다만, 손해 볼 줄 알고, 마음에 내키지 않는 일은 잊어버리는 것이 중요하다"라고 말했습니다. 복잡한 시대를 사는 현대인들이 꼭 음미해야 할 내용이 아닌가 생각해 봅니다. 그렇지만 지난날의 좋은 추억을 간직하는 것도 잊는 것 못지않게 중요하다고 생각합니다. 어느 특강 자리에서 강사께서 "뒷모습이 아름다운 사람, 떠나간 후에 그리워하는 사람이 됩시다"라고 한 말이 생각납니다. 그 말의 여운이 자꾸 되뇌어지는 건 요즘 만나고 헤어지는 모습이 너무 가볍다는 생각 때문인지도 모르겠습니다.

오늘은 소위 남자가 여자에게 사랑의 선물을 준다는 화이트데이(White Day)라고 합니다. 화이트데이도 밸런타인데이처럼 마시멜로나 비스킷 판매량을 늘리기 위해 고심하던 일본 제과업체의 마케팅이 낳은 결과로 알려져 있습니다. 연유야 어떻든 젊은이들 사이에선 이젠 정형화된 기념일이 되었습니다. 우리 농협에선 오늘 화이트데이에 사탕 대신 우리 고유 음식인 '백설기 떡'을 주고받는 '백설기데이' 행사를 연다고 합니다. 한국 전래의 시루떡인 백설기는 예로부터 아기의 백일, 돌 등에는 순백색처럼 순수하고 무구하기를 기원하면서 반드시 만들어 주던 떡이었습니다. 앞으론 아예 3월 14일은 화이트데이가 아닌 '백설기데이'가 되어 남성들의 순진무구한 사랑이 전달되어서 '잊혀진 여자가 없는 날이 되었으면 합니다.   (2012. 3. 14.)

철부지, 꽃놀이 가다

지난 주말 제가 사는 봄의 도시 춘천에는 봄을 시샘하는 봄눈이 내렸습니다. 아침에 일어나 보니 도시를 둘러싼 인근 산의 설경이 어느 잡지의 사진에서 본 듯한 이국적인 모습이었습니다. 나름 정취가 있겠다 싶어 운동 삼아 춘천 도심을 에워싼 의암호 변을 산책하였습니다. 옷깃을 파고드는 바람이 꽤나 추워 몸을 웅크렸습니다. 호수 위를 부지런히 오가며 자맥질을 하는 청둥오리들이 추워보였습니다. 집사람은 베란다 창문을 열고 내놨던 화분이 얼었을까 노심초사입니다. 다행히 꽃망울을 머금은 화분은 무사했습니다. "그러면 그렇지! 봄은 봄인데!" 하며 안도하는 집사람의 중얼거림이 귓전에 지나갑니다. 시내에 남아있던 그 봄눈은 낮이 되자 말 그대로 '봄눈 녹듯' 사라졌습니다.

지난주 목요일 아침에 기회가 되어 모 호텔에서 열린 조찬 강연을 들은 적이 있습니다. 연사로 나선 조용헌 칼럼니스트로부터 우리가 흔히 쓰는 '철부지'란 용어의 정확한 뜻을 알았습니다. 철부지란 '철(節氣)을 모르는(不知) 사람 또는 현상'이란 뜻이라고 합니다. 그러고 보니 지난 주말 내렸던 봄을 시샘하는 봄눈이 철부지입니다. 어디 그뿐입니까? 먹을거리의 탈 계절현상은 이젠 일상화되었습니다. 한겨울에 여름과일이 마트에 즐비하게 진열판매되는 등 거의 모든 식품이 계절을 잊은 지 오래입니다. 그런가 하면 요즘에는 한겨울에도 수영복, 샌들 판매량이 여름철인 7, 8월 매출량에 육박한다고 합니다.

이유는 한겨울에 따뜻한 곳으로의 해외여행이 늘었기 때문이랍니다.

누군가 봄은 거리를 활보하는 젊은 여성들의 종아리에서 온다고 합니다. 그러나 저는 제철음식의 향취에서 오는 게 아닌가 생각합니다. 구수한 냉이 된장국을 비롯해 물 오른 주꾸미의 졸깃하고 싱싱한 맛, 달콤 쌉싸름한 미나리의 향취 등이 봄의 전령인 것 같습니다. 때마침 어제부터 서울에서 열리는 '핵 안보 정상회의'에 참석한 각국 정상에게 제공되는 오찬과 만찬의 콘셉트는 '한국의 봄'이라고 합니다. 즉, 대표적 한식 메뉴인 봄나물 비빔밥을 비롯한 꽃게, 한우 등 전국 팔도의 제철 유기농 식자재를 곁들여 한국의 봄 정취를 물씬 느낄 수 있는 메뉴가 제공된답니다.

벌써 제주도 남단에는 유채꽃 등 꽃소식이 들립니다. 꽃소식은 남녀노소를 불문하고 마음을 부풀어 오르게 합니다. 그래서인지 '봄'을 뜻하는 영어 표현이 '스프링(Spring)'인지도 모르겠습니다. 다음 주가 되면 본격적인 꽃소식이 들릴 테지요. 선거철을 맞아 시끄러운 정치 얘기는 잠시 뒤로 하고 화사한 봄꽃에 마음을 맡겨 보는 것도 나름 괜찮겠다는 생각이 듭니다. 패션계의 전망에 의하면 올 봄에는 알록달록한 컬러바지가 유행을 할 거라고 합니다. 경기불황에서 '옛것'에 대한 그리움이 70~80년대 컬러바지 부활로 이어졌다는 분석입니다. 내친김에 저도 금년엔 산뜻한 컬러바지 입고 집사람 데리고 봄꽃구경 한 번 할까 생각해 봅니다. 지천명(知天命)을 넘긴 나이에 생각하는 게 꼭 '철부지' 같은지는 모르지만……. (2012. 3. 27.)

크라바트

"**대**남이 / 대남이 / 그 머리를 풀어 헤쳐 / 화이트칼라의 목을 죄고 있다."
이는 어느 시인이 넥타이를 소재로 쓴 시입니다. 오래 전에 읽은 시라서 시인
이 누구인지 제목이 넥타이가 맞는지 모릅니다. 그러나 그 내용이 간결하고
상징성 있는 시라서 지금까지도 기억하고 있습니다. 넥타이는 프랑스에서 크
로아티아의 군인들이 루이14세에게 잘 보이기 위해 앞가슴에 '크라바트'라는
장방형 천을 매고 행진한 데서 유래하였다고 합니다. 그러고 보니 매일을 전
쟁하다시피 일을 하는 화이트칼라들을 일명 '넥타이부대'라고 명명한 것은
꽤 그럴듯한 표현 같습니다.

언젠가 노동부에서 펴낸 혁신사례집엔 권위주의적인 내부문화 청산을 위
해 장관과 호프를 마시며 격의 없는 토론을 하는 '노(No)-넥타이 간담회'라
는 것이 있었습니다. 또 어느 벤처사업가는 우리나라가 벤처사업이 잘 안 되
는 것은 여러 가지가 있겠지만 똑같은 교복을 입혀 놓고 획일적으로 진행되는
암기교육이 그 원인이라고 주장합니다. 즉, 이러한 학생들은 커서도 반듯하게
넥타이로 목을 졸라매야 하는 사회관습으로는 창의성이 길러지지 못한다는
겁니다. 베트남에서는 속박하는 의미인 스카프나 넥타이를 선물로 받으면 불
행이 올 것이라고 믿는 사람들도 있다고 합니다.

넥타이는 우리의 목을 매는 장식품이라서 그런지 몰라도 수년간을 거의

매일 매지만 불편합니다. 또한 출근할 때 넥타이를 매노라면 순간 긴장감이 도는 것을 많이 느끼게 됩니다. 넥타이를 매는 순간 마치 군복 입은 군인 같기도 하고, 선을 보러 나가는 예비신랑의 마음 같기도 합니다. 요즈음은 넥타이 색깔에서도 그 사람의 마음을 담는 경우가 많아졌습니다. 지난 4월 총선 선거운동기간동안 후보자들을 보면 거의 빨간 넥타이를 맨 이들이 많고, 방송토론회에 출연한 후보자들도 거의 빨간 넥타이를 매고 있는 장면을 목격했습니다. '경기가 어려울수록 분홍색 넥타이 판매는 증가한다'는 것이 패션계의 시각이고 보면 뭔가 넥타이 색깔이 유권자들에게 강한 영향이 있지 않나 하는 생각도 듭니다.

요즘 때 이른 더운 날씨 때문에 전력을 관리하는 당국에 비상이 걸렸습니다. 지금 추세대로 가다간 올 여름 전력피크 때 전력예비율이 2% 미만으로 떨어질 거라는 걱정입니다. 그래서 지난주 국무총리를 비롯한 관계 장관들이 넥타이를 풀고 전력수급비상대책을 발표했습니다. 대책의 요지는 공공기관은 냉방온도를 28도로, 기타 다중시설은 26도로 제한하며 '넥타이 안 매기 운동' 등도 벌인다는 겁니다. 우리 농협도 어제부터 하계복장 착용에 맞추어 남자직원들은 넥타이를 풀었습니다. 넥타이 푸는 것은 좋지만 실내온도가 높아 이래저래 올 여름은 덥게 지낼 것 같습니다. 그리고 보면 넥타이부대인 우리들은 넥타이를 맬 때나 풀 때나 스트레스받기는 매 한가지인 것 같습니다.

(2012. 5. 22.)

샐러리맨 행복론

소금(Salt)이란 단어의 어원은 라틴어의 봉급(Salary)을 의미하는 단어 살라리움(Salarium)에서 나왔다고 합니다. 이는 고대 로마시대에 소금의 가치는 대단해서 군인들의 봉급을 소금으로 지불한 데서 연유합니다. 그래서 오늘날까지도 봉급생활자를 샐러리맨(Salary man)이라고 합니다. 그 유래 때문인지는 몰라도 봉급생활자의 생활은 항상 소금처럼 짠돌이 노릇을 해야 버티게 되어 있는지도 모르겠습니다.

지난주 대한상공회의소는 재미있는 조사 결과를 발표하였습니다. 즉, 최근에 '물가상승에 따른 소비자 행동 변화'를 조사했는데 소금을 뜻하는 'S·A·L·T'형 소비행태를 보인다고 발표한 겁니다. 즉, 'SALT형' 소비란 세일 이용(Sale), 소량 구매(a Little), 저가 선호(Low price), 브랜드 전환 (Transfer – 높아진 가격 때문에 애용하던 브랜드까지 바꾸는 것)을 뜻하는 영어의 앞 글자 조합을 뜻합니다. 한마디로 많은 소비자가 짠돌이가 돼 간다는 얘기입니다. 이 같은 행태는 일종의 증후군형태로도 나타난다고 합니다. 이를테면 경기가 좋지 않기 때문에 더더욱 저렴한 소비를 통해 절약을 해야 한다는 일종의 강박관념을 충족시키는 것을 말합니다. 이러한 현상을 《완벽한 가격》의 저자 엘렌러펠 셸은 '싸구려 스릴(Cheap thrill)'이라고 표현했습니다.

지난 주말 모 TV방송에서 방영한 '식탁위의 백색공포 소금'이라는 제목의 다큐멘터리를 시청하였습니다. 그 프로그램에서 '한국인들이 얼마나 짜게 먹을까?'라는 거리실험을 했는데, 소변으로 배출된 나트륨의 량을 소금으로 환산해보니 하루 평균 13g으로 나왔습니다. 이는 세계보건기구의 권장량인 하루 5g의 3배 가까운 수치입니다. 소금은 우리 몸의 수분을 조절하는 중요한 미네랄이자 신진대사를 주도하는 물질이라고 합니다. 따라서 없으면 하루도 살 수 없습니다. 그렇지만 소금을 장기간 많이 섭취할 경우 고혈압, 당뇨병, 심장질환, 뇌혈관질환 등 만성질환에 걸릴 위험이 엄청 높아진다고 하니 걱정입니다. 식약청은 현재 13g인 소금 1일 섭취량을 7.5g으로 낮추면 연간 3조 원의 의료비용을 절감할 수 있을 것으로 분석했습니다.

작년 이맘때는 일본 원전사태가 발생하자 이웃 중국을 비롯하여 우리나라 소비자들도 소금사재기 열풍이 있었습니다. 결과는 안전을 염려한 버블이었습니다. 경제에서 볼 때 황금(돈)과 소금은 공통점이 있습니다. 왜냐하면 둘의 원천은 화폐였기 때문입니다. 고대 소금의 주산지는 이탈리아, 그리스, 스페인이었다고 합니다. 이들 나라는 어김없이 교역의 중심지가 됐으며 선진국이 됐습니다. 아이러니하게도 지금 이 나라들은 재정위기로 휘청거리고 있습니다. 요즘 우리나라 최고의 갑부인 모 그룹 일가의 재산상속을 둘러싼 법정다툼 이야기가 뉴스에 오르내립니다. 소금도 과다 섭취하면 문제지만 돈도 너무 많으면 문제가 되는 것 같습니다. 그러고 보면 항상 부족하고 짠돌이 소비를 하는 평범한 샐러리맨이 행복한 것 같습니다. 저 혼자만의 생각인가요?

(2012. 4. 3.)

악마의 선물

요즘 '119'가 뜨고 있습니다. 아시다시피 우리 '농신보'(농림수산업자신용보증기금)는 지난 8월 초부터 '출동-119 운동'을 벌이고 있습니다. 1일 1개소 이상 금융기관 방문, 직원별 1일 1개소 이상 마케팅 대상 발굴 및 센터당 매주 9억 원 이상 순신규보증 지원을 위한 마케팅 프로모션입니다. 그런데 최근 삼성전자에서도 '119 운동'을 벌이고 있다고 합니다. 삼성에서 벌이고 있는 119운동은 '1가지 술로 1차에서 끝내고 오후 9시 이전 귀가하자'는 절주 캠페인이라고 합니다. 그런가 하면 요즘 대선을 앞두고 헌법 119조 ②항이 화두입니다. 이 조항엔 경제 불균형으로 위기에 처한 국민경제의 경제민주화를 규정한 내용이 들어 있습니다.

탈무드에 나오는 술의 기원에 관한 이야기가 의미있습니다. 최초의 인간이 포도나무를 키우고 있을 때 악마가 찾아와 물었습니다. "이것은 처음 보는 식물인걸." 그래서 인간은 악마에게 설명했습니다. "이 식물에는 아주 달콤한 열매가 열리는데, 이 열매가 익은 다음 그 즙을 마시면 아주 행복해진다네." 그러자 악마는 인간에게 자기와 동업하게 해 달라고 애원했습니다. 그리고 양과 사자와 원숭이와 돼지를 데리고 와서, 그것들을 죽여 그 피를 그 식물의 거름으로 썼습니다. 술은 이렇게 해서 생겨났다고 합니다. 이 때문에 술을 처음 마실 때에는 양처럼 온순하지만, 더 마시면 사자처럼 사나워지고, 조금 더 마시면 원숭이처럼 노래하거나 춤을 추며, 더 많이 마시면 돼지처럼 추해져 토하고 뒹군다고 합니다. 결국 술은 악마가 인간에게 준 선물인 셈입니다.

지난해 7월 국세청의 발표에 의하면 2010년 한 해 동안 우리나라 성인들은 소주 67병, 맥주 101병 등 1인당 188병의 술을 마셨다고 합니다. 세계보건기구가 정한 하루 적정 음주량은 남자는 40g(소주 5잔), 여자는 20g(소주 2.5잔)입니다. 그런데 작년 12월 식약청 설문조사 결과 우리나라 국민 10명 중 4명은 1주일에 한 번 이상 과음하는 것으로 조사됐다고 합니다. 이는 세계 평균 11%보다 월등히 많습니다. 이 결과 2010년 음주로 인해 발생한 우리나라 알코올중독자는 10만 명에 이르고 이들을 진료하는 데만 건강보험료 2,700억 원을 썼다고 합니다. 이쯤 되면 술이 악마의 선물이란 말이 명백합니다.

다혈질 체질이 많기로 유명한 멕시코에선 특이한 제도가 있습니다. 바로 선거 때 '금주령'이 내려집니다. 이에 따라 지난 7월 1일 멕시코 대선 때 선거 전후 48시간 동안 '금주령'이 내려졌습니다. 이 조치는 20세기 초 멕시코 혁명과정에서 만든 금주법에 따라 이루어진다고 합니다. 우리나라도 금주법이 만들어질 전망입니다. 지난주 보건복지부는 공공장소에서 음주 및 주류 판매를 제한하고, 대중매체 술 광고를 더욱 어렵게 만드는 방안들이 담긴 건강증진법 개정안을 입법예고했습니다. 말하자면 이 법안은 국민들의 건강과 안전을 구하기 위한 준금주법인 셈입니다. 오늘부터 한 가지 술로 1차에서 끝내고 9시 전에 귀가합시다. 그러면 술은 천사의 선물이 될지도 모릅니다.

(2012. 9. 12.)

그게 바로 너지?

지난 10월 27일 신용분석사 시험 날 시험장소인 모 여고에 갔었습니다. 제가 갔던 교실은 아마 3학년 교실인 것 같았습니다. 책상에 앉아 전면 칠판 위를 보다가 그 교실의 급훈을 보고 빙그레 웃었습니다. 그 교실의 급훈은 "우리는 재수(再修) 없다"였습니다. 언뜻 그 반 담임선생님이 새삼 멋지고 재미있는 분일 거라는 생각을 했습니다. 왜냐하면 추상적이 아닌 명확한 행동강령을 정한 것이 그 이유입니다. 또한 소리 나는 대로 읽었을 경우 재미있는 오해(?)를 일으키는 문구라서 더욱 그러합니다. 내일이 바로 대학수학능력 시험입니다. 그 반 학생들은 아마 수능을 잘 봐서 그야말로 재수(再修) 없이 목적한 대학에 가는 재수(財數)있는 학생들이 될 거라는 생각이 듭니다.

몇 달 전 인터넷을 검색하다가 재미있는 사진을 봤습니다. 이름하여 '영양사의 명언'이라는 한 장의 사진이었습니다. 공개된 사진에는 벽 한 쪽에 "손님이 짜다면 짜다"라는 문구를 게재하였습니다. 덧붙여 그 밑에는 "불편사항을 언제든지 듣겠습니다. 영양사 서형숙"이라고 적혀 있었습니다. 언뜻 웃기기도 했지만 영양사의 철저한 직업정신이 눈길을 끄는 사진이었습니다. 어느 식당인지는 몰라도 아마 그 식당은 손님들이 만족하여 문전성시를 이룰 것으로 추측됩니다.

어제 직원 집합교육이 있어 변산 보험수련원에 갔었습니다. 수련원 남자 화장실을 이용하다가 재미있는 것을 봤습니다. 바로 소변기 안에 파리가 한 마리 있었습니다. 그냥 파리가 아닌 '그림파리'였습니다. 아시다시피 이 파리의 용도는 "남자가 흘리지 말아야 할 것은 눈물만이 아니죠" 또는 "좀 더 앞으로 나오시면 기분까지 좋아집니다"라는 문구의 대용역할입니다. 수련원이 처음 도입한 아이디어는 아니겠지만 수련원 직원들이 시설관리 마인드가 한 발 앞서 있는 것 같았습니다. 이 아이디어를 처음 생각해 낸 사람은 아드카붐(Aad Kaboom)이란 건축설계자라고 합니다. 이 사람이 네덜란드 암스테르담 스키폴공항 건축 중에 이 아이디어를 내고 실험을 한 결과 변기 밖으로 튀는 소변의 양을 80%나 감소시키는 효과를 입증했다고 합니다.

이처럼 재미있는 '남자소변기의 파리그림' 등의 사례는 행동경제학자인 리처드 탈리와 법률정책학자인 캐스선스타인이란 사람이 공동으로 저술한 《넛지》라는 책에 수록되어 있습니다. 책의 제목이기도 한 '넛지(Nudge)'라는 단어는 '팔꿈치로 슬쩍 찌르다'란 뜻이라고 합니다. 이 두 저자는 이 책에서 사람들을 바람직한 방향으로 부드럽게 유도하여 똑똑한 선택을 하게 하는 것을 '넛지'라 부르며 '넛지효과'라는 새로운 이론을 주창하고 있습니다. 아무튼 "우리는 재수 없다"는 급훈을 정한 모 여고 담임선생님이나 "손님이 짜다면 짜다"라는 문구를 써 붙인 서형숙 영양사, 그리고 남자 화장실 소변기에 파리그림을 붙인 변산수련원 직원들이 '넛지'를 실천하는 분들인 것 같습니다. 이분들에게는 이렇게 말해야 할 것 같습니다. "세상을 바꾸는 힘, 그게 바로 너지?"   (2012. 11. 7.)

똥피와 비광

어제는 연수차 우리나라에 온 일본 농림수산업자신용보증기금 직원들과 저녁을 같이 했습니다. 단 두어 시간에 불과했지만 그들과의 만남은 우리 동료직원들과 별반 다르지 않았습니다. 그들의 생각과 행동이 그것을 보여 주었습니다. 그러나 같은 듯하면서도 다른 것이 한일 양국인 것 같습니다. 최근 독도영유권 주장을 비롯한 일련의 행동은 겉과 속이 다른 일본인임을 새삼 느끼게 합니다. 화투도 차이가 있다고 합니다. 한국에서 11월 화투인 속칭 '똥'은 12월을 뜻하고, 반대로 '비'는 11월 화투라고 합니다. 11월 화투문양 중 우리가 '똥'으로 알고 있는 검정색 문양은 실제는 '오동잎'을 나타낸 것이라고 합니다. 이 '오동'이 일본에서 12월의 화투가 된 것은 '오동'을 뜻하는 기리(桐 : きり)가 에도(江戶) 시대 때엔 맨 끝자리 숫자인 12를 의미했다는 점에서 유래한다고 합니다.

고스톱을 즐기는 꾼들이 가장 좋아하는 것이 바로 이 '똥', 즉 '오동'입니다. 소위 똥광은 광으로도 쓸만 하고, 특히 피(皮)는 오동만이 유일하게 석장이기 때문입니다. 그런데 일본사람들도 이 오동을 좋아한다고 하는데, 그 이유는 우리와 전혀 다릅니다. 그들이 좋아하는 이유는 오동잎이 일왕보다도 더 막강한 힘을 갖고 있었던 막부(幕府)의 쇼군(將軍)을 상징하는 문양이기 때문이랍니다. 11월 화투인 똥(오동)에 비해 고스톱 꾼들에게 12월 화투인 '비광(雨光)'은 천덕꾸러기 취급을 당합니다. 화투패가 엉망일 때 제일 먼저 내버리기 일쑤입니다. 지난 11월 22일 서울 광화문광장에서는 '비광의 현실'이라고 이름 붙인 퍼포먼스가 있었다고 합니다. 이는 한 시민단체 활동가 김 모 씨가 우리 사회에 만연해 있는 비정규직 문제를 '비광'에 빗대어 표현했다고 합니다.

우리 고스톱꾼들이 제대로 대접해 주지 않는 비광에는 아주 교훈적인 스토리가 담겨 있다고 합니다. 아시다시피 비광 그림에는 양산을 쓴 선비, 구불구불한 시냇가, 개구리가 등장합니다. 여기서 양산을 쓴 선비는 일본의 전설적인 서예가였던 '오노노도후(약칭 : 오노)'라고 합니다. 내용인즉, 오노가 붓글씨 공부에 몰두하다가 싫증이 나자 잠시 방랑길에 올랐다고 합니다. 방랑길에서 우연히 능수버들에 기어오르기 위해 안간힘을 쓰는 개구리 모습을 보고 "미물인 저 개구리도 저렇게 피나는 노력을 하는데……"라고 깨달음을 얻었다고 합니다. 오노는 그 길로 곧장 돌아와 붓글씨 공부에 정진하여 일본 최고의 서예가가 되었다고 합니다. 우리로 말하면 촛불 끄고 붓글씨와 떡 써는 경연으로 아들을 일깨운 '한석봉과 어머니' 스토리를 떠올리게 합니다.

어느새 화투패의 '똥'처럼 아끼던 11월이 가고 있습니다. 아메리카 인디언들이 11월을 "아직은 모든 것이 사라지지 않은 달"이라고 했듯이 11월은 공사다망했습니다. 이제 몸과 마음이 분주하고도 허허로운 12월이 오고 있습니다. 예년엔 종종 12월을 한 장 남은 달력을 얼른 새 달력으로 가려 놓고 화투판에서 낼 패 없어 던지는 '비광'처럼 보냈습니다. 금년 12월은 화투판 '똥피'처럼 허황된 기대보다는 비광의 '오노의 전설'에 나오는 개구리처럼 진지하게 노력하는 시간이었으면 합니다.

(2012. 11. 28.)

운명을 바꾸는 것

가수 싸이가 미국 시사주간지 〈타임〉이 선정한 올해의 벼락스타부문 1위에 등극했다는 소식입니다. 이 잡지는 "20년이 지나도 2012년 노래로 '강남스타일'을 기억하게 될 것"이라고 평가했다고 합니다. 싸이의 영어철자는 'PSY'입니다. 싸이(Psy)의 뜻은 '싸이코(Psycho : 정신이상자 또는 괴짜)' 또는 '싸이칼러지(Psychology : 심리학)'의 어근이라고 가정할 때, 마음, 정신 등의 의미를 내포합니다. 싸이의 첫 앨범 제목이 'From the Psycho World'임을 볼 때 인간의 '마음'을 흔드는 음악을 하는 괴짜쯤으로 생각하고 지은 것으로 보입니다. 그래서인지 싸이는 이름대로 세계인의 '마음'을 흔든 괴짜 스타가 되었습니다.

지난주 모 백화점이 올해 소비키워드로 가수 싸이의 영어철자와 같은 'PSY'로 제시해 눈길을 끌었습니다. 여기서 'PSY'란 Price(가치), Story(이야기), Young(젊음)의 이니셜을 합친 것을 뜻한다고 합니다. 즉, 올해 소비자는 가치가 있다고 판단하는 상품에만 돈을 쓰는 추세가 뚜렷했고, 제품의 기능이나 디자인보다도 그 속에 담긴 이야기를 구매하는 소비자가 늘었다고 합니다. 이를테면 전업주부 남편과 전문직 아내의 신혼이야기를 다룬 웹툰의 캐릭터를 상품화한 기획전에서 캐릭터 소품이 많이 팔린 것 등이 그 사례입니다. 또한 '젊음'도 소비 트렌드 중 하나였다고 합니다. 금년 들어 중장년층 남성들이 캐주얼의류 등 트렌드제품 구입비중이 지난해보다 늘었다고 합니다. 그러고 보면 소비키워드 'PSY'에 함축된 의미도 한마디로 '마음'이 아닐까 생각합니다.

요즘 집에서나 전철 안에서 많은 사람들이 고개를 파묻고 몰두하는 게임이 있습니다. 다름 아닌 'ㅇㅇ팡'이라는 모바일 게임입니다. 이 게임에 무려 2천만 명이 열광한다니 대단합니다. 이 게임이 인기를 끄는 원인을 모 광고기획사 대표는 그의 칼럼에서 빨간색 '하트'에 있다고 분석했습니다. 즉, 이 게임의 자원인 '하트'는 내가 만들 수는 없고 채워질 때를 기다리거나 친구가 보내 준 것만을 쓸 수 있기 때문에 더 재미가 있다는 것입니다. 어찌됐든 하트를 주면 뭔가 베푼 것 같고, 반대로 받으면 그리 기분이 나쁘지 않습니다. 말하자면 '하트(마음)'를 주고받는 느낌을 주는 고도의 세련된 마케팅전략인 것만은 분명합니다.

올해 추위가 장난이 아닙니다. 12월 날씨 치고는 56년만의 추운 날씨라고 합니다. 저도 어제부터 내복을 꺼내 입었습니다. 금년은 전력 사정도 시원찮아서 실내온도를 20도 이하로 낮추라고 합니다. 이래저래 금년겨울은 체감온도가 더 낮아질 것 같습니다. 지난주 모 신문에서 재미있는 기사 한 편을 봤습니다. 과거의 아름다웠던 기억을 떠올리는 향수(鄕愁)는 마음은 물론 몸도 따뜻하게 한다고 합니다. 이는 영국 사우샘프턴대 연구진이 중국과 네덜란드 대학생들을 대상으로 한 실험에서 입증한 결과라고 합니다. 장석주 시인은 그의 책에서 "운명을 바꾸는 것은 마음이다"라고 썼습니다. 그리고 보면 노래든 쏨쏨이든 게임이든 추위든 간에 마음이 전부인 것 같습니다.

(2012. 12. 11.)

몽고주름과 베란다

입춘인 어제 아침 출근길은 온통 눈밭이었습니다. 신문에선 '입춘대설'이란 제목으로 눈 풍경을 실었습니다. 출근길은 좀 복잡하고 힘들었지만 왠지 마음이 푸근해집니다. 이렇게 느끼는 건 연초부터 유난히 추웠기 때문일 겁니다. 제아무리 27년만의 강추위라도 입춘 날 눈발에 실려 온 봄기운을 어쩌지는 못할 겁니다. 올 겨울 추운 날씨 때문인지는 몰라도 제 아들 녀석은 제 방이 엄청 춥다고 투덜거립니다. 사내 녀석이 무슨 호들갑이냐고 핀잔을 주었지만 방안이 썰렁합니다. 이유는 날씨도 날씨지만 방을 좀 더 넓게 쓰려고 베란다를 없앤 탓이기도 합니다. 이럴 줄 알았으면 그냥 둘 걸 괜히 했다고 집사람과 같이 후회했습니다.

며칠 전 모 신문에서 재미있는 과학칼럼을 읽었습니다. 결론은 요즘 눈을 커 보이게 하기 위해 유행하는 '앞트임 수술'이 잘못된 것이라는 겁니다. '앞트임 수술'이란 눈 앞부분을 덮어서 가리는 눈꺼풀 주름인 몽고주름을 제거하는 수술이랍니다. 몽고주름은 몽고반점과 함께 동양인에게만 있는 대표적인 신체특징입니다. 진화연구자들은 추운 날씨에도 견딜 수 있도록 안구(眼球)가 외부와 접촉하는 면을 줄이기 위해 이 몽고주름이 발달했다고 설명합니다. 즉, 이 몽고주름은 찬바람이 안구의 습기가 얼지 않도록 막아 주는 바람막이인 셈입니다. 그런데 우리 여성들은 서글서글한 큰 눈을 갖고 싶어 돈을 들여 이 바람막이를 없애고 있습니다.

지난달 말 영국 〈이코노미스트〉지는 한국이 세계 1위의 '성형대국'이라고 보도했습니다. 보도 근거는 국제미용성형학회가 지난 2011년 말 기준 각국의 회원들을 대상으로 조사한 결과 인구 1천 명당 성형수술이 13.5건으로 세계에서 가장 많다는 겁니다. 그런가 하면 요즘 대통령 당선인께서 들고 있던 손가방이 100만 원이 넘는 명품 고가제품으로 오해받는 해프닝이 벌어졌습니다. 급기야 대변인이 나서 해명하는 진풍경이 빚어졌습니다. 이처럼 명품에 관심이 많다 보니 국내 명품시장 규모가 5조 원대가 넘어선다고도 합니다. 아무튼 외모 중시의 성형대국 또는 명품소비대국이란 타이틀에 좀 씁쓸합니다.

산업화 과정에서 청계천을 비롯한 주요 도시의 하천도 성형을 했습니다. 대부분 복개되어 도로가 되거나 건물이 들어섰습니다. 그땐 그냥 하천인 채로 남아있는 것이 오히려 비효율(?)로 생각되었습니다. 그러다가 이젠 옛 모습이 그리워졌습니다. 그러던 차 청계천이 복원되었습니다. 이젠 세계인이 찾는 매력적인 명소로 변신했습니다. 최근 새로 개설된 고속도로도 재미(?)없습니다. 터널과 다리로 연결된 직선도로일 뿐입니다. 그 옛날 강을 휘감고 산허리를 돌고 도는 정취는 사라졌습니다. 속도와 시간을 얻은 대신 감흥과 낭만을 잃었습니다. 아마도 이삼 십여 년의 시간이 흐른 후엔 일부 도로도 꼬불꼬불하게 자연친화적으로 복원되지 않을까 생각해 봅니다. 또 누가 압니까? 이삼 십여 년 후엔 몽고주름이 덮인 작은 눈이 미인의 대세가 되고 아파트 베란다도 복원하는 게 유행하게 될는지.

(2013. 2. 5.)

당첨확률 백퍼센트 복권

요즘처럼 '행복'이란 단어가 넘치는 때도 없을 겁니다. 국가나 지자체의 슬로건에서부터 상품명, 심지어는 전화응대 인사말에도 사용됩니다. 엊그제 취임하신 새 대통령께서도 취임사에서 20번이나 '행복'이라는 단어를 사용했다고 합니다. 이렇듯 이 단어가 넘치는 이면에는 과거보다 또는 남들과 비교하여 물질적, 정신적 만족도가 적어졌다는 이유일 겁니다. 그런가 하면 '이젠 먹고 살만하니 뭔가 더 정신적으로 사치해지고 싶은' 사람들의 심리적 이유도 있을 겁니다. 아시다시피 행복은 보이는 것이 아닙니다. 그래서 많은 사람들은 행복하지 않다고 생각합니다.

최근에는 '자기는 행복하지 않다'고 칭얼대는 사람들을 위로해주는 이른바 '힐링' 전문가들이 뜨고 있습니다. 혜민 스님, 이해인 수녀님, 김난도 교수 등이 그런 분들입니다. 그분들이 책으로, 강연으로 또는 트위터 글로서 '어린 백성(어리석은 사람들)'의 상처를 보듬어 주고 있습니다. 그들의 행복발견법엔 공통점이 있습니다. '행복은 남들로부터 주어지는 것이 아니라 스스로 발견하고 찾아야 한다'는 것입니다. 혜민 스님의 행복발견법 하나만 소개하겠습니다. 그는 트위터 글에서 "복권 대신 꽃을 사보세요. 사랑하는 가족을 위해 그리고 나 자신을 위해 꽃 두세 송이라도 사서 모처럼 식탁 위에 놓아보면 당첨확률 백퍼센트인 며칠간의 잔잔한 행복을 얻을 수 있습니다"라고 했습니다.

그제 아침 모 일간신문에서 코끝이 짠해지는 행복발견 기사 두 꼭지를 읽었습니다. 하나는 파우자 싱이라는 영국의 102세 세계 최고령 마라토너 이야기입니다. 그는 25일 열린 홍콩마라톤 10km 레이스에서 완주하고 은퇴하면서 "인생에서 가장 행복한 날 중 하루"라고 했다고 합니다. 또 하나는 지구 반대편 아프리카 빈민촌에서 온 감동적인 영상편지였습니다. 희귀 암으로 8차례의 항암치료를 받고 있는 열네 살 소녀 최은정 양이 지난해 8월 난치병 아동의 소원을 들어주는 '메이크어워시 재단'을 만났습니다. 최 양의 소원은 놀랍게도 자신의 문제가 아니라 아프리카 빈민촌에 우물을 선물하는 거였습니다. 최 양의 소원을 들은 재단은 고생 끝에 지난 9일 탄자니아 아루샤 지역에서 공동우물을 만들었고, 그 지역 주민 30여 명이 최 양에게 영상편지를 보낸 겁니다.

짧은 2월의 마지막 날, 오늘따라 아침운동을 막 끝내고 먹는 우유가 참 맛있었습니다. 문득 축구스타 차범근의 행복이야기가 떠오릅니다. 베스트셀러 작가 김정운 교수가 차범근에게 물었습니다. "언제가 가장 행복하냐?"고. 그의 대답은 최연소 국가대표로 선정된 때도 아니었고, 두 번에 걸친 UEFA컵 우승 때도 아니었다고 합니다. 가장 행복한 때는 바로 독일에 살 때 가족들과 함께 먹는 따뜻한 아침식사였다고 합니다. 그러고 보면 행복은 별거 아닙니다. 지천으로 널린 게 행복이란 생각이 듭니다. 저는 생각만 하고 실천하지 못했던 일을 언젠가는 꼭 해볼까 합니다. 바로 집 사람 생일날 꽃을 사가는 겁니다. 혹여 "켕기는(?)일 있느냐?"는 오해를 받을 수도 있을 겁니다. 그렇지만 혜민 스님이 당첨확률 백퍼센트 복권이라고 했으므로……

(2013. 2. 28.)

막내삼촌의 '성실한 실패'

시댁스트레스가 있는 며느리에겐 설 명절이 고난의 시간이겠지만 조금 게으른 사람들에겐 설이 있어 좋은 점이 하나있습니다. 지난 양력 새해에 안부 인사를 하지 못한 지인들에게 새해인사나 덕담을 할 수 있는 또 다른 기회가 되었기 때문입니다. 요즘에는 스마트폰 덕택에 새해인사도 역동적입니다. 저는 지난 설날 아침 한 지인에게서 아기자기한 동영상 메시지 하나를 받았습니다. 메시지 내용은 "까치까치 설날은 어저께고요~. 우리우리 설날은 오늘이래요……"로 시작되는 전통적인(?) 것이었습니다. 간단한 것이지만 노래가사가 새삼 아련한 옛 추억이 묻어나게 하였습니다.

생태학자 최재천 교수가 서울대 연구팀과의 합동연구에서 밝힌 까치의 생태연구 결과가 흥미롭습니다. 우리 속담에 까치가 울면 반가운 손님이 온다고 했는데 연구 결과는 정반대입니다. 까치는 낯선 사람이 오면 반가워서 우는 게 아니라 위험이 닥쳤다고 경고음으로 운다고 합니다. 연구팀에 의하면 까치는 사람의 낯을 기억하는 몇 안 되는 새 중의 하나랍니다. 그러고 보면 까치설날은 유래가 어떻든지 간에 낯선 새해를 맞는 전야제쯤 되는 것 같습니다. 때마침 대통령 당선인께서도 지난 설 전날 유튜브를 통해 동영상 메시지로 새해 인사를 했다고 합니다. 메시지 중에 "설이라는 어원은 '낯설다'는 뜻이라는데 묵은해를 보내고 새해를 맞으면서 그간 낡은 것들에게 작별을 고하는 마음이 담긴 것 같다"고 시작의 의미를 강조했습니다.

광고 카피라이터 박웅현이 팀원들하고 수다를 떨다가 알았다는 내용이 재미있습니다. 뭔가를 결심했다가 사흘 만에 무너지는 것을 사자성어로 뭐라고 하느냐는 겁니다. '작심삼일'은 통상적일 것 같아 모르겠다고 하며 되물었더니 대답이 걸작입니다. 정답은 바로 '막내삼촌'이라고 합니다. 조카 눈에 비친 그 막내삼촌이 평범한 '나'와 '우리'이기에 공감이 갑니다. 천재적인 광고인답게 그는 이 간단한 난센스 퀴즈를 활용하여 모회사 녹즙 광고카피를 만들었다고 합니다. "건강한 습관! 쉽지 않습니다. ○○○녹즙으로 시작하세요."

설 명절을 보내면서 문득 우리 조상들의 지혜가 새삼 대단하다는 생각을 했습니다. 왜냐하면 한 해를 시작하는 시점을 세 번 정도 기회를 주기 때문입니다. 즉, 양력 새해와 입춘이 그러하고 설 명절이 또 한 번의 기회가 아닌가 생각했습니다. 우리조상들은 한술 더 떠 한 해의 시작뿐 아니라 모든 일에 대하여도 합리적인(?) 기준을 제시하셨습니다. 바로 '삼세번'이라는 기준이 그것입니다. 그러기에 지난 1월 30일 두 번의 실패를 딛고 세 번 만에 성공한 나로호 발사소식이 더 감동적이었는지 모릅니다. 조광래 발사추진단장은 지난 두 번의 실패를 '성실한 실패'라고 멋지게(?) 이야기했습니다. 저도 지난 한 달여를 뒤돌아보았습니다. 역시 건강한 습관! 쉽지 않았습니다. 애써 성실한 실패(?)라고 위안해 봅니다. 그리고 설 명절을 보내면서 다시 시작해 보려고 합니다. 또 '막내삼촌'이 되는 일이 있더라도……. (2013. 2. 13.)

스마일 마스크 증후군

북한에서 라면은 땔감도 적게 들고 빨리 끓일 수 있어 '속도전 국수'라고 불린다고 합니다. 우리 또한 분주한 실생활에서 애용하는 인스턴트식품의 만형이라 할 수 있습니다. 그 이면엔, 취사능력이 열악한(?) 나 홀로 가구주들은 너무 자주 먹어 지겨운(?) 천덕꾸러기 먹을거리이기도 합니다. 그 라면을 평생 먹고 있는 전문가가 있다는 신문기사를 읽고 많은 생각을 했습니다. 그는 모 라면회사 연구개발 총괄 전무를 맡고 있는 박수현 씨입니다. 그가 50여 년 동안 먹은 라면만 약 4만 그릇 정도 된다고 합니다. 그는 아직도 라면 개발하는 것이 즐겁다고 합니다. 만약에 즐겁지 않았다면 벌써 질렸을 것이라고 말합니다.

모 디자인 전문업체가 신문에 낸 직원채용광고 카피가 인상적이었습니다. "일을 취미로 / 취미는 숙명으로 / 숙명을 도전으로 맞이할 수 있는 젊은이라면, / …… 중략 …… / ○○하우스에서 그 열정과 끼를 발휘하세요." 광고내용대로 일을 취미로 한다면 그처럼 행복한 직업인은 없을 것입니다. 얼마 전 모 신문에서 하고 싶은 일을 취미로 하는 대표적인 케이스를 읽고 공감했습니다. 전국노래자랑에서 최우수상을 탄 어느 분은 우승한 비결에 대하여 "천 번을 듣고 천 번을 부릅니다"라고 했다고 합니다. 재테크 저자로 유명한 시골 의사 박경철 씨는 책을 잘 쓰는 비결을 묻자 "소설가 오정희 씨의 소설을 열 번 필사했다"고 고백했습니다. 이분들이 취미니까 천 번 연습 또는 열 번 필사를 한 것이지 만약 일로 했다면 스트레스 받아서 병이라도 났을 겁니다.

어제 모 일간지 건강코너에는 흥미로운 내용이 실렸습니다. 봄철을 맞아 발생하기 쉬운 '정신과적 증후군'에 관한 기획기사였습니다. 직업상 회사에서 늘 웃지만 감정을 제대로 표현하지 못해 두통과 소화불량까지 시달리는 증상을 '스마일 마스크 증후군'이라고 한답니다. 또 입시, 취업, 승진 등에 대한 걱정을 안고 사는 것을 '램프증후군'이라 하고, 과도한 업무로 인해 아침마다 무기력감과 허탈감을 느끼지만 정작 회사에 출근하면 그런 생각이 사라지는 증상을 '조간 증후군'이라고 한답니다. 이런 정신과적 증후군을 호소하는 사람들이 요즘 많다고 합니다. 이 같은 원인을 전문가들은 봄을 맞아 기온변화 과정에 호르몬 분비의 균형이 깨져서 생기는 현상이라고 설명합니다.

전문가들은 이 같은 증상이 심할 때 상담치료와 햇볕을 쬐는 등 적극적인 해결방안을 권하고 있습니다. 무엇보다 라면회사 박수현 전무처럼 '일을 취미처럼'하는 마인드 컨트롤이 중요한 것 같습니다. 요즘 모 방송 오디션 프로에 출전해 일대 파란을 일으키고 있다는 '악동뮤지션' 남매의 '라면인 건가'라는 노래가 인기랍니다. 그 노래 가사엔 "오늘도 내 점심은 라면인 건가~ …… 중략 …… 나의 미래는 띵띵 불어버린 라면인 건가"라고 노래하고 있습니다. 청년백수들의 처량한 신세를 표현한 노래가사와 달리 그들의 얼굴에선 봄꽃처럼 순진한 미소만 묻어납니다. 그들 남매에겐 '노래를 취미로 / 취미를 숙명으로'란 표현이 딱 어울릴 것 같습니다.   (2013. 4. 4.)

제 모습의 봄

어제 점심식사 시간의 일입니다. 동료직원 열두 명이 함께 식사하게 되었습니다. 공교롭게도 부서 내에서 가장 체격이 우람한 네 분이 한쪽 식탁에 모여 앉게 되었습니다. 그래서 '사람들은 닮은 사람을 좋아한다는(?)' '유유상종의 원리'를 떠올렸습니다. 체격이 우람하다보니 자연스럽게 음식 소진 량도 다른 식탁보다 많고(?) 서빙하는 음식점 종업원도 공간이 좁아(?) 불편한 것 같았습니다. 식사시간 내내 그 네 분을 향해 주량이 대단하다느니, 외국의 모 항공기 회사에서는 몸무게에 따라 요금을 받는다느니, 어떤 외국회사는 건강 보험료를 더 물린다느니 등이 화제에 올랐었습니다.

오늘 아침 모 신문엔 '경제가 비실거리니 국민은 튼튼(?)'이라는 역설적인 제목의 조그마한 기사가 실렸습니다. 내용인즉 쿠바가 경제난을 겪은 1990년 대 초 쿠바 국민의 건강이 더 좋았다는 연구 결과입니다. 스페인, 미국, 쿠바의 공동연구진이 각종 건강·의료자료를 조사한 결과 1990년대 초중반 이른 바 '특별기간'이라고 불리는 경제 궁핍기에 당뇨병 환자가 절반으로 줄었고, 심장질환자는 3분의 1로 줄었다고 합니다. 당시 소련 붕괴로 지원이 끊기면서 쿠바국민은 식량 부족에 시달렸답니다. 그 결과 국민의 1일 평균 섭취열량은 1989년 3,052kcal에서 1993년 2,099kcal로 줄어들었답니다. 식량 부족이 오히려 국민을 튼튼히 했다는 것이 참 아이러니합니다.

요즘 '1일 1식 신 다이어트 비법'이 유행처럼 번지고 있습니다. 일본의 한 유방성형 전문의인 나구모 요시노리 박사라는 사람이 창안했다고 하는 절식 요법이 그것입니다. 지난해 9월 《1일 1식》이라는 책을 통해 국내에 소개됐습니다. 나구모 박사가 주장한다는 요지는 이렇습니다. 그는 "하루 한 끼만 먹으면 배가 고프고 꼬르륵 소리가 나는데 그때부터 인체는 내장지방을 가져다 쓴다. 자연히 배가 들어간다"는 겁니다. 여하튼 연예인, 여학생 등 많은 사람들이 1일 1식에 열광 하는가 하면 동호회까지 결성하는 경우도 있다고 합니다. 그러나 많은 전문가들은 1일 1식의 효과에 대하여 후유증을 걱정하는 부정적인 의견도 많습니다.

매년 이즈음 '꽃샘추위'가 있게 마련이지만 올핸 꽃샘추위라고 하기엔 정도가 너무 심합니다. 겨울옷을 다시 꺼내 입게 만드는가 하면 느닷없이 눈발이 날리는 이상한 날씨가 계속됩니다. 기상청은 4월 한파를 한반도 주변의 공기흐름이 고혈압에 걸려 있는 것처럼 정체돼 있기 때문이라고 설명합니다. 즉, 우리나라 동쪽의 러시아 캄차카반도 상공에 고기압이 버티고 있기 때문에 동쪽으로 빠져나가야 할 찬 공기의 저기압이 한반도 상공에 그대로 있다는 겁니다. 막혀 있는 공기덩어리를 도끼로 부수어 버릴 수도 없는 노릇이니 제 모습의 봄이 오기를 기다려야 할 것 같습니다. 자연의 이치가 이럴진대 사람에 있어서나 경제에 있어서나 호들갑스런 행동은 오히려 독으로 남을 수도 있을 겁니다. 이즈음에 "모란이 피기까지는 / 나는 아직 나의 봄을 기다리고 있을 테요"라고 읊은 김영랑 시인의 시구가 가슴에 와 닿는 것 같습니다.

(2013. 4. 11.)

이 또한 지나가리라

요즘 일기예보에서 자주 듣는 말 중에 유독 '북태평양 고기압'이라는 말을 많이 듣습니다. 그런데 더위를 품고 있다는 이 북태평양 고기압이란 놈은 아주 야비한 녀석 같습니다. 이 녀석은 '장마전선'이란 깡패에게 밀려 꼼짝 못하다가 장마전선이 사라지자 이제야 그 본색을 드러내고 있습니다. 금년엔 이 녀석의 행동반경이 더 넓어 열대야 현상이 예년보다 50% 이상 증가할 전망이라고 합니다. 더군다나 남쪽으로 물러가는 시기도 말복을 지나고 처서가 임박한 8월 15일이 지나서라고 하니 아직도 1주일 정도는 더 고생해야 할 것 같습니다. 사정이 이러하다보니 예전엔 시원하게 들렸던 매미소리도 짜증스런 소음으로 들립니다.

또 요즘 일기예보에선 '국지성'이라는 말도 다양하게 쓰이는 것 같습니다. 누군가 이 '국지성'이란 말 때문에 기상청의 예보가 좀 틀려도(?) 무사히 지나간다고 우스갯소리를 하는 것을 들었습니다. 이제 이 말은 호우(豪雨)뿐만 아니라 더위, 추위에도 적용되는 것 같습니다. 어제만 해도 전주 등 몇 곳의 낮 최고기온은 37도를 웃돌아 일반지역보다 3~4도 높았습니다. 이쯤 되면 말 그대로 폭염(暴炎)이었습니다. 서울도 강북은 31.9도였는데 강남지역은 33~34도였다고 합니다. 그때문인지는 몰라도 강북보다 강남 여성들의 평균 스커트 길이가 짧다는 얘기도 들립니다.

오늘 아침 모 신문에서 걱정되는 기사를 읽었습니다. 내용인즉, 갈수록 심화되는 지구온난화로 지난해 지구는 관측사상 10번째로 더웠고, 북극해 얼음은 33년 만에 절반 넘게 녹았다고 합니다. 미국 국립 해양대기국이 조사한 바에 의하면 북극 얼음 면적이 지난 1980년 대비 약 54% 줄어들었다고 합니다. 이는 남한 면적의 약 40배에 해당하는 면적이라니 어마어마합니다. 지구온난화가 피할 수 없는 현실이지만 이런 소식을 들으면 "뭔가 미리미리 준비하지 않으면 안 되겠다"는 생각이 듭니다. 그런가 하면 2050년쯤 가면 우리나라 사람들이 가장 좋아하는 나무인 소나무가 대부분 사라질 거라는 예측도 있습니다. 따라서 미리 새로운 품종을 개발해야 한다는 지적도 있습니다.

아무리 몇 십 년 만의 더위라지만 시간 앞에는 맥을 못 춥니다. 지난 주말 농촌의 푸른 들판을 나가 봤습니다. 논에선 낟알이 잉태되어 이삭이 나오기 시작했고, 고추밭엔 벌써 빨간 고추가 익어 가고 있었습니다. 절기상으로도 어제가 가을이 시작된다는 입추(立秋)였고 다음 주 월요일이 삼복더위의 막내 동생인 말복입니다. 따라서 '이 또한 지나가리라'는 경구처럼 '이 뜨거운 여름도 지나가리라' 믿습니다. 한 달 후엔 많은 사람들이 "올 여름 엄청 더웠다"고 군대시절 추억하듯 되뇔 겁니다. 모쪼록 지루한 장마와 뜨거운 햇빛을 견뎌낸 올 가을엔 한층 성숙한 자연의 산물과 함께 모든 사람들의 심신이 편안해지기를 기대해 봅니다. (2013. 8. 8.)

슈가포바와 친절한 서울 씨

엊그제 영국의 유력 일간지 〈타임스〉는 세계적인 미녀 테니스 스타 마리아 샤라포바가 '슈가포바'로 이름을 바꾼다는 흥미로운 보도를 했습니다. 이름을 바꾸는 이유를 들어보니 자신이 투자한 사탕회사의 브랜드인 슈가포바를 홍보하기 위해서라고 합니다. 과연 프로다운 발상입니다. 그러나 이 계획은 러시아 국적인 샤라포바가 자신의 거주지인 미국 플로리다주에서의 절차가 너무 까다로워 하루 만에 포기했다고 합니다. 언뜻 자기의 남성고객을 위해 고객의 배우자들이 오해가 없도록 자신의 이름을 남자이름으로 바꿨다는 어느 외국계 보험회사 여성지점장의 사례가 떠오릅니다.

이름 중에서도 저 같은 중년남성들에게 헷갈리는 이름은 아마 아이돌그룹 이름, 여성의류 브랜드일 겁니다. 요즘은 걸그룹 이름만 잘 알아도 꽤 세련된(?) 아빠로 대접받습니다. 여성의류 브랜드를 한 번 들어서 도저히 기억되지 않는 이유는 관심도가 적은 때문인지도 모릅니다. 요즘 들어 골프장 이름도 헷갈리기는 마찬가지 입니다. 'ㅇㅇ밸리', 'ㅇㅇ힐스', 'ㅇㅇ레이크' 등이 주로 붙은 골프장 이름은 거기가 거기 같습니다. 저보다 나이든 부모님세대는 아파트 이름이 헷갈린답니다. 최근엔 아파트 브랜드 외에 입지와 단지특성을 고려한 파크, 센트럴, 에듀 등 소위 펫네임(Pet Name : 애칭)을 붙여 더 헷갈립니다. 시골에 계신 시어머니들이 잘 찾지 못하도록 어렵게 지었다고 우스갯소리를 할 만합니다.

이젠 농산물 마케팅에서도 눈길을 끄는 네이밍이 대세입니다. 제가 본 이름 중 기억나는 것은 '온 가족을 위한 쌀은 역시 – 米스코리아 ○○쌀!', '한눈에 반한 쌀', 모 대형마트의 영주 사과와 나주 배를 한데 모은 '홍동백서설 선물세트' 등입니다. 몇 달 전 모 신문에서 어느 논설위원이 쓴 '금쪽같은 내 새끼'라는 제목을 붙인 칼럼을 읽었습니다. 내용인즉 자기 동네에 동물병원이 생겼는데 이름이 바로 '금쪽같은 내 새끼'라는 겁니다. 요즘세태를 참 잘 반영한 작명이라고 공감했습니다. 그런가 하면 모 주류업체는 지난 4월 막걸리 신제품을 출시하면서 이름을 '대박'으로 지었는데 이름 그대로 출시 4개월 만에 천만 병을 돌파하는 대박이 터졌다고 합니다.

최근 서울시는 '친절한 서울 씨' 프로젝트를 다음 달부터 시행한다고 발표했습니다. 내용은 다름 아닌 시내전역의 각종 경고문과 안내문을 재미와 스토리를 담는 방향으로 바꾼다는 겁니다. 이를테면 한강공원 내의 '수영금지', '낚시금지', '쓰레기 무단 투기금지' 등 일방적이고 지시적인 문구를 '인어공주도 입장불가', '용왕님 깨십니다. 낚싯대 드리우지 마세요', '나를 버리고 가시는 임은 십리도 못가서 발병난다 – 음식물쓰레기 올림' 등으로 바꾼다고 합니다. 글씨뿐만 아니라 안내판 이미지도 인어공주 또는 용왕님 등의 모습을 담은 것으로 바뀐답니다. 모쪼록 올 여름 불볕더위에 고생하던 '서울 씨'도 '슈가포바' 아닌 샤라포바의 늘씬한 몸매처럼 아름답게 꾸며지길 기원합니다. (2013. 8. 22.)

향수(鄕愁)와 액(厄)땜

매년 설 명절인 이때쯤이면 고향을 못 가는 많은 사람들의 가슴앓이가 시작됩니다. 특히 이북에 고향을 두신 실향민들이 그러하고, 요즘에는 다문화가족이라 칭하는 외국인 주부들이 그러합니다. 심리학자 김정운 교수가 어느 신문에 기고한 글을 읽고 향수(鄕愁)란 단어의 어원을 알았습니다. 향수(鄕愁)는 영어로 '노스탤지어(Nostalgia)'라고 합니다. '노스탤지어'는 17세기 요하네스 호퍼라는 스위스 의사가 자신의 박사학위 논문에서 처음 사용했다고 합니다. 그리스어로 '귀향'을 뜻하는 '노스토스'와 '고통'을 뜻하는 '알고스'를 합쳐 만든 단어라고 합니다. 호퍼는 논문에서 전쟁에 나간 스위스 용병들이 고향을 그리워한 나머지 소화불량, 감기, 우울증, 졸도, 심지어는 죽음에까지 이르는 증상을 보고, 이를 뭉뚱그려 '노스탤지어'로 칭한 것입니다.

그렇습니다. '노스탤지어'는 그리움을 넘어선 '고통'입니다. 사람뿐 아니라 동물도 마찬가지인 것 같습니다. 여우도 고향을 그리워한 나머지 죽을 때 자기가 태어난 쪽으로 머리를 향한다는 수구초심(首丘初心)이란 말도 있습니다. 금년 설 명절도 가족을 못 만나 '고통'을 받는 사람들이 많을 것 같습니다. 나이 드신 실향민, 외국인 주부뿐 아니라 때마침 철새 따라 찾아온 '고병원성 조류인플루엔자(AI)' 발생지역 주민들이 그러합니다. AI에 걸린 철새들도 매한가지입니다. 벌써 해당지역 부모들은 자식들에게 올해 설날에 오지 말라고 했답니다. 날씨가 추우면 AI는 더 심해진다니 그야말로 설상가상입니다.

여기에 고통을 더하는 일이 하나 더 생겼습니다. 아시다시피 카드 정보유출사태입니다. 이 사태로 점심 먹을 시간도 없이 고생하시는 동료직원들이 애처롭습니다. 고객님들에겐 큰 실망을 주어 안타깝습니다. 지난해 11월 말경 미국 뉴스채널 〈CNN〉이 작은 나라 한국이 전 세계 어디보다도 잘 할 수 있는 10가지를 소개한 적이 있었습니다. 그 중에 신용카드 사용률도 언급됐었습니다. 〈CNN〉은 한국은행 통계를 인용해 한국의 신용카드 사용률이 전 세계 최대라고 했습니다. 2011년 한국인들은 평균 130차례에 걸쳐 신용카드 거래를 했는데, 이 수치는 평균 78차례에 걸쳐 신용카드를 거래한 미국인들보다 훨씬 앞서는 것입니다. 이번사태로 이러한 신화가 깨질까 염려됩니다.

남해 용문사 진성스님이 에세이에서 이렇게 썼습니다. "겨울 볕 속에도 봄볕이 숨어있듯 시련 속에서도 어찌 희망이 숨어 있지 않겠는가? 진정 두려운 것은 시련이 아니다. 시련 속에서 희망을 보지 못하는 것이다." 새해가 됐지만 음력으론 아직 섣달입니다. 절기상으론 대한(大寒)을 갓 지난 추위가 절정을 이룰 때입니다. 다행히 올해 날씨는 예년보다 포근한 것 같습니다. 그러나 마음은 여느 해보다 추운 겨울을 보내고 있습니다. 언뜻 지금 고통을 주는 AI나 카드사태 등 일련의 일들은 설 명절을 앞두고 새해 더 행복하기 위한 '액땜'이라는 생각이 듭니다. 그리고 보면 행복(Happiness)이라는 말이 사건(Happen)에서 유래됐다는 어원풀이가 그럴듯해 보입니다.   (2014. 1. 23.)

우주적 리듬

저는 보통 새벽 4시 반에서 5시 사이에 일어납니다. 이는 나이 들었다는 증거(?)이기도 합니다만 어느 정도는 습관입니다. 또한 유년시절 아버지의 훈련에 영향받은 것도 있고, 어느 때부터인가 늦게 일어나면 뭔가 손해본 듯한 억울한 생각이 들어서 그런 것 같기도 합니다. 이러한 제 라이프스타일은 제 집사람과는 반대입니다. 제 집사람은 밤늦게 자고 아침에 느긋하게 일어나는 이름하여 '저녁형 인간'입니다. 그래서 종종 저와 분쟁(?)이 생기기도 합니다. 특히 공휴일에도 평소와 마찬가지로 5시쯤에 일어나는 저를 이상한(?) 사람으로 몰기도 합니다. 또한 집사람은 완벽한 저녁형 인간이다 못해 '게으름뱅이'인 제 아들 녀석과 공동전선을 펴고 대응해 옵니다. 대응논리는 완벽합니다. 요지는 사람마다 생체리듬이 다른데 자기입장에서 강요하지 말라는 겁니다.

칼럼니스트 조용헌 씨가 작년 12월 모 신문 고정코너에 유학자인 청곡(淸谷) 선생의 건강법을 소개한 적이 있습니다. 그 첫째가 새벽 인시(寅時)에 일어나는 습관이랍니다. 새벽 세 시 반에서 다섯 시 반까지가 인시입니다. 음양오행에서는 시간마다 역할과 용도가 다르다고 봅니다. 자시(子時)는 하늘(天)이 열리는 시간이랍니다. 옛날 할머니들이 정화수를 떠놓고 하늘에 기도를 드릴 때는 자시에 올라오는 샘물을 썼다고 합니다. 축시(丑時)는 땅이 열리는 시간이랍니다. 하늘과 땅이 열렸으면 그 다음 시간인 인시에는 사람이 열리는 시간입니다. 인시에는 양(陽)기운이 발생한다고 합니다. 인시에 일어나면 이 양(陽)기운이 사람의 뼛속으로 들어간다고 믿었습니다. 따라서 인시에 기상한다는 것은 우주적 리듬에 맞춘다는 의미이기도 하다는 겁니다. 이제 제 집사람과 아들 녀석에게 역공을 펼칠 수 있는 논리(?)를 터득했습니다.

저는 가끔 공휴일이면 서너 시간 걸리는 인근 산에 새벽산행을 하곤 합니다. 보통 다섯 시 출발이지만 요즘은 밤이 길어져 여섯 시로 늦추었습니다. 어둠이 막 가시고 나무 사이로 피어오르는 아침안개와 이슬 그리고 정적 등 새벽만이 가지고 있는 향연을 만끽하는 호사를 누립니다. 보통 아침식사 시간쯤인 여덟 시에서 아홉 시쯤이면 정상에 도착합니다. 정상에서 보온병에 막대커피 타온 것을 한 모금 마시면 체감 행복도는 최고조에 달합니다. 마치 초등학교 시절 소풍 때 보물찾기에서 먼저 찾아낸 기분 같기도 하고 중학시절 여름방학 숙제 다 끝낸 기분 같기도 합니다.

모 신문에 '남자를 위하여'라는 고정칼럼을 쓰는 소설가 김형경 씨는 이렇게 진단했습니다. 현대의 많은 남자들은 집에 자기만의 공간을 갖고 있지 못하답니다. 침실이나 거실뿐 아니라 집안 전체가 아내 취향에 맞춰진 여성의 공간이기 때문입니다. 따라서 이러한 남성들이 주말 자기만의 공간을 위하여 산이나 낚시터를 찾게 된다는 겁니다. 숲길을 오래 걷거나 물가에 조용히 머무르며 내면에 의식의 공간을 만들고 그 그릇 속에 불편한 감정을 쓸어 담은 후 그것이 숙성되어 유익한 성분이 되기를 기다린답니다. 그러면 야생의 공간에서 육체가 단련되고 정신이 제련된다는 겁니다. 저한테는 구구절절 와닿는 이론이라서 공감했습니다. 아무튼 일찍 일어나야 한다는 이유를 우주적 리듬에 맞추기 위함이라는 이유와 함께 또 하나 찾은 셈입니다.　　　(2014. 8. 28.)

오브리가도

요즘 SNS에는 파란 가을하늘 사진을 올리는 분들이 많다고 합니다. 그러고 보니 제 카톡에도 어느 '카친'께서 청명한 가을 하늘사진을 올려놓았습니다. 요즘 하늘은 시적인 표현대로 눈이 시리도록 파란 빛을 띱니다. 혼자 보기엔 너무 아까운 심정에 아마 그리했을 겁니다. 내친김에 저도 사무실 창문 밖 하늘 사진을 혼자 찍어보고 잠시 행복해 했습니다. 모처럼 계절의 빛깔을 드러낸 가을 날씨가 참 감사한 일입니다. 따지고 보면 감사한 일이 별게 없는 것 같습니다. 평범한 일상에 참 감사한 일이 많기 때문입니다.

엊그제 모일간지에 모처럼 훈훈한 기사가 실렸습니다. 요즘 SNS에서 평범한 사람들의 '감사릴레이'가 SNS와 블로그에서 조용히 퍼져 나가고 있다는 겁니다. 루게릭병 환자를 위해 기부나 얼음물샤워를 하고 다음 참가자를 지목하는 '아이스 버킷 챌린지'처럼, 하루에 세 가지씩 감사한 일을 3일 동안 SNS에 올리고 다음 주자 3명을 지정하는 형식입니다. 실제 경험자들은 "처음엔 쉬워 보이지만 막상 글을 쓰려니 막막해진다"고 합니다. 그러다 보니 '칭얼대지 않고 낮잠 잘 자준 딸이 고맙다'와 같은 지극히 평범한 내용도 올라온다고 합니다. 사실 이 릴레이는 한 기독교단체에서 사랑과 감사라는 정신을 회복하자며 시작한 릴레이였답니다. 그것이 일반화되면서 이슈가 되고 있답니다.

역사에세이 《히스토리아 노바》의 저자인 주경철 교수는 '감사'의 말을 어원으로 풀어 심층적으로 설명했습니다. 그는 '감사는 상대방에게 빚졌다'는 의미라 했습니다. 영어의 감사 표현 땡큐(thank)는 'think(생각하다)'에서 나왔다고 합니다. 이 말은 '당신이 나에게 베푼 호의를 잘 기억해 두겠다'는 뜻이며, 그것은 곧 당신에게 빚졌다는 의미가 됩니다. 'thank you'에 해당하는 불어의 '메르시(Merci)'라는 표현은 '나의 정신적 죄에 대해 자비를 구한다'는 뜻이랍니다. 또한 브라질 사람들에게 입에 밴 감사의 표현인 포르투갈어 '오브리가도(Obrigado)'는 문자 그대로 '빚졌다'는 의미랍니다. 이 '오브리가도'가 일본으로 넘어가서 감사를 표현하는 '아리가토(ありがとう)'가 됐답니다.

그런가 하면 철학자 강신주 박사는 '감사'를 서러운 감정이라고 했습니다. 그는 이루어질 수 없는 사랑이 마무리될 때, 주로 '고마웠다'고 말한다고 했습니다. 그리고 보면 현실이든 문학작품이든 드라마든 간에 사랑하는 사람을 떠날 때나 떠나보낼 때, '고맙다'는 말을 많이 쓰는 것 같습니다. '감사'의 힘이 큰 것은 이처럼 내포된 뜻이 모든 것에 대하여 빚졌다는 의미이거나 이별을 앞둔 마지막 멘트라서 그런 것 같습니다. 아마도 SNS에서 '감사릴레이'가 확산되는 이유도 잇따르는 대형사고 속에서 가족과 일상을 소중히 여기는 사회분위기가 반영된 것이라는 분석입니다. 전문가의 실험 결과에 따르면 '감사하다'는 말만 해도 긍정적인 사고와 행동이 늘어난다고 합니다. 올 가을엔 청명한 가을하늘에 뭉게구름처럼 감사메시지가 번지길 기대합니다.

(2014. 9. 19.)

평범인생영영십

엊그제 아침 부서장 회의 말미에 모 부장께서 하신 마무리 멘트가 많은 생각을 하게 합니다. 그는 독자들에게 많은 울림을 줬던 고 장영희 교수의 북 칼럼 모음집 《문학의 숲을 거닐다》 중 한 구절을 읽으며 소개했습니다. "선생님, '인생성공단십백(人生成功單十百)'이 뭔지 아세요?" 학생이 물었다. 모른다고 답하자 학생이 말한다. "한평생 살다가 죽을 때, 한 명의 진정한 스승과 열 명의 진정한 친구, 백 권의 좋은 책을 기억할 수 있다면 성공한 삶이래요." 누구나 마찬가지겠지만 저도 속으로 재빨리 내 삶이 성공인지 실패인지 따져 보았습니다. 어느 것 하나 충족된 것이 없습니다.

좋은 책 백 권이라면 떠오르는 것이 '시카고 플랜(Chicago Plan)'입니다. 대부호 록펠러가 설립했다는 시카고대학은 1892년 설립부터 1929년까지 40여 년간 소문난 삼류대학이었답니다. 그런 시카고대학이 2010년까지 노벨상 수상자 80여 명을 배출한 세계적인 명문대학이 되었습니다. 이렇게 된 데에는 1929년 시카고대학 제5대 총장으로 취임한 로버트 허친스 총장이 시행한 소위 '시카고 플랜' 덕분이라고 합니다. 이 플랜은 '철학 고전을 비롯하여 세계의 위대한 고전 100권을 달달 외울 정도로 읽지 않은 학생은 졸업을 시키지 않는다'라는 겁니다. 우리나라에서도 이 운동을 실천하는 곳이 있습니다. 올해로 10년째 학생들의 '아침독서 10분 운동'을 펼치고 있는 대구시 교육청입니다. 올해부터는 초·중·고 12년 동안 '인문학 100권 읽기운동'을 전개한다고 합니다.

문화체육관광부가 작년 11월 국민독서 실태를 조사했는데 그 결과가 초라합니다. 성인 1인당 연간 독서량이 9.2권으로 한 달에 한 권도 안 읽은 셈입니다. 또한 성인 10명 중 3명은 책을 단 한 권도 읽지 않았답니다. 생각해 보니 저도 연평균 독서량을 향상시키는 데 별로 기여하지는 못했습니다. 핑계는 많습니다. 시간이 없어서, 스마트폰 때문에, 재미가 없어서, 눈이 침침하고 피곤해서 등. 세계적으로 국민 평균 독서량이 가장 많은 나라가 이스라엘이라고 합니다. 연평균 64권에 달한다고 합니다. 전 세계인구의 0.2%(약 1천3백만 명)인 유대인이 작년까지 노벨상 수상자의 22%(195명)를 차지한 것을 보면 독서가 그 바탕이 되었다는 사실을 다시금 생각해 봅니다.

언젠가 아이 잘 키운다고 소문난 배우 채시라 씨가 점심 먹는 자리에서 했다는 유머를 모 신문 칼럼에서 읽었습니다. 그녀는 "'수포대포', '영포직포', '독포인포'를 아느냐?"고 물었답니다. 웬 해괴한 고사성어냐 했더니 그녀 왈, "수학을 포기하면 대학을 포기해야 하고, 영어를 포기하면 직장을 포기해야 하며, 독서를 포기하면 인생을 포기해야 한다"는 뜻이랍니다. 저도 해마다 연초가 되면 1주에 한 권, 한 달에 세 권 등 수없이 독서계획을 세웠지만 매번 허사(?)였습니다. 그래도 일말의 양심(?)은 있어서 언젠가는 읽을 요량으로 서점엔 가끔 갑니다. 사다 놓고 읽지 않은 책이 벌써 열서너 권쯤 됩니다. 올 가을엔 그 책만이라도 꼭 읽어볼 작정입니다. 저는 이것을 '평범인생영영십(平凡人生零零十)'이라 칭하렵니다. 진정한 스승 한 명과 열 명의 진정한 친구는 없더라도 열 권 정도의 책이라도 읽어야 할 것 같습니다. 그래야 그나마 '독포인포'가 되지 않은 평범한 삶이라도 될 테니까 말입니다.　　　　　(2014. 10. 2.)

가을햇볕 무한리필

요 며칠 아침기온이 쑥 내려가더니 오늘 아침 출근길엔 가을비까지 내렸습니다. 기상청에선 어제 서울 아침기온이 10도 이하로 내려갔다고 합니다. 일부 중부내륙지역은 기온이 영하 1도를 밑돌아 한때는 한파주의보가 발령됐었다는 소식도 있었습니다. 어제 아침 모 신문에선 설악산 정상 부근의 상고대(서리꽃) 사진을 실어 계절의 변화를 알렸습니다. 지난주 설악산에서 시작된 단풍은 급하게 남쪽으로 내달려 전국의 온 산하를 황홀하게 물들일 겁니다. 이제 1년 중 활동하기에 가장 좋은 계절이 되었습니다. 그러나 이즈음 갑작스런 기온 변화에 미처 적응이 되지 않아 감기나 비염 등으로 고생하는 분들도 많습니다. 그런가 하면 왠지 모르게 울적한 기분이 들어 이른바 '가을을 타는' 사람들이 많다고 합니다. 그래서인지는 몰라도 누군가 가을은 '계절의 갱년기'라고도 표현했습니다.

흔히 '가을을 탄다'고 하면 떨어지는 낙엽을 보고 인생이 덧없어 그냥 센티멘털해진다고 생각합니다. 그러나 실제는 그렇지 않다고 합니다. 전문가들은 일조량 저하와 기온 저하 때문이라는 과학적 분석을 내놓습니다. 즉, 해가 짧아지고 기온이 뚝 떨어지면 뇌에서 흔히 행복호르몬이라 불리는 세로토닌(Serotonin)이 저하되기 때문이라는 겁니다. 실제로 일조량이 적은 미국, 캐나다의 우울증 발병률은 약 6%에 달한다고 합니다. 특히 북미 중에서도 추운 북쪽지역의 우울증 발병률이 9.7%지만 남쪽 플로리다는 1.4%에 불과하다고 합니다. 이는 우울증이 햇볕 량과 관계가 있다는 것을 말해줍니다.

그러나 '가을을 타는' 것은 비단 날씨 때문만은 아닐 겁니다. 사람에 따라 또는 생각하기에 따라 천차만별일 겁니다. 어떤 이들은 세상사가 재미있기보다는 걱정되고 짜증나는 일이 많아졌기 때문이라고 할 겁니다. 또 어떤 이들은 별로 해 놓은 일도 없이 한 해가 가버리고 말 것 같은 막연한 불안감에 울적한 기분이 더해졌을지도 모릅니다. 아무튼 이런 가을 울적한 기분을 달랠 최고 치료제는 자연이 준 선물인 햇볕을 쬐는 것이라고 합니다. 이와 더불어 산책이나 조깅 등 걷기를 규칙적으로 해야 한다는 게 전문가들의 의견입니다. 여기에 좋은 생각을 더하는 것이 플러스알파일 겁니다. 그리고 보니 어느 하나 돈 들어 갈 일은 없습니다.

치유와 희망의 메신저인 이해인 수녀님은 해마다 가을이 오면 노원호 시인의 '가을을 위하여'라는 동시를 읽어본다고 합니다. 그러면 마음이 밝고 따뜻해져 온다고 합니다. "우리가 아무 생각 없이 / 살아가는 동안 / 가을빛은 제 몫을 다한다 / 늘 우리들 뒤켠에 서서도 / 욕심을 내지 않는 가을 햇살 / 오늘은 또 누구를 만나려는지 / 일찌감치 사과밭까지 와서 / 고 작은 사과를 만지작거린다 / ~ 중략 ~" 누군가 "가을은 문득 왔다가 쏜살같이 달아난다"고 아쉬워했습니다. 저도 더 늦기 전에 이번 주말 가을햇볕 만나러 가야겠습니다. 그리하여 빨간 고추와 호박을 널어 말리는 시골집 마당에 비친 가을햇살을 바람과 함께 걸으며 만끽해 볼 작정입니다. 그리고 잘 물든 단풍을 보고 "참! 좋다!"라고 호들갑도 떨어 보렵니다. 참고로 햇볕은 무한리필된답니다.   (2014. 10. 16.)

허니커피

우리나라 사람들은 커피를 밥보다 더 많이 먹는답니다. 농림축산식품부와 aT(농식품유통공사)가 2013년 기준으로 실제 조사했더니 가구당 매주 12.3회 커피를 마신다고 합니다. 주식인 쌀밥이나 배추김치는 주당 6.9회, 11.9회를 각각 먹는답니다. 이쯤 되면 굴러온 돌이 박힌 돌 뺀 격입니다. 하기야 저도 매일 두 잔 정도는 마시니 그리 놀랄 일도 아닙니다. 도심지에는 한 잔에 짜장면 한 그릇 값 수준인 고급커피전문점이 한 집 걸러 있어도 문전성시입니다. 문제는 경제적인 부담도 부담이려니와 과도한 카페인 섭취가 염려스럽다는 지적도 있습니다. 하루 두 잔 이상의 커피는 성인 1일 카페인 섭취허용량 400mg을 초과한다고 합니다. 적당량의 카페인은 피로감을 해소하거나 집중력을 높인다고 합니다. 그러나 과다섭취는 불면증, 손 떨림 등의 증상을 가져오기도 한답니다.

최근 또 하나의 중독이 생겼습니다. SNS가 그것입니다. 시도 때도 없이 SNS를 검색하고 '좋아요' 등 반응을 보여 주고 댓글을 달아줍니다. 그런가 하면 음식점에 가서도 사진부터 찍습니다. 이유는 SNS에 자랑질(?)거리를 만들기 위함입니다. 이것이 정도가 심하여 이젠 우울증 단계까지 왔다는 사람들이 많답니다. 요컨대 SNS에 올라오는 각종 맛집, 해외여행이나 기념일 등 타인의 행복한 순간을 자기 자신과 비교하여 심한 박탈감을 느끼는 겁니다. 이를 두고 카카오스토리, 페이스북, 인스타그램 등 SNS로 인한 마음의 병,

줄여서 '카·페·인 우울증'이라고 한답니다. 드디어 공익광고에 SNS를 줄이자는 의미로 "접속이 많아지면 접촉은 줄어듭니다"라는 광고카피가 등장했습니다.

요즘 커피 못지않게 '허니(꿀) 열풍'이 불고 있습니다. 이는 작년 하반기부터 품귀현상을 빚을 정도로 잘 나가는 모 제과회사의 '허니버터칩' 인기가 도화선이 됐습니다. 최근 내로라하는 과자업체들이 앞 다투어 유사제품을 내놓고 있습니다. 그런가 하면 과자에서 출발한 '허니' 바람이 화장품업계도 불고 있습니다. '허니버터팩', '로열허니 에센스' 등의 화장품이 출시되어 대박을 치고 있다는 소식입니다. 저도 쑥스럽지만 스마트폰 전화번호부에 집사람 이름을 '허니'라고 저장했습니다. 굳이 변명하자면 저는 이번 허니 열풍과는 관계(?)없습니다. 왜냐하면 벌서 4년이나 지났기 때문입니다. 고백하자면 어느 날 제 핸드폰을 보던 집사람의 맹공(?)에 의하여 생각해낸 이름이었습니다.

지난해 10월 103세 국내 최고령 목회자로 활동하셨던 방지일 목사님이 돌아가셨습니다. '한국 교회의 산증인'으로 불렸던 목사님의 일화를 모 일간신문에서 읽었습니다. 그분은 생전에 늘 머그잔에 모닝커피를 즐기셨답니다. 어느 날 모 목사님께서 방 목사님이 커피 잔에 각설탕을 15개나 넣는 걸 보았답니다. 깜짝 놀라 "장수에 해롭지 않냐?"고 물었답니다. 그랬더니 대답이 걸작입니다. 싱긋 웃으며 "단맛으로 먹지"라고 했답니다. 말하자면 방 목사님이 드신 커피는 '허니 커피'쯤 되는 셈입니다. 그리고 보니 허니버터칩이니, 아메리카노니 하는 단맛쓴맛에 휩쓸려 다닌 우리 자신이 부끄럽습니다. 새삼 "닳아질지언정 녹슬지 않겠다"는 그분의 신조가 존경스럽습니다.　　(2015. 1. 16.)

입춘(立春)과 미춘(未春)

오늘 아침 기온이 조금 포근해졌습니다. 출근 전 한 달째 입고 있는 내의를 벗을까 말까 잠깐 망설이다가 그냥 입고 출근했습니다. 기온이 예년보다 좀 올랐다고는 하지만 여전히 싸늘합니다. 내심 '그냥 내의 입길 잘했다'고 생각했습니다. 오늘자 모 조간신문 제호 옆 박스광고가 눈에 띱니다. 노란 바탕에 녹색 글씨로 '봄의 시작'이라고 쓰여 있습니다. 때마침 오늘이 입춘입니다. 저도 모르게 '입춘대길(立春大吉)'이라고 되뇌었습니다. 그러나 곰곰 생각해보니 일부 동료직원이 승진했다는 것 빼고는 그리 경사스러운 일이 많지는 않습니다. 'SKY대 인문계 취업 절반도 못했다', '디플레이션 공포' 등 온통 싸늘한 소식이 입춘 날 신문지면을 차지하고 있습니다. 이쯤 되면 절기는 입춘이지만 바둑에서의 미생(未生)처럼 마음은 아직 봄이 아닌 미춘(未春)인 셈입니다.

입춘(立春)은 24절기 중 첫째인데, 한자 그대로 '곧 봄이 시작된다'는 뜻이랍니다. 여기서 한자 '立'자는 '세운다'는 뜻보다는 '곧'이란 의미로 쓰인답니다. 이렇게 보면 '입춘'은 아직은 겨울이지만 '봄을 맞을 준비를 하는 시기'쯤 될 것입니다. 절기 기준 이외에 봄을 따지는 기준은 다양합니다. 1년 열두 달을 4등분한다면 3월 1일이 봄이고, 천문학적으로 따진다면 낮과 밤의 길이가 같아지는 '춘분(3월 20일경)'이 본격적인 봄이랍니다. 그러나 기상학적 기준으로는 '9일간의 일 평균 기온 값이 영상 5도로 올랐다가 다시 떨어지지 않는 첫날'로 정의한답니다. 이 기준으로는 서울의 봄은 3월 12일, 부산은 2월 9일쯤 된답니다. 어찌됐든 입춘절기는 봄을 바라는 염원이 담겨 있습니다.

그러나 입춘이 '봄이 곧 올 시기'를 나타내는 절기지만 일부분에선 실제 봄이 오는 곳도 있습니다. 제주도나 부산 등 남녘은 입춘날짜와 기상학적 봄 날씨가 거의 일치합니다. 어제 모 신문엔 거제시 한려해상 부근에 꽃망울을 터뜨린 매화(春堂梅)사진이 실렸습니다. 특히 이번 겨울은 소한, 대한이 있는 1월보다 지난해 12월이 더 추웠답니다. 이런 현상도 봄이 빨리 오는 조짐 같습니다. 그나저나 입춘날씨가 동반해 오라는 봄바람은 오지 않고 불청객 미세 먼지만 데려와서 하늘이 뿌옇습니다. 작년에도 그랬지만 올봄도 미세먼지 때문에 다가오는 봄을 마냥 즐거워할 수도 없게 생겼습니다.

절에 다니는 집사람이 카톡메시지로 현관에 '입춘대길 건양다경(立春大吉 建陽多慶)'이라는 입춘첩을 붙이고 사진을 찍어 보냈습니다. 옛날엔 많은 사람들이 이런 이벤트를 했겠지만 지금은 일부에서 간신히 명맥만 이어지는 행사로 전락하여 아쉽습니다. 그런데 신기한 것은 미국에서도 이와 비슷한 입춘 절 행사가 열린다는 사실입니다. 미국에서는 매년 2월 2일은 '그라운드 호그 데이'라고 부른답니다. 그라운드 호그는 북미에 서식하는 동물인데 생김새는 고슴도치 비슷하고, 크기는 토끼만 하답니다. 그라운드 호그 데이란 굴에서 나온 그라운드 호그가 자신의 그림자를 돌아보는가에 따라 겨울이 얼마 남 았는가를 점친답니다. 즉, 자기 그림자를 보지 못하면 겨울이 끝나고, 반대면 겨울이 더 지속된다고 믿는 겁니다. 그리고 보면 봄을 기다리는 건 우리나 미 국인이나 마찬가집니다. 그나저나 입춘은 왔는데 마음은 미춘(未春)입니다.

(2015. 2. 4.)

최고의 선물

지난주 토요일 중국에서는 요란한 프러포즈 행사로 13억 중국인들의 부러움을 받은 커플이 있습니다. 이들은 바로 중국을 대표하는 여배우 장쯔이(章子怡)와 요즘 중국에서 뜨고 있는 가수 왕펑(汪峰)입니다. 왕펑이 무려 12번 청혼 끝에 콧대 높은 장쯔이의 승낙을 받았답니다. 비결은 여러 가지가 있겠지만 이번 장쯔이 생일날에 무인비행기(드론)로 전달한 9.15캐럿짜리 다이아몬드 반지가 결정적인 역할을 한 것 같습니다. 이 반지는 세계 10대 다이아몬드 중개상 중 하나인 영국 런던의 모사이에프 다이아몬드(Moussaieff Diamond)로 우리 돈으로 약 9억 원쯤 한답니다. 진심이 어떻든지 간에 왕펑은 이번 프러포즈에 생일 파티비 1억 7천만 원을 포함, 10억 원 이상을 쓴 셈입니다.

통 큰 선물은 할리우드 유명배우 브래드 피트, 안젤리나 졸리 부부가 한 수 위입니다. 과거에도 피트는 졸리에게 3억 원짜리 반지를 선물하고, 졸리는 피트에게 무려 20억 원에 이르는 헬기를 선물하기도 했답니다. 심지어는 지난해 밸런타인데이 때는 세 딸에게 할리우드 유명디자이너 닐 레인의 하트 목걸이 1천2백만 원어치를 선물로 준 것으로 전해집니다. 이들 부부는 물품 선물만 통 크게 쓰는 것이 아니라 아예 인생 자체를 선물하기도 합니다. 즉, 아이를 입양해 키우는 겁니다. 현재 부부 사이에서 태어난 세 명의 자녀 외에 세 명을 입양하여 무려 여섯 명의 자녀를 키우고 있답니다. 그런데 요즘 이들 부부가 시리아 난민 아동인 두 살짜리 무사를 추가 입양하기로 했다는 소식이 들립니다. 역시 '세계적인 스타는 마음 씀씀이도 세계적이다'는 생각이 듭니다.

이젠 초콜릿 주는 날로 변했지만 이번 주 토요일은 여성이 사랑하는 남성에게 사랑을 고백한다는 '밸런타인데이'입니다. 다음 주엔 민족의 대명절인 설을 앞두고 있습니다. 또 졸업과 입학 시즌이기도 합니다. 많은 사람들이 이즈음 연인 간, 동료 간, 가족 간에 정이 담긴 선물이나 세뱃돈 또는 덕담을 주고받을 겁니다. 그러나 어떤 경우에는 주고받는 선물이나 덕담으로 상처를 받는 경우가 많습니다. 연인 사이에 너무 솔직하거나 선물을 잘못하면 아니함만 못한 경우도 있습니다. 명절에 모처럼 만난 조카나 동생에게 취직, 결혼, 학교얘기 꺼냈다가 기분을 망치는 경우가 허다합니다. 형제간에 부모님 모시는 문제로 다투기도 합니다.

최근 미국에서 《사랑과 거짓말(Love and Lies)》란 신간 에세이를 펴낸 클랜시 마틴 미주리대학교 철학과 교수가 지난 8일 〈뉴욕타임즈〉에 재미있는 기고를 했습니다. 그는 '좋은 연인은 거짓말을 한다'는 제목의 글에서 "밸런타인데이는 진실을 말하는 날이 아니다"고 했습니다. 그러면서 그는 "인간관계는 서로의 감정이나 생각을 그대로 다 드러내지 않을 때 오래 유지된다"고 주장했습니다. 이와 연관되는 연구가 최근 미국에서 발표됐습니다. 버몬트대와 MIT대 공동연구에 따르면 한국어를 비롯한 세계 10개 언어 '행복도'를 조사했더니 스페인어가 가장 행복하답니다. 반면 중국어와 한국어는 부정적인 단어 사용이 많은 '우울한 언어'로 꼽혔답니다. 하여간 실천은 참 어렵지만 우리도 서양 사람들처럼 '사랑해', '고마워', '행복하냐?' 등 립 서비스가 입에 배야 하지 않을까 생각해 봅니다. 결국 립 서비스가 선물 중 최고일지도 모릅니다.

(2015. 2. 12.)

블랙 앤드 화이트 스토리

　무려 5일간의 화려한(?) 연휴가 끝날 즈음 딸내미의 입에선 한숨부터 나옵니다. "낼부터 어떻게 일하지?" 올해 결혼 적기(?)를 맞았지만 기본준비(?)가 없는 심적 부담과 출근스트레스가 합쳐져 나온 한숨일 겁니다. 출근스트레스는 올해로 직장생활 34년째인 저도 마찬가집니다. 물론 우리 아들 녀석들 같은 '취준생'(취업준비생)이나 퇴직 선배들의 입장에서 보면 '사치스런 고민'입니다. 혹여 정주영 회장처럼 출근하고 싶어 가슴이 설렌다는 분도 계시겠지만 연휴 끝나고 출근하는 직장인들의 발걸음은 비슷할 겁니다. 거기다가 연휴 마지막 날부터 시작된 황사가 계속되면서 스트레스지수를 높였습니다. 4년 만에 최악의 황사라는 기상청의 발표에 사람들의 기분은 잔뜩 어두워졌습니다.

　그런가 하면 같은 시기에 우리와 반대편에 있는 미국 동부지역은 혹한이 몰아쳐 고통을 겪고 있다는 소식이 들립니다. 수도인 워싱턴DC에서는 지난 20일 눈 폭풍이 몰아치고 최저기온이 영하 15도를 기록, 120년 만에 가장 낮은 기온이 관측됐다고 합니다. 이런 가운데 미 동부의 한 소도시 경찰이 '겨울왕국'의 주인공인 '엘사'에 가상 체포영장을 발부해 화제에 올랐습니다. 인구 2천여 명에 불과한 켄터키주 할란시 경찰은 "금발여성인 용의자는 푸른 긴 드레스를 입고 '렛잇고'라는 노래를 부르는 모습이 마지막으로 목격됐으며, 날씨에서 알 수 있듯 용의자는 매우 위험하다"는 내용의 체포영장을 페이스북에 공개했다고 합니다. 안 좋은 상황을 스토리로 바꾼 재치가 돋보입니다.

지난 설날 올해 대학을 졸업하는 두 아들 녀석 세뱃돈을 좀 세게(?) 줬더니 녀석들 반응이 걸작입니다. 받는 순간 기쁨보다는 마지막 세뱃돈임과 동시에 꼭 취업하라는 아빠의 압력(?)을 느꼈다는 겁니다. 순간 저는 '이 녀석들 취업스트레스가 대단하구나!' 하는 걸 직감했습니다. 애써 "너무 조급해 하지 말고 천천히 준비해라"라고 위로를 건넸습니다. 때마침 엊그제 모 경제신문엔 올해 취업시장 기상도 '흐림'이란 기사가 실렸습니다. 한국은행이 최근 발표한 기업경기실사지수(BSI : Business Survey Index)에서 인력 부족 기업 수는 5년 만에 최저라는 겁니다. 취준생 아들을 둔 저도 중국발 황사보다 탁한 현실에 눈앞이 짙은 안개처럼 느껴집니다.

사람 마음이야 텅 빈 흰색이거나 짙은 안개 같아도 봄은 어김없이 찾아옵니다. 봄을 알리는 전령이 많지만 여성들의 봄 패션도 그 중 하나일 겁니다. 업계에서는 올 봄은 예년처럼 화사한 파스텔 패션이 아니라 블랙 앤드 화이트패션이 대세일 거라는 예측입니다. 이유인즉 불황 여파로 유행을 타지 않는 상품이 인기가 있기 때문이라는 겁니다. 이를 입증이라도 하듯이 지난 22일 개최된 제87회 아카데미 시상식에서 유명 여배우들이 흰색 드레스를 입고 등장했습니다. 모 신문엔 여우주연상을 거머쥔 줄리엔 무어가 우아한 흰색 드레스를 입고 레드 카펫에 서서 포즈를 취한 사진이 실렸습니다. 어찌됐든 저도 올해 '블랙 앤드 화이트 스토리'가 있길 기원해 봅니다. 그것은 검은 정장을 입고 환하게 웃는 직장인 아들 녀석과 흰색 웨딩드레스를 입은 예쁜 딸내미의 모습입니다. 상상만으로도 황사가 싹 걷히고 화사한 봄꽃을 본 느낌입니다.

(2015. 2. 25.)

'차줌마'와 '공줌마'

지난달 모 일간 신문에 실린 김정운 교수의 칼럼을 읽다가 혼자 빙그레 웃었습니다. 심리학 교수인 그는 생뚱맞게도 현재 일본에서 미술공부에 빠져 있답니다. 이런 자기 자신에 대하여 그의 인생에 있어서 가장 훌륭한 결정이었다고 그 칼럼에 썼습니다. 그러면서 그는 삶의 마지막순간까지 놓치지 않을 관심의 대상과 목표가 있어야 주체적인 삶이라고 강조하고 있습니다. 그는 늙어서도 공부하는 것이 그의 목표라고 했습니다. 구체적으로 영어, 독어, 일어, 한국어로 된 책을 들고 비행기를 타는 게 소원이랍니다. 비행기에 타면 예쁘고 젊은 여자 옆에 앉아 영어책, 독어책, 일어책, 한국어책을 순서대로 읽을 거랍니다. 사춘기소년 같은 그의 치기(稚氣)가 웃기기도 하고 부럽기도 합니다.

올해로 77세인 문학평론가 김병익 씨는 젊은 세대처럼 스마트폰을 활용하고 인터넷서점에서 책을 산답니다. 그는 노년의 독서가 더 즐겁다고 합니다. 오히려 현역 은퇴 후 《도스토옙스키 전집》 25권과 《카뮈전집》 34권 등 주로 '전작주의 독서'를 한다고 합니다. 또 읽다가 인상적인 대목이 나오면 포스트 잇을 붙이고, 하루 중 편한 시간에 워드로 치는 소위 '메모독서'를 한다고 합니다. 신문사설 한 편을 읽는데도 인내를 필요로 하는 저를 비롯한 '독서푸어(?)'들에겐 참 대단한 분입니다. 그러면서 '참 멋지게 늙는 분이다!'라는 생각을 해 봅니다.

제 집사람은 요즘 대학 새내기입니다. 이번 주 집 근처 모 전문대학 사회복지학과에 입학해 만학도(?)가 됐습니다. 간혹 신문기사처럼 못 배운 한(?) 때문도 아니고 생업(?) 때문에 시작한 것도 아닙니다. 다분히 충동적(?)이었습니다. 지난 2월 어느 날 모 방송에서 방영하는 '삼시세끼'라는 프로그램을 보다가 집사람이 의외의 발언을 했습니다. "나도 공부 좀 해 볼까?" 건성으로 듣고 있던 제 대답 왈 "한 번 해 봐! 치매예방도 되고 좋을 텐데……." 그러자 집사람 왈 "취미삼아 진짜 한다! 딴 말 없기……." 이 말 이후 '지원 – 합격 – 등록금 납부 – 입학' 등의 일련의 과정이 정말 번개처럼 진행됐습니다. 어제는 만학도 입학생들만 모여 개강파티도 했다고 했습니다. 학교생활을 이야기하는 집사람의 약간 들뜬 목소리가 요즘 부풀어 올랐을 버들강아지 같습니다.

얼마 전 모 신문에서 나이 들어 무슨 취미를 갖느냐에 따라 훗날 치매발생 여부에 차이가 난다는 의학칼럼을 읽었습니다. 미국 유명 병원인 메이요클리닉 신경학자 요나스 게다 박사팀이 의미 있는 연구를 했습니다. 70~89세 기억력장애노인 197명을 대상으로 현재와 50~65세 때의 취미생활을 물었답니다. 그랬더니 퀼트, 도자기 등 수공예 취미를 계속했거나 노년기 이후에 즐겼던 경우 기억력장애가 40~50% 감소했다는 겁니다. 또한 독서, 컴퓨터게임을 하는 노인도 이런 취미가 없었던 노인보다 기억력장애가 30~50% 덜했다고 합니다. 반면 TV를 하루 7시간 이상 본 노인은 그보다 적게 본 노인보다 기억력장애가 50% 더 많았다고 합니다. 결국 TV화면에서 보는 '차줌마(아줌마 같은 차승원)'보다는 아예 '차줌마'가 되라는 얘깁니다. 그러고 보니 평소 공주라고 자칭해 온 제 집사람은 이제 '공줌마(공부하는 아줌마)'가 된 셈입니다.

(2015. 3. 6.)

꽃 보러 가지 마라

지난 2주일을 들뜬 마음으로 대학에 다니던 집사람이 결국 탈(?)이 났습니다. 온몸이 으슬으슬하고 처지는 게 한마디로 다운 직전이라는 겁니다. 노구(?)를 이끌고 이십대 청춘들의 스케줄에 따라가느라 벅차기도 했을 겁니다. 거기다 아침저녁 심한 일교차 덕분에 감기가 덮친 것 같습니다. 지난달 하순 모 신문에 재미있는 기사가 실렸습니다. 1년 중 3월에 '마음의 병' 환자가 최다라는 겁니다. 특히 2월에서 3월 초 설날, 졸업, 입학, 이사 등 집안 대소사가 집중된 후인 3월께 스트레스를 호소하는 사람이 많다고 합니다. 이러한 현상을 '신체형 장애'라고 한답니다. 실제로 건강보험심사평가원이 지난 5년간의 신체형 장애진료 기록을 분석한 결과, 특히 3월에 발병률이 높게 나타나 연간의 24%에 달한다고 합니다.

입사시험을 앞두고 벼락치기로 밤을 새우다시피 하는 아들 녀석에게 핀잔(?)을 줬더니 녀석 대답이 걸작입니다. 자기만 그런 게 아니고 자기 친구들도 똑 같다는 겁니다. 그러면서 전문용어(?)를 들고 나왔습니다. 벼락치기 공부는 학생이면 누구나 겪는 일명 '스튜던트 증후군'이란 겁니다. 어디서 그런 걸 알았느냐는 질문에 어느 교수가 그랬답니다. 지난 11일 눈에 띄는 기사 한 컷을 봤습니다. 바로 우리나라 아동들의 학업 스트레스가 세계 1위라는 기사입니다. 보건사회연구원이 보고서를 통해 한국 등 30개국 아동을 국제 비교해 발표했는데, 우리나라 아동의 학업스트레스 지수가 50.5%로 세계 최고랍니다. 이 수치는 가장 낮은 네덜란드 16.8%의 세 배에 달하는 수준입니다.

스트레스에 있어선 아이들만 세계 최고가 아닙니다. 어른들의 업무스트레스도 세계 정상수준이랍니다. 지난 15일 세계적인 헬스케어기업인 필립스는 한국, 미국 등 10개국 7,817명의 수면 실태를 조사해 발표했습니다. 조사 결과 한국인 10명 중 4명은 일에 대한 스트레스로 잠을 설치는 것으로 조사됐답니다. 이 수치는 가장 수치가 낮은 네덜란드 15%의 약 세 배에 달하는 수치입니다. 모 신문 사회부 정종훈 기자는 그 신문 고정코너에 이렇게 썼습니다. 요즘 '삼시세끼' 등 '먹방' 열풍은 다 이유가 있다는 겁니다. '저녁이 없는 삶'을 사는 한국인들이 '그림의 떡'인 먹방을 지켜보며 위로받기 때문이라는 겁니다. 그러면서 그는 '삼시세끼'는 사치라고 했습니다.

학원순례 등으로 숨이 막힐 것 같은 아이들의 일상이 보기 딱했던지 교육감님들이 나섰답니다. 아이들에게 놀 권리를 주자는 요지의 '놀이헌장'을 제정한답니다. 지난 주말 미국에서도 이와 비슷한 논리의 소식이 들렸습니다. 바로 어린이들에게 집안일을 돕게 하라는 겁니다. 미네소타대 마티 로스만 교수가 어린이 84명의 성장과정을 추적 분석한 결과, 3~4세부터 집안일을 도운 어린이가 가족, 친구관계뿐 아니라 직업적 성공도 이뤘다고 합니다. 그러고 보면 제가 자라온 대로 방목(?)해서 어린이를 키우자는 겁니다. 때가 때인지라 남녘에서부터 꽃소식이 들립니다. 꽃 마중하러 갈 여유가 없는 요즘 사람들 마음을 진작 알았는지 옛 인도시인 까비르는 이런 시를 썼습니다. "꽃을 보러 밖으로 나가지 마라 / 친구여, 그럴 필요가 없다 / 그대의 몸속에 꽃들이 만발한 정원이 있다 / 중략" 그래도 꽃을 보고 싶습니다. 봄이니까.

(2015. 3. 17.)

'봄앓이'와 팔팔한 삶

여기저기에서 꽃소식이 들리고 완연한 봄의 향연이 시작되던 지난주, 제 딸은 선택의 기로에서 '봄앓이'를 했습니다. 6년 동안 다니던 직장을 그만 두느냐 마느냐의 결정 때문이었습니다. 제 딸이 다니던 직장은 모 대학병원입니다. 몸이 약한 아이인지라 연속되는 주야교대근무에 매우 힘들어 했습니다. 결국은 그 직장을 그만두었습니다. 대책 없이 그만 둔 것은 아니고 모 레저업체 의료전담요원으로 채용이 확정되어 직장을 바꾼 겁니다. 저와 제 집사람은 선택의 기로에서 고민하는 딸에게 무조건 용기(?)를 주었습니다. "인생 머 있어? 과감히 저질러라", "성공한 삶보다는 행복한 삶이 더 낫지 않겠냐?", "잃지 않고 얻을 수만은 없다"는 등. 정작 제 자신은 여태껏 살아오면서 이런 결단(?)을 내려본 적이 없었던 것 같습니다.

우리나라 근로자들은 세계에서 가장 많이 일한다고 합니다. OECD 회원국 34개국의 1인당 연간 근무시간이 멕시코(2,237시간)가 가장 많고, 그 다음이 우리나라(2,163시간)랍니다. 가장 적은 네덜란드가 1,380시간이었고, 좀 독하다고 생각되는 독일도 1,388시간으로 우리나라보다 훨씬 짧습니다. 반면 우리나라 근로자의 노동생산성은 OECD국가 평균 대비 80%, 미국 대비 59% 수준이랍니다. 새벽에 출근해 야근을 밥 먹듯이 하고 상사가 퇴근해야 회사 문을 나서는 현실이 그것을 말해 줍니다. 또 시간을 보내야 돈이 나오는 시간외수당 등 임금체계도 한몫했습니다. 그러나 생산성이 낮다는 건 일하는 여건도 있겠지만 일부시간은 딴 짓(?)을 하고 있다는 얘기도 됩니다.

일 많이 하는 것은 비단 근로자뿐이 아닌 것 같습니다. 기업주도 마찬가지입니다. 세계 최대 소매업체 월마트의 창업주이자 미국 시애틀을 통째로 사고도 남을 만큼 돈을 번 샘 월튼이 죽기 전에 마지막으로 남긴 말이 그의 일생을 말해줍니다. 그 말은 바로 "인생을 잘못 살았어"랍니다. 그도 그럴 것이 월마트를 만들고 키우느라 바쁜 삶을 산 그는 죽을 때까지 자식들에 대해 아는 바가 거의 없었다고 합니다. 심지어 손자들의 이름도 절반을 외우지 못했다고 합니다. 월마트 회장뿐이겠습니까? 내로라하는 많은 기업주들이 과연 하고 싶은 일들에 얼마나 시간을 들였을까 의문을 가져봅니다.

이른바 8-8-8원칙이란 것이 있답니다. 하루를 8시간으로 3등분해서 8시간은 해야 하는 일에, 8시간은 하고 싶은 일에 쓴 후 나머지 8시간 동안 충분히 휴식을 취하는 방식을 말합니다. 이 원칙은 마틴 베레가드와 조던 밀른이 쓴 《스마트한 성공들》이라는 책에서 기업가이자 철인 3종 경기 선수인 미치 스로우어의 사례를 분석해 만든 겁니다. 하루 종일 일터에 매여 사는 대부분의 직장인들에겐 언덕너머 무지개 같은 얘기일 수 있습니다. 그런데 일부에선 노란 봄꽃 같은 소식도 들립니다. 어제 삼성은 근무시간을 임직원 자율에 맡기는 '자율출퇴근제'를 실시키로 했다고 발표했습니다. 이 제도는 월요일에서 금요일까지 하루 4시간 이상 근무하고 주당 40시간 근무를 채우는 조건으로 출근시간과 퇴근시간을 마음대로 조정하는 제도랍니다. 이렇게 되면 직장인들에겐 8-8-8원칙을 지키며 팔팔한 삶을 살 수 있을까 생각해 봅니다.   (2015. 4. 1.)

제비꽃 당신

바야흐로 꽃의 계절입니다. 스마트폰 SNS엔 부지런한 친구들이 연신 멋진 꽃 장면을 경쟁적으로 올립니다. 꽃 소식 올린답시고 이 기회에 부인, 딸 자랑하는 팔불출(?)도 있습니다. TV화면엔 황홀한 꽃 장면을 입체적으로 비쳐줍니다. 요즘은 '드론'이라는 편리한 촬영기구 덕에 눈 호사를 더 하는 것 같습니다. 이번 주말엔 전국 곳곳에서 꽃 축제가 열린다는 소식입니다. 꽃구경 가고 싶은 열정 때문인지 저도 업무시간(?)에 잠시 꽃구경을 했습니다. 어제 오후 업무 차 국회에 갔었는데, 그곳이 꽃 대궐이었습니다. 여의도 일대가 벚꽃이 만개하여 눈꽃처럼 환했습니다. 많은 사람들이 꽃나무 그늘을 거닐며 봄을 물들이고 있었습니다. 그곳에 있는 사람들의 표정이 꽃만큼이나 환해 보였습니다. 그렇지만 만약 그때 제 얼굴을 거울로 봤다면 제 표정은 별로였을 겁니다. 저는 슈퍼 을(乙)의 입장에서 임해야 되는 회의를 앞둔 시점이었기 때문입니다.

세상이 빨라진 만큼 꽃피는 속도도 예전보다 훨씬 빨라졌습니다. 봄꽃의 대명사인 벚꽃의 경우 예년 평균(1981~2010년 평균)은 서귀포에서 3월 24일, 서울에서는 4월 10일에 개화해 17일 차이가 난답니다. 그런데 올해 지난 3월 25일 서귀포에서 개화했는데 서울엔 4월 3일에 개화가 됐으니 9일 만에 온 겁니다. 예년보다 배가 빨라졌다는 얘깁니다. 지난해는 더 빨라서 3일밖에 걸리지 않았답니다. 꽃이 피는 속도가 빨라졌다는 건 또 한편으론 꽃을 볼 시간이 짧아졌다는 걸 의미합니다. 꽃이 피고 지는 것은 자연의 섭리지만 한시라도 더 보고 싶은 게 사람들의 욕심입니다. 그래서인지 조지훈 시인은 "꽃이 지는 아침은 울고 싶어라"고 노래했는지 모릅니다.

꽃이 빨리 지는 것도 섭섭한데 이상하게 꽃 잔치 많은 이즈음이면 가슴 아픈 일이 많이 생깁니다. 최근 몇 년을 돌아봐도 천안함침몰 사태, 세월호 참사 등 국가적 재난이 이어졌습니다. 다음 주면 세월호 참사 1주기를 맞습니다. 가족들이야 말할 것도 없겠지만 이를 지켜보는 사람들의 얼굴엔 그때의 참담함이 밀려올 겁니다. 요즘 연금개혁을 앞둔 공무원들 얼굴엔 웃음기가 사라졌습니다. 어젠 지난 정부 자원개발 비리 의혹으로 수사를 받던 모 기업인이 억울하다며 세상을 등졌습니다. 오늘은 그분이 남긴 메모 여파로 기라성 같은 정치인들의 얼굴에 수심이 가득해졌습니다. 이래저래 환하게 웃어야 할 짧은 봄날에 꽃잎처럼 흩날리는 슬픈 봄날인 분들이 많습니다.

아무튼 꽃이 빨리 지기로서니 꽃을 탓할 수만은 없습니다. 꽃은 언제나 그렇듯 자연의 섭리대로 피고 지는 것입니다. 저도 요즘 제 자신을 보고 흠칫 놀랄 때가 있습니다. 혹여 거울을 볼라치면 얼굴이 어딘가 어두워졌기 때문입니다. 아마도 석 달여 진행된 외부감사, 대외 업무평가 등 스트레스받는 일로 그랬던 것 같습니다. 안되겠다 싶어 이 글을 쓰는 도중에 일부러 거울 앞에서 한 번 씨~익 웃었습니다. 거기엔 촌스런 중년남자가 어색하게 웃고 있었습니다. 저도 꽃이고 싶습니다. 눈에 확 들어오는 벚꽃이나 개나리, 진달래꽃은 좀 그렇습니다. 찔레꽃이나 목련꽃은 슬픈 것 같아 싫습니다. 그저 이맘때 길가에 조그맣게 핀 제비꽃쯤 되면 족합니다.   (2015. 4. 10.)

꽃바람과 정(情)테크

몸살을 앓은 듯 4월이 떠나가고 있습니다. 지난 월요일부터 느닷없이 찾아온 더위를 잠시 막아서기라도 하듯 어젠 하루 종일 봄비가 질금거렸습니다. 오늘 아침 하늘은 맑다 못해 청신(淸新)한 얼굴을 드러냈습니다. 4월의 말미인 지난주 금요일 함께 근무했던 퇴직 선배님 두 분을 모임에서 뵈었습니다. 지금도 모 계통조직에서 경영책임자로 왕성하게 활동하시는 한 선배님 왈, "시간이 왜 이렇게 후딱후딱 지나가지? 올해도 벌써 네 달이 어떻게 갔는지 모르겠네." "선배님, 나이가 드시면 뇌가 노화되어 최근에 한 일은 금방 잊는다네요. 그래서 시간이 빨리 간답니다." 맞장구는 이렇게 하면서도 기실 저도 그 선배님과 비슷한 생각을 하고 있었습니다.

제 또래는 다들 비슷하겠지만 모이기만 하면 화두가 '노후문제'입니다. "퇴직하면 뭐할 거냐?", "노후준비는 충분히 해두었냐?", "갈 데 없으면 마누라가 싫어할 텐데 큰일이다" 등. 얼마 전 모 잡지에서 외국계 전문리서치 기업이 조사한 노후문제 설문조사 결과를 읽었습니다. 20대부터 50대까지 1천 명을 대상으로 조사한 결과, 평균적으로 남성은 80.75세, 여성은 85.72세까지 살 것이라고 예상했답니다. 문제는 아프지 않고 건강하게 사는 나이는 이보다 10년씩 낮추어 대답했답니다. 노후에 걱정되는 문제는 돈, 건강, 일, 외로움 등의 순서였다고 합니다. 충격적인 것은 죽음에 대한 태도를 물었더니 '병치레를 하며 오래 사느니 차라리 일찍 죽는 것이 낫다'라는 응답이 무려

71.3%나 됐다고 합니다. 이쯤 되면 오래 사는 것이 축복이 아니라 걱정거리로 변해갑니다.

지난주에 모 신문에서 의학전문기자인 김철중 의사가 쓴 칼럼을 읽었습니다. 내용인즉 초고령 장수인이 많은 지역의 공통적인 특성을 찾아낸 〈내셔널 지오그래픽〉의 리포트 내용을 소개했습니다. 대상지역은 이탈리아의 사르데냐, 일본의 오키나와, 미국 캘리포니아의 로마린다, 코스타리카의 니코야, 그리스의 이키리아 등 세계적인 장수촌입니다. 이들 지역의 특징은 각자 방식으로 정서적인 안정감과 강한 소속감을 느끼는 공동체적 삶을 꾸려간다는 점이랍니다. 그 원동력이 가족이건, 종교이건, 마을이건 상관없습니다. 구성원이 다 같이 끊임없이 움직이는 속에서 외롭거나 적적할 시간이 없습니다. 그 칼럼은 건강한 노후를 위해서는 개인적인 재테크와 헬스테크도 중요하지만 주변사람 간 서로 끈끈한 정을 나누는 '정(情)테크'가 있어야 한다고 결론지었습니다.

지난 23일 발표한 '유엔 2015 세계 행복보고서'가 우리의 성적표 같습니다. 그 보고서에 의하면 세계 1등은 스위스이며, 우리나라는 158개국 중 47등을 했답니다. 언뜻 중상위는 했지만 왠지 공부한 만큼 성적이 안 나온 것 같아 억울한 기분도 듭니다. 하기야 이번 보고서 작성을 주도한 제프리삭스 미국 컬럼비아대 교수의 말을 들으면 억울해 할 것도 없습니다. 그는 "높은 사회적 신뢰도와 낮은 수준의 부패성을 가진 정부, 자발적이고 관대한 시민의식, 특히 국민들이 한마음으로 뭉치는 '응집력'이 국가의 행복을 결정짓는다" 고 했습니다. 결국 개인과 마찬가지로 국가 전체도 '정테크'를 잘해야만 한다는 결론입니다. 언뜻 꽃바람 속에서 몸살을 앓았던 우리의 4월을 되돌아보게 됩니다. 저도 5월에는 '정테크'에 신경을 좀 써봐야겠다는 생각을 해 봅니다.

(2015. 4. 30.)

제2장
잭슨목련과 신드버그 장미

談半
眞

유령의 1분

요즘 일본 대지진의 여파로 대재앙을 맞은 일본인들의 질서의식과 배려정신이 화제입니다. 생사의 기로에 있으면 누구나 이기적으로 되기 쉽습니다. 또한 본능적으로 대성통곡 등 원초적인 감정노출을 하게 됩니다. 그렇지만 TV 화면에 비친 일본인들의 모습은 너무나 차분해 보입니다. 주유소, 슈퍼마켓에서의 줄서기 등은 경이롭기까지 합니다. 다른 나라의 예에서 보듯 방화, 약탈, 울부짖음은 찾아보기 힘듭니다. 이러한 일본인들의 행동은 어렸을 적부터 '남에게 폐를 끼치지 마라'라는 배려교육 덕분이라고 합니다.

미국 뉴욕시에서 출발하는 모든 통근열차는 정확하게 예정시간보다 1분 늦게 출발한다고 합니다. 이것은 소수의 철도 종사자만 알고 있는 140년 된 비밀이라고 하네요. 1분 늦게 출발하는 이유는 한마디로 승객에 대한 배려라고 합니다. 아시다시피 출퇴근시간대의 1분은 엄청나게 중요하죠. 출발시간에 맞게 숨 가쁘게 뛰어왔을 때 열차가 있는 것과 방금 출발해버린 것은 지각을 하느냐 마느냐의 차이입니다. 만약 놓쳤을 때 다음 열차는 30분 후에 오기 때문이죠. 〈뉴욕타임즈〉는 작년 10월 이 기사를 보도하면서 이 1분을 '유령의 1분' 또는 '은총의 시간'이라고 칭하였습니다.

수원에 있는 장안신협은 조그마한 금융기관이지만 고객응대에 각별합니다. 한 명의 고객을 위해 이곳에서는 지난 2002년부터 1시간 앞당겨 오전 8시에 문을 연다고 합니다. 정신지체장애인인 한 소녀 고객이 2002년 어느 날 문열기 40분 전인 8시 20분에 2천원을 들고 와서 예금하겠다고 하더랍니다. 그때 직원들이 어쩔 수 없이 수기로 처리해 준 것이 계기가 되었다고 합니다. 이후 그 소녀는 매일 아침 등굣길에 2천 원씩 예금하기를 즐거워하고, 이로 인해 심신상태가 많이 좋아졌다고 합니다. 이 일이 알려지고 사람의 마음을 움직여 많은 고객들이 장안신협의 팬이 되었다고 합니다.

현대사회는 치열한 경쟁사회입니다. 정보도 앞서야 하고 발걸음도 앞서야 살아남습니다. 그러다 보니 나보다 남을 위한 배려, 소수의 약한 사람에 대한 배려가 부족한 것이 현실입니다. 그렇지만 우리나라 농협은 이념 자체가 배려 정신이라고 생각합니다. 또한 사업을 통해 조합원과 고객에 대하여 사회적, 경제적으로 많은 도움을 주는 조직체입니다. 1사1촌으로 대표되는 농촌사랑운동, 농업인자녀 장학금 지원, 다문화가정 지원 등 국내 최대의 사회공헌사업을 하고 있습니다. 요즘 구제역, 폭설, 유가상승, 지진에서 보듯 세상사가 상당히 어렵습니다. 그렇지만 농협에 몸담고 있는 우리는 세상을 따뜻하게 할 수 있습니다. 왜냐하면 두 글자 '같이'의 '가치'를 믿기 때문입니다.

(2011. 3. 21.)

내 인생을 풀리게 한 인연

요즘 가수 서태지 씨와 탤런트 이지아 씨의 비밀결혼과 이혼 소식이 알려지면서 세간에 뜨거운 화제가 되고 있습니다. 연예인들의 결혼과 이혼은 늘 화제이지만 이번 서태지 씨의 경우는 '문화대통령'이라는 말까지 들었던 스타 중의 스타였기에 더욱 그런 것 같습니다. 이제 이혼은 연예인들의 문제를 떠나 사회 전반의 일반적인 문제가 되었습니다. 통계청에 의하면 작년 한해 결혼건수 34만 건 대비 이혼건수가 30%를 웃도는 12만여 건이나 된다고 합니다. 그나마 다행인 것은 작년 한해는 2009년보다 약 5.8% 줄었다고 합니다. 이유인즉 경기 회복과 이혼소송 시 일정기간 냉각기간을 거쳐야 하는 '이혼 숙려제' 영향이라고 합니다.

서양속담에 '안 보면 멀어진다(Out of sight, out of mind)'는 말이 있습니다. 그래서 많은 '기러기아빠'들이 오랜 시간 떨어져 있어 이혼으로 이어지는 경우도 있고, 유학한 자녀들과 갈등을 일으키는 일도 종종 있습니다. 캐나다에선 아시아계 '위성아기'로 고민하고 있다고 합니다. '위성아기'란 캐나다에 이민 온 아시아계 부모들이 직장생활에 전념하려고 모국에 있는 부모에게 맡겨 기른 아이들을 가리킨다고 합니다. 말하자면 모국의 부모가 '위성'인 셈이죠. 이 아이들은 학교에 들어갈 나이에 캐나다로 돌아왔지만 현지 적응을 못한다고 합니다. 최근 지방으로 이전하려는 모 국책연구기관도 많은 연구원들이 이직한다고 하여 고민이 많다고 합니다. 이유는 단 하나. 직장을 바꾸더라도 가족과 떨어지기 싫다는 얘기입니다.

이혼가정이 늘어나면서 마케팅에서도 이를 반영하고 있습니다. 종전까지 많은 기업에서는 고객관리를 위해 생일, 결혼기념일 등 기념일을 챙겼습니다. 그런데 요즘에는 생일은 잘 챙기지만 결혼기념일은 챙기지 않는 추세라고 합니다. 왜냐하면 이혼이 많은 바람에 자칫 역효과가 나기 쉽기 때문이랍니다. 어느 대형 유통업체 대표는 앞으로는 인터넷 종합쇼핑몰에 주력할 예정이라고 합니다. 우리나라 전체 가구 가운데 23%인 400만 가구가 1인 생활자인 현실을 감안한 전략이라고 볼 수 있습니다. 요즘 백화점의 푸드 코트엔 1인용 식탁이 큰 인기를 끌고 있다고 합니다. 가족이나 동료, 친구와 함께 식사하기보다는 혼자 식사하는 싱글족이 많아졌다는 얘기입니다.

작년 어느 은행이 고객을 상대로 '내 인생을 술술 풀리게 한 고마운 인연이 무엇이냐?'라는 주제의 설문조사를 했는데, 응답자의 72%가 '가족'이라고 답했답니다. 어제가 5월 첫날이지만 휴일이므로 사실상 오늘이 5월 첫날입니다. 5월은 어린이 날, 어버이날, 부부의 날 등 '가족'의 의미를 되새겨보는 달입니다. '가족'이라는 영어단어 '패밀리(Family)'의 어원이 "아버지, 어머니, 나는 당신을 사랑합니다(Father And Mother, I Love You)"의 첫 글자 조합이라고 합니다. 오늘은 퇴근길에 한잔하지 말고 사랑하는 가족을 위해 곧장 집으로 직행하십시다! (2011. 5. 2.)

마음에 점을 찍는 명언

낮선 사람과 친해지는 방법은 여러 가지가 있습니다. 만날 때마다 반갑게 인사를 하기도 하고, 술 한 잔 하기도 하며, 친절을 베풀기도 합니다. 그러나 뭐니 뭐니 해도 짧은 시간에 빨리 친해지는 방법은 함께 식사를 하는 것일 겁니다. 그래서 세상에서 가장 친한 사이인 가족의 다른 말이 '식구(食口)', 즉 '먹는 입'이라고 하는지 모릅니다. 식사를 하면서 이런저런 얘기를 나누다 보면 훨씬 가깝고 친근하게 느껴지게 마련입니다. 그래서 저도 일선 사무소장 시절 많은 고객과 점심을 함께 하고자 노력하였습니다. 이를테면 점심을 같이 먹는 자체가 마케팅활동 내지는 농정활동이 되는 것입니다.

'점심(點心)'이라는 말은 본래 아침과 저녁 사이에 시장기를 면하려고 간단히 먹는 것, 말 그대로 '마음에 점을 찍는다'는 기분으로 먹는 것을 가리키는 말이었다고 합니다. 미국에서도 12시부터 아무 때나 간단하게 먹는 것을 런치(Lunch)라고 한다고 하니 이런 면에선 동서양이 비슷합니다. 이 간단한 점심이 현대에 이르러서는 바쁜 아침시간에 식사를 충분히 할 수 없어 오히려 세 끼 중 가장 중요하게 되었습니다. 점심은 식사로서의 중요성과 함께 누구와 점심을 먹느냐가 중요해졌습니다. 그래서인지 '언제 식사 한 번 같이 하자'는 말이 요즘 직장인들의 인사말이 되었습니다.

미국사람들도 점심을 누구와 함께 하느냐를 꽤 중요하게 생각하는 것 같습니다. 지난 5월 말 미국의 여론조사기관 '메이슨-딕슨'이 재미있는 설문조사를 실시했습니다. 즉, '미국의 차기 대권 후보 가운데 단 한 사람과 점심식사를 같이 할 수 있다면 누구와 하겠는가?'라는 질문에 응답자의 절반이 넘는 53%가 오바마 대통령을 선택했다고 합니다. 그런가 하면 점심시간을 경매에 붙이는 기상천외한 이벤트도 있습니다. 바로 투자의 귀재 '워런버핏과의 점심' 경매가 그것입니다. 지난주 토요일에 끝난 올해 경매도 어김없이 역대 최고가인 28억 원(263만 달러)을 기록했다고 합니다. 경매를 통해 올린 수익금은 미국 샌프란시스코 자선단체 글라이드 재단에 기부된다고 합니다.

워런버핏 회장과 약 3시간 동안의 점심식사를 하며 나누는 이야기는 무엇인지가 궁금합니다. 《워런버핏과 함께한 점심식사》라는 책에서는 이야기 내용을 핵심 비법 여섯 가지로 제시합니다. 이는 "자신을 행운아로 생각하라, 정말로 사랑하는 일을 하라, 현명한 동료를 사귀어라, 스스로 판단하고 인내하라, 이미 이루어졌다고 믿어라, 베풀며 검소하게 살아라" 등입니다. 살펴보면 별 특별한 내용도 아닙니다. 그렇지만 뉴욕에서 2천km나 떨어진 오마하에 거주하면서도 월가의 흐름을 정확히 꿰뚫고 있는 '오마하의 현인' 비법이기에 어마어마한 점심값을 기꺼이 내는 것 같습니다. 노벨경제학상을 수상한 밀턴 프리드만 교수는 "공짜 점심은 없다(No free Lunch)"라는 말을 즐겨했다고 합니다. 이 말이야말로 '마음에 점을 찍는' 명언입니다.   (2011. 6. 13.)

금선탈각(金蟬脫殼)

신의 물방울이라 일컬어지는 명품 와인을 얻기 위해 프랑스 보로도지방의 샤토(포도농장) 주인들은 10년 이상을 기다린다고 합니다. 즉, 새로운 땅을 개척해서 처음 포도나무를 심기까지 3년은 준비를 해야 하고, 첫 수확을 하기까지 또 3년을 기다려야 합니다. 더구나 질 좋은 포도를 얻으려면 5~6년은 더 기다려야 한답니다. 또 양도 아주 적습니다. 포도나무 한 그루에 레드와인은 한 병, 화이트 와인은 한 잔 정도밖에 나오지 않는다니 와인이 비싼 이유가 여기 있는 것 같습니다.

몇 년 전 어느 TV방송에서 '까다로운 소비자가 명품을 만든다'는 내용의 다큐 프로그램을 방영한 적이 있습니다. 그 프로그램에서 본 내용이 아직도 생생이 기억납니다. 일반적으로 여성들은 구두를 살 때 세 번 정도 신어본다고 합니다. 그런데 이탈리아 여성들은 무려 열두 번이나 신어보고 산다고 합니다. 만드는 사람과 파는 사람 입장에서 보면 매우 피곤한 일이겠지만 이것이 이탈리아 구두를 명품으로 만든 요인이라고 합니다. 이런 시행착오를 거친 오랜 노력의 결과 한때 이탈리아는 구두 수출액이 나라 전체 수출액의 20%까지 달했던 적도 있었다고 합니다.

평창 동계올림픽 개최지 결정이 임박했습니다. 지난 두 번의 실패를 발판 삼아 무려 10년 이상의 긴 시간을 거친 세 번째 도전입니다. 국민의 성원, 경기장 시설, 선수 인프라 구축 등 어느 것 하나 빠질 것이 없다고 자부합니다. 이는 강원도민은 물론 온 국민이 성원하여 이루어낸 결과물입니다. 최근에도 유치를 기원하는 농특산물전 개최, 음악회, 기도회, 법회, 각종 스포츠 행사 등이 많이 열리고 있습니다. 대외경제연구원이 밝힌 '2018 평창 동계올림픽'의 생산유발효과는 20조 5천억 원으로 추산합니다. 총 고용창출효과는 23만여 명으로 추산된다고 합니다. 따라서 우리가 반드시 유치해야 할 이유가 명백합니다.

매미는 보통 일주일, 길어야 한 달을 살기 위해 6년에서 많게는 17년이란 긴 시간을 애벌레로 지낸다고 합니다. 이렇게 애벌레에 불과하던 매미가 성충이 되어 금빛 날개를 가진 화려한 모습으로 탈바꿈 하는 것을 금선탈각(金蟬脫殼)이라고 합니다. 즉, 금선탈각이란 '금빛매미(金蟬)가 되기 위해서는 껍질을 과감하게 벗어 던져야(脫殼) 한다'는 뜻으로 손자병법상의 삼십육계 중 하나입니다. 한 달도 못 되는 시간을 지상에서 보내기 위해 애벌레로 몇 년이고 참고 기다릴 줄 아는 매미의 일생이 우리의 동계올림픽 유치와 꼭 닮았습니다. 약 보름여 간의 화려한 향연을 유치하기 위해 우리는 지난 10년 이상을 기다려 왔습니다. 오는 7월 6일 남아프리카공화국 더반에서 금빛 낭보가 날아들어 우리나라가 '금선탈각'하는 계기가 되기를 염원합니다.

(2011. 7. 5. 〈강원도민일보〉 기고문)

함께 움직이자

미국 대통령 부인 미셸 오바마는 '아동비만과의 전쟁'에 앞장서 오고 있습니다. 그녀는 이의 실천 일환으로 학교급식 및 운동개선 프로그램인 '함께 움직이자(Let's Move)'는 캠페인을 적극 전개하고 있습니다. 또한 백악관 뜰에 직접 텃밭을 가꾸며 채소와 과일 위주의 건강 식단을 소개하기도 했습니다. 그녀의 영향으로 미국에선 탄산음료에 비만세를 부과한다던가 햄버거점의 어린이세트에 사은품으로 지급되던 공짜 장난감을 없애는 등의 조치가 취해졌습니다.

식약청이 지난 연초 전국 어린이 2천3백여 명을 조사한 바에 따르면 어린이 3명 중 2명 이상은 라면을 일주일에 한 번 이상 먹는 것으로 나타났답니다. 또 패스트푸드의 경우 1주일에 1회 이상 먹는 비율이 치킨 44.5%, 피자 27.6%, 햄버거 22.7%로 조사됐다고 합니다. 이렇게 된 원인은 패스트푸드가 현대사회의 라이프스타일에 딱 들어맞는 편리성과 부드러운 식감, 중독성 있는 맛을 제공하기 때문일 겁니다. 또한 아이들을 겨냥한 패스트푸드업체들의 공세적인 마케팅 전략도 한몫했을 겁니다. 우리의 주변을 보면 기자출신인 에릭 슐로서가 쓴 《패스트푸드의 제국》이라는 책 제목이 실감납니다.

심각한 것은 패스트푸드가 비만을 일으키는 주범이라는 사실입니다. 대부분의 패스트푸드는 열량은 높고 영양은 낮기 때문에 '쓰레기 음식'이라는 뜻의 '정크(Junk)푸드'라고 이야기합니다. 교과부가 지난해 전국 747개 교 초·중·고생 18만 8천여 명을 대상으로 표본조사를 실시한 결과 비만율은 14.2%로 나타났다고 합니다. 이는 지난 1997년 5.8%의 두 배가 훨씬 넘는 수치입니다. 이런 비만 현상은 패스트푸드의 원조국인 미국에선 더 심각합니다. 통계에 의하면 지난해 미국 50개 주 중 12개 주가 비만율 30%를 넘었다고 합니다. 이제 미국에서 비만은 흡연에 이어 두 번째 사망요인이라고 합니다. 세계보건기구(WHO)는 1996년에 이미 비만을 가장 위험한 질병으로 규정했습니다.

다행스럽게도 지난 2009년 3월부터 학교 주변 200m 내에선 정크푸드를 판매 금지시키는 등의 내용을 담은 '어린이 식생활 안전관리 특별법'이 시행되었습니다. 지난 5월부터 대형마트 일부 지점에서 정크푸드를 취급치 않는 '그린푸드 코너'도 운영하고 있습니다. 최근에 복지부는 담배에만 부과해오던 건강증진 부담금을 햄버거 등 정크푸드에도 부과하는 방안을 추진한다고 합니다. 고무적인 현상입니다. 미셸은 아동비만 방지 캠페인을 하면서도 "감자튀김을 끊을 수가 없다"고 말해 왔다고 합니다. 그리고 보면 햄버거 등 패스트푸드도 담배처럼 중독성이 있는 것 같습니다. 더 늦기 전에 우리도 '함께 움직이자'는 캠페인을 대대적으로 전개하여야 하지 않을까 생각해 봅니다.

(2011. 7. 18.)

어마어마한 일

사람이 온다는 건 / 실은 어마어마한 일이다. / 그는 / 그의 과거와 / 현재
와 / 그리고 / 그의 미래와 함께 오기 때문이다 / 한 사람의 일생이 오기 때문
이다 / 부서지기 쉬운 / 그래서 부서지기도 했을 / 마음이 오는 것이다. / 그
갈피를 / 아마 바람은 더듬어 볼 수 있을 마음 / 내 마음이 그런 바람을 흉
내 낸다면 / 필경 환대가 될 것이다. 이 글은 정현종 시인의 '방문객'이란 시
입니다. 지난여름 서울 광화문 네거리 교보빌딩 외벽 이른바 '광화문 글판'에
내걸려 유명세를 탄 시이기도 합니다. 우리의 일상에 비추어 평범한 시구가 문
득 잔잔한 감동으로 밀려옵니다.

요즘은 말 그대로 고객의 시대입니다. 고객 서비스 경영의 원조는 스칸디
나비아항공(SAS)의 얀 칼슨 회장입니다. 그는 39세의 젊은 나이로 회장에 취
임하여 '진실의 순간(MOT)'이라는 개념을 도입, SAS를 적자의 구렁텅이에서
1년 만에 구해냈다고 합니다. 이제 공항서비스의 지존은 우리나라가 아닌가
생각합니다. 왜냐하면 인천공항이 금년에 공항 분야의 노벨상으로 불리는 공
항서비스평가에서 세계 최초로 6연속 1위를 차지했기 때문입니다. 이런 결과로
지난 3월엔 인천공항에서 화장실 청소를 하는 60대 환경미화원이 동탑 산업
훈장을 받는다는 소식을 들었습니다. 또 지난 4월 인천공항 사장이 하버드대
학생회 초청으로 성공사례 강연까지 했다고 합니다.

KT의 안내전화 첫 인사말은 "사랑합니다. 고객님"입니다. 누구나 마찬가지로 처음엔 약간 '닭살스럽다'고 생각했지만 이제는 자연스럽습니다. 올해 9월로 관중 6백만 명을 돌파한 프로야구는 갖가지 아이디어로 관객을 끌어들입니다. 야구장에 바비큐를 즐길 수 있는 '바비큐 존'을 설치한다든가 도시락을 먹으며 볼 수 있는 프리미엄석을 마련하는가 하면 '여왕일'을 정해 그날 입장한 여성관객에게 할인을 해주는 서비스 등을 실시하고 있습니다. 행정기관도 은행 못지않은 서비스를 제공합니다. 민원처리 중간에 진도 등을 문자 메시지로 알려준다거나 설악산 국립공원관리사무소 같은 경우는 산행 중 갑작스러운 어려움을 겪는 등산객들을 위해 등산화 대여 서비스도 실시합니다.

최근 우리의 서비스 수준은 비약적인 발전을 했습니다. 시중은행 평균보다 약 2~3점 정도 높습니다. 서비스 컨설팅 점수가 약 86~87점 정도이고 설문조사를 통한 고객만족도 약 87~88점 수준입니다. 우리 모두가 부단한 훈련과 실천을 통한 값진 성과라고 생각합니다. 서비스 표준에 맞추는 일은 힘이 들뿐만 아니라 스트레스도 받습니다. 미국 버클리대학 알리 러셀 혹실드 교수는 직업상 원래 감정을 숨기고, 얼굴 표정과 몸짓으로 행동하는 상황을 감정노동(Emotional Labour)이라고 표현하였습니다. 그렇지만 우리의 월급을 고객이 준다고 생각한다면 '감정봉사'란 표현이 더 적절하지 않을까 생각도 해 봅니다. 요즘 저축은행 사태를 바라보면서 "사람이 온다는 건 / 실은 어마어마한 일이다"라는 정현종 시인의 시구가 자꾸 되뇌어집니다.

(2011. 10. 4.)

치파오 미녀

지난해 중국 광저우에서 열렸던 아시안게임에서는 우리 선수들의 선전하는 모습뿐 아니라 눈길을 끄는 장면이 하나 더 있었습니다. 늘씬한 몸매에 착 달라붙는 형태의 복장을 입은 이른바 '치파오 미녀'라고 불리는 시상식 도우미들을 기억하실 것입니다. 그 당시 모 신문은 광저우 아시안게임의 주인공은 금메달리스트가 아니라 '치파오 미녀'라고까지 표현했습니다. 이 '치파오(旗袍)'는 과거 청나라 전통복장인 '창파오(長袍)'를 한족여성들이 개량한 것이라고 합니다. 중국은 이 '치파오' 시상식 도우미를 통해 매력있게 발산함으로써 중국의 소프트 파워를 높이려는 전략을 구사한 것 같았습니다.

장하준 교수가 쓴 《그들이 말하지 않은 23가지》란 책의 겉표지에는 1달러짜리 지폐 인물에 있는 조지 워싱턴의 입을 검은 테이프로 막은 사진이 실려 있습니다. 시장 자본주의의 모순을 비판한 책의 내용을 상징적으로 표현한 것 같습니다. 그보다도 책 내용 중에 재미있는 예화가 있습니다. 조지 워싱턴이 미국 초대 대통령에 선출되어 취임식을 할 때 "미국제 옷을 입겠다"고 고집했다고 합니다. 그는 당시 훨씬 질이 좋던 영국제 옷감이 아니라 그날을 위해 특별히 코네티컷주에서 직조된 옷감으로 지은 옷을 입었다고 합니다. 오늘날 시장자본주의의 원조라고 자처하는 미국의 역설적인 본심을 엿보는 예화지만 한편 자기 것을 소중히 여기는 정신은 알아줘야 할 것입니다.

외국 사람이 호텔에 가면 일단 '유카타'라는 목욕옷부터 입히는 일본인들의 철저한 자기사랑은 대단합니다. 그들이 그토록 자랑스러워하는 '기모노'는 제작하는 사람은 물론 입혀 주는 사람도 자격증이 있어야 한다고 합니다. 그들은 또 기념일이나 결혼식 때 기모노를 입는 걸 자랑스러워함은 물론 성인식날 자녀에게 기모노를 선물하는 것을 국가 차원에서 장려한다고 합니다. 이에 비해 우리 한복은 갈수록 설 자리를 잃어가고 있습니다. 요즘은 명절 때에도 한복을 입은 모습을 찾아보기 어렵습니다. 그나마 명절 때 방송진행자나 연예인들이 입는 것만 해도 무척 다행스럽습니다. 요즘 회갑이나 결혼 등 경조사 때면 아예 대여해 입거나 친지들 간에 서로 돌려 입는다고 합니다.

지난 4월 서울의 유명한 모 호텔이 한복 때문에 여론의 뭇매를 맞은 사건이 발생했습니다. 유명 한복 디자이너가 한복을 입었다는 이유로 호텔 뷔페 입장을 거부당한 겁니다. 급기야 모그룹 오너의 딸이기도 한 대표이사가 당사자를 찾아가 직접 사과까지 해서 사건이 해결되었습니다. 이 사건은 재벌기업의 행동이라 많은 사람들이 분개했겠지만 다른 한편 '한복은 우리의 자존심'이라는 잠재의식의 발로가 아닌가 생각합니다. 금년 들어 우리 아이돌 가수들의 K-팝을 필두로 드라마 등의 한류바람이 뜨겁습니다. 차제에 한복도 한식과 함께 한류의 대열에 합류했으면 좋겠다는 생각을 하게 됩니다. 한복은 강기갑 국회의원이나 탤런트 채시라가 드라마에서나 입는 옷이 아닐 것입니다. 누구나 즐겨 입는 풍토가 조성되었으면 하는 바람입니다.   (2011. 11. 21.)

무지개를 보면 가슴이

지난 일요일 모처럼 시간을 내어 산행을 했습니다. 동반자는 그전에 자주 산행을 같이 했던 모 지점장이었습니다. 그는 과거 산행 때는 어느 곳이든 가뿐하게 오르곤 했었는데 이번엔 영 아니었습니다. 산행 중 땀을 삐질삐질 흘리며 매우 힘들어 했습니다. 사연인즉, 최근 들어 여러 가지 이유로 운동은 주로 산책이나 좀 하고 사우나탕에 가서 푹 담근다고 했습니다. 그래서인지 힘이 부친다는 거였습니다. 반면 저는 최근 체력단련(?)을 열심히 하여 그 친구보다는 쌩쌩하게 산에 오를 수 있었습니다. 과거 산행할 땐 제가 헤매고 그 친구가 쌩쌩하던 상황과 정반대 처지가 된 것입니다.

베스트셀러 《아프니까 청춘이다》의 저자 김난도 교수가 그의 책에서 소개했던 정희성 시인의 '태백산행'이란 시가 떠올라 빙그레 웃습니다. "눈이 내린다 기차 타고 / 태백에 가야겠다 / 배낭 둘러메고 나서는데 / 등 뒤에서 아내가 구시렁댄다 / 지가 열일곱 살이야 열아홉 살이야 / 구시렁구시렁 눈이 내리는 / 산등성 숨차게 올라가는데 / 칠십 고개 넘어선 노인네들이 / 여보, 젊은이 함께 가지 / 앞지르는 나를 불러 세워 / 올해 몇이냐고 / 쉰일곱이라고 / 그 중 한 사람이 말하기를 / 조오흘 때다 / ~ 중략 ~ / 당골집 귀때기 새파란 그 계집만 / 괜스레 나를 보고 / 늙었다 한다." 이 시를 읽으면서 "마음은 언제나 청춘"이란 옛 어른들 말씀의 뜻을 이제야 제대로 알 것 같습니다.

최근 통계에 의하면 1970년에 우리나라 평균 수명이 61.9세였으나 2010년에는 80.8세(남자 77.2세, 여자 84.1세)로 늘었다고 합니다. 불과 40년 사이에 평균 수명이 20년 가까이 늘어난 셈입니다. 요즘엔 좀 과장해서 65세는 청춘, 60세는 사춘기라고 한답니다. 지난주 기획재정부는 인구정책 중장기 보고서에서 노인 기준을 올리자고 제안했습니다. 현행 노인기준인 65세 기준으로 보면 2050년엔 전체 인구의 37%가 노인이라는 겁니다. 결국 인구 3명당 1명이 노인이라는 얘기가 됩니다. 현행 노인 기준 65세를 1970년 평균 연령으로 역산하면 49.7세가 됩니다. 말 그대로 '꽃중년' 나이가 됩니다. 실제 한국보건사회연구원이 지난해 노인들을 대상으로 실시한 설문조사에서도 84%가 70세부터가 노인이라고 답했다고 합니다.

올해 80세인 고은 시인은 지금도 무지개를 보면 가슴이 설렌다고 합니다. 또 슬픈 영화를 보면서 엉엉 운다고 합니다. 차동엽 신부는 《잊혀진 질문》이란 책에서 스페인의 유명한 첼로연주가 파블로 카잘스의 일화를 소개했습니다. 파블로 카잘스는 아흔 살 나이가 되어서도 날마다 첼로연습을 하였답니다. 그러자 한 제자가 물었답니다. "선생님은 왜 아직도 계속 연습을 하시는 겁니까?" 그에 대한 카잘스의 대답이 일품입니다. "요즘도 조금씩 실력이 향상되기 때문이라네." 그래서인지 "청춘은 인생의 한 시기가 아니라 마음의 상태다. ~ 중략 ~ 나이를 더해 가는 것만으로 사람은 늙지 않는다. 이상을 잃어버릴 때 비로소 늙는 것이다"라고 한 사무엘 울만의 '청춘'이란 시의 시구가 가슴을 적십니다.

(2012. 9. 18.)

고식아(孤食兒)와 삼식(三食) 씨

최근에 주한 미국 대사로 부임한 사람은 성김이라는 사람입니다. 그는 한 미수교 이래 처음으로 임명된 한국인 교포 2세 대사인지라 세인의 관심을 끌었습니다. 김 대사는 한국에 도착한 직후 "관저 직원들과 친목의 시간도 가질 겸 저녁식사로 함께 짜장면을 시켜 먹었다"고 했습니다. 그런 그의 행동에서 왠지 한국인다운 인간냄새가 풍기는 것 같은 인상을 받았습니다. 이처럼 밥을 같이 먹었다는데 유독 마음이 끌리는 것은 누구나가 가지고 있는 '한솥밥' 의식 때문이 아닌가 생각해 봅니다. 오래 전부터 우리나라는 같이 밥을 먹는 일원이라는 의미의 '식구(食口)'라는 단어가 '가족'이라는 단어와 같은 의미로 쓰이고 있었습니다. 어떤 사람은 일제 강점기 때 '식구'라는 말 대신에 일본식 한자인 '가족'이라는 말로 대체되었다고 주장하는 사람도 있습니다.

요즘 많은 사람들이 밖에서 여러 사람들과 같이 밥 먹는 기회는 많아졌으나 말 그대로 '가족이 한솥밥을 먹는' 본래 의미의 같이 밥 먹는 기회는 훨씬 줄었다고 합니다. 지난 2007년 국민건강영양조사 결과 초등학생의 16%, 중고생의 48.5%가 부모와 함께 밥을 먹지 않는 것으로 조사되었습니다. 횟수가 준만큼 아침을 굶거나 가족 간 연대의식이 필요 없는 패스트푸드로의 대체가 확산되었을 것으로 추정됩니다. 전문가들은, 가정에서의 식사 기회 감소는 곧 자녀들이 부모와의 소통단절로 가족 간 연대의식 결여, 예절 등 밥상머리 교육 감소 등 여러 가지 부작용으로 나타나고 있다고 합니다. 일본에서는 부모와 같이 밥 먹지 못하는 아이를 '고식아(孤食兒)'란 말로 표현하고 있습니다.

최근엔 아이들뿐만 아니라 성인들도 혼자 밥 먹는 사람이 많아졌습니다. 지난 8월 통계청이 발표한 바에 따르면 우리나라 1인 가구수는 4백만 가구를 웃돌아 전체 가구수의 24%를 점하고 있다고 합니다. 또한 요즘 백화점이나 대형마트의 푸드코트엔 혼자서 식사하는 사람이 엄청 늘었다고 합니다. 그래서 해당업체는 영업 전략으로 1인용 테이블을 많이 배치한다고도 합니다. 이래저래 외로운 식사족이 많아졌습니다. 그만큼 따뜻한 가족과 이웃, 동료의 사랑도 줄어 가고 있는 것 같아 씁쓸합니다.

무상급식 때문에 찬반 양측으로 나뉘어 말들이 많습니다. 무상이건 유상이건 우리의 자라나는 아이들이 '같이 밥 먹는다'는 그 자체가 더 중요하지 않을까 생각해 봅니다. 아이들은 여럿이 같이 먹는 동안 자연스럽게 소통과 양보, 예절 등을 익히게 된다면 가정에서의 밥상머리 교육기회 부족을 보충하게 될 것입니다. 또한 패스트푸드 대신 우리의 우수 농산물 위주의 급식은 영양과 건강면에서도 큰 혜택일 것입니다. 앞으론 어려운 이웃돕기도 '혼자 밥 먹는 우리 이웃과 같이 밥 먹는 이벤트가 최대 봉사일 수도 있겠다' 하는 생각도 해 봅니다. 얼마 전 모 신문에서 퇴직한 남편에 대한 최대 예우가 점심때 명랑하게 "삼식(三食) 씨, 밥 먹읍시다"라고 한다는 중년주부의 에세이를 읽고 빙그레 웃은 일이 있습니다.   (2011. 11. 28.)

땡땡(○○) 없이 2초 살기

애당초 금년 겨울은 별로 춥지 않다고 얕잡아 본 것이 잘못이었습니다. 오늘 아침 출근길 얼굴을 스치는 찬 공기가 참 맵습니다. 과거에도 영하 20~30℃를 오르내리던 추위가 빈번했지만 요즘 추위가 더 춥다고 느끼는 건 왜 그런지 모르겠습니다. 아마도 나약해진 체력 때문이 아닌가 생각해 봅니다. 그렇지만 에너지 사용제한으로 실내 온도를 18℃ 정도로 낮춘 것을 비롯한 세상 돌아가는 사정이 추위를 더 느끼게 하는지도 모르겠습니다. 그래도 작년 이맘때 구제역 파동으로 방역현장에서 근무하던 것에 비하면 이 정도 추위를 가지고 얘기하는 것은 행복에 겨운 투정일 겁니다.

이제 금년도 딱 일주일 남았습니다. 지난 2월 14일 첫 편지를 보낸 것이 엊그제 같은데 어느덧 마흔다섯 번 째 올해 마지막 편지를 쓰고 있습니다. 거기다가 다사다난(多事多難)이란 연말 수식어를 입증이라도 하듯이 북한의 권력자 사망사태까지 겹쳐 어느 해보다도 어수선한 연말이 되는 것 같습니다. 돌이켜 보면 금년 한 해 구제역파동, 전산사태, FTA체결 등으로 우리 농업인과 우리 조직에 엄청난 시련이 있는 한 해였습니다. 그런가 하면 유럽 발 재정 위기, 미국 신용등급 하락으로 우리 경제도 휘청거리고 있습니다. 도전 3수만에 성취한 2018 평창동계올림픽 유치는 짜릿한 희망을 안겨준 쾌거였습니다.

새해의 여건도 그리 호락호락할 것 같지는 않습니다. 모든 경제지표가 그것을 말해주고 있습니다. 거기다가 총선, 대선 등 정치적 변화, FTA의 본격적인 발효 등 우리 농업인과 우리 조직이 넘어서야 할 높은 파도들이 기다리고 있습니다. 그렇지만 우리에겐 충분히 헤쳐 나갈 수 있는 능력이 있다고 생각합니다. 그 이유는 우리에겐 힘은 좀 들더라도 희망이라는 무기가 있기 때문일 겁니다. 어느 신문사 논설위원이 쓴 칼럼에서 신학자 조지 스위팅의 글을 인용한 내용을 읽었습니다. 그 내용이 하도 인상적이어서 여기에 재인용합니다. 그는 "인간은 40일을 먹지 않고도 살 수 있다. 3일간 물을 마시지 않고도 살 수 있다. 8분간 숨을 쉬지 않고도 살 수 있다. 그러나 희망 없이는 단 2초도 살 수 없다"고 했습니다.

다가오는 새해는 60년 만에 도래한다는 임진(壬辰)년 '흑룡의 해'라고 합니다. 주역에서 오행(五行)으로 따져 임(壬)은 수(水)에 해당하고, 색깔로는 검은색이므로 흑룡이라는 겁니다. 과거 임진년은 임진왜란 등 변고도 많았지만 내년은 모든 일이 두루 잘 될 거라고 얘기합니다. 그런 연유인지는 몰라도 금년 12월에는 결혼식이 유독 많은 것 같았습니다. 아마 흑룡 띠 아이를 낳기 위한 전략(?) 때문인 것 같기도 하고. 아무튼 새해 '희망'이라는 무기를 가지고 또다시 시작합시다. 금년 한 해 동안 업무에 협조하여 주신 농·수협·산림조합 등 금융기관 임직원 여러분께 깊이 감사드립니다. 새해 복 많이 받으십시오!   (2011. 12. 26.)

봄날은 간다

요즈음 날씨는 심술궂은 뺑덕어미 심보를 닮았는지 종잡을 수가 없습니다. 그제는 한여름 날씨 같더니 어제는 봄비가 하루 종일 흩뿌렸습니다. 오늘 아침 햇살은 눈이 부실 정도로 환한걸 보니 완연한 봄 날씨가 될 것 같습니다. 지난주 후반엔 모처럼 따뜻한 날씨로 잔뜩 움츠러들었던 벚꽃을 비롯한 여러 꽃들이 한꺼번에 꽃망울을 터뜨려 그야말로 울긋불긋 꽃 대궐을 이루었습니다. 그러나 주말 심술궂은 비바람에 그 화려하던 꽃이 지고 말았습니다. 허전하기가 딸 시집보낸 친정아버지 맘이 이럴까 싶습니다. 모처럼 봄나들이를 계획했던 많은 사람들의 아쉬움이 컸습니다. 이쯤 되면 화무십일홍(花無十日紅)이 아니라 화무이일홍(花無二日紅)밖에 안 되는 것 같습니다.

꽃피는 요즘 과수농가에선 '꽃 결혼식'이 한창이랍니다. '꽃 결혼식'이란 꽃 수술의 화분(花粉)이 암술머리에 붙어야 열매를 맺는 것으로, 가루받이 또는 수분(受粉)이라고 합니다. 그런데 요즘 꽃이 피어 있는 기간이 짧거나 중매쟁이격인 벌의 개체수가 줄어서 꽃의 결혼식이 잘 이루어지지 않는다고 합니다. 그래서 그에 대한 대안으로 꽃가루를 이용하여 인위적인 꽃 결혼식을 해주는 인공수분을 하는 것입니다. 그런데 문제는 여기에 사용되는 우량 꽃가루가 부족하다고 합니다. 이를 악용하여 일부 수입업자들이 값싼 중국산 불량꽃가루를 몰래 들여와 전국에 유통시켜 과수농사를 망치는 사례도 있다고 합니다.

요즘 앞서가는 지역에서는 꽃으로 지역을 마케팅하고 있습니다. 테마를 정해 한 종목을 집중적으로 가꾸어 꽃 축제를 하거나 또는 꽃으로 경관을 가꾸어 테마공원화 하고 있습니다. 산수유마을, 목화꽃 도시, 유채꽃 축제, 해바라기 축제 등이 그렇습니다. 어느 지자체에서는 축사 등 농장에 꽃가꾸기 운동을 벌여 농촌 환경 개선과 농촌의 관광지화라는 이중의 효과를 거두는 사례도 있습니다. 그러나 꽃은 워낙 기후의 영향을 많이 받는 까닭에 어려운 점도 있습니다. 지난 4월 초 저온현상으로 꽃이 늦게 피자 유달산 꽃 축제를 개최한 목포에서는 개막식 때 이색 현수막을 내걸었습니다. 그 현수막엔 "오매! 어째야 쓰까?~ 개나리꽃이 잠에서 덜 깨었어요. 지송합니다"라고 적었습니다.

서양에서는 봄꽃의 대명사인 벚꽃을 처녀의 아름다움으로 비유하고 있습니다. 짧은 순간 화려하고 아름다운 꽃의 모습과 성격이 절묘하게 맞아떨어지는 것 같습니다. 어느 라디오 프로그램에서 요즘 학생들 사이에선 벚꽃의 꽃말이 '중간고사'라는 이야기를 듣고 웃은 일이 있습니다. 벚꽃이 만발한 기간에 하필 중간고사가 끼어 있어 한창 청춘을 불살라야 할 시기의 안타까운 심정을 표현한 것 같습니다. 때마침 언론에선 정권 실세들의 비리행적이 연일 보도되고 있습니다. 그들의 표정이 비 맞은 꽃잎처럼 처량해 보입니다. 그러고 보면 '권불십년(權不十年), 화무십일홍(花無十日紅)'이란 말이 옛말만은 아닌 것 같습니다. 이래저래 봄날은 갑니다. (2012. 4. 27.)

가장 아름다운 여인

한때 모 방송의 국군위문프로그램에서 어머니와 아들이 만나는 장면을 고정코너로 한 적이 있습니다. "엄마가 보고플 때 엄마사진 꺼내 놓고~"로 시작되는 시그널 음악만 나와도 숙연해지고 상봉장면을 볼 때마다 코가 찡하고 눈물을 글썽거렸던 기억이 납니다. 제 형님이 군에 갔을 때 어머니는 식구수보다 매일 밥 한 그릇을 더 담았습니다. 처음엔 그 영문을 모르다가 나중에 안 일이지만 그 밥 한 그릇은 군에서 배곯지 말라고 한 어머니의 '기원용 밥'이었습니다. 세상의 모든 어머니가 그러하듯이 저의 어머니 자식사랑도 예외는 아니었습니다.

어머니들의 자식사랑은 동서고금을 막론하고 똑 같습니다. 맹자의 어머니가 아들을 키울 때 교육환경을 생각해서 세 번이나 이사를 했다 하여 생긴 맹모삼천지교(孟母三遷之敎)는 그 표본일 것입니다. 우리나라도 율곡선생의 어머니 신사임당, 한석봉 어머니를 비롯한 많은 어머니들이 자식사랑의 표본이 되어왔습니다. 오바마 미국대통령은 어린 시절 자신의 어머니가 매일 새벽 4시면 자신을 깨워 직접 공부를 가르쳤던 것을 지금도 입버릇처럼 얘기한다고 합니다. 그의 어머니는 혼자 힘으로 자식들을 양육하기 위해 한때 푸드스탬프(빈민구호용 식료품 쿠폰)에 의존해야 하는 상황 속에서도 아들의 교육만큼은 포기하지 않았다고 합니다.

요즘은 부모들의 자식사랑이 넘쳐서 문제가 되기도 합니다. 언젠가 저는 집사람에게 "당신도 별 수 없는 헬리콥터 맘이군!"이라고 한 적이 있습니다. '헬리콥터 맘'이란 헬리콥터처럼 애들 주위를 맴돌며 모든 것을 챙겨주는 엄마란 뜻이라고 합니다. 집사람 반응은 일면 수긍을 하면서도 요즘 엄마들의 수준 이하밖에 안 된다고 항변합니다. 하여튼 요즈음 일부 아이들은 학교 선택, 진로 선택, 옷 선택, 심지어 여자친구 선택까지도 엄마의 철저한 컨설팅에 의해 이루어지고 있다고 합니다. 그런 영향인지는 몰라도 요즘은 모든 것을 엄마에게 물어 보는 '마마보이'단계를 지나 성인이 되어도 부모에게 의지하고 사는 '캥거루족' 자식들이 많아졌다고 합니다.

어버이날인 오늘 아침 휴대폰 문자메시지로 친구 어머니의 부음소식을 받았습니다. 문득 지난 주말에 할부금 치르듯 어머께 냉면 한 그릇 사드린 걸로 어버이날을 갈음한 것이 마음에 걸립니다. "5월이 올 때마다 / 그 마음 조금씩은 알아가지만 / 부모님의 사랑은 저만치 앞에서 / 더 멀리 더 높이 달리고 있어 / 따라잡을 수가 없네요"라고 정용철 시인은 그의 시 '잡을 수 없는 사랑'에서 얘기하고 있습니다. 그 시 내용이 자식들의 심정과 딱 맞는 것 같습니다. 그래서 일까요? 김종해 시인이 그의 시 '사모곡'에서 "지상에서 만난 사람 가운데 / 가장 아름다운 여인은 / 어머니라는 이름을 갖고 있다"고 한 것에 크게 공감하는 이유이기도 합니다.

(2012. 5. 8.)

밥상의 날

이번 주는 3일 연휴가 끝나고 화요일부터 시작했습니다. 그제 친구에게서 받은 안부 문자메시지에 "월요일 같은 화요일"이라는 표현을 보고 공감했습니다. 연휴 마지막 날 고속도로가 몸살을 앓는다는 뉴스를 보니 많은 분들이 가족과 함께 하는 시간을 가졌던 것 같았습니다. 평소에 다섯 식구가 이런저런 사정으로 네 집 살림을 하는 저도 모처럼 가족이 함께 하는 시간을 가졌습니다. 함께 하는 일이라곤 고작 삼겹살을 구우며 즐기는 점심식사가 전부였습니다. 그전엔 일상적이던 삼겹살 점심식사가 무슨 거창한 '가족파티' 같은 느낌을 받았습니다.

영어로 친구 또는 동료를 'Companion'이라 하고 회사를 'Company'라고 합니다. 그런데 이 단어 둘 다 '빵을 함께 나누는 사람들'이라고 뜻하는 라틴어에서 나왔다고 합니다. 'com'은 '함께'라는 뜻이고, 'pan'은 빵 굽는 넓적한 그릇(Pancake)이라는 뜻이지만 라틴어에서 'pan'은 '빵'을 뜻하기도 한답니다. 이 'com'과 'pan'이 합해져 'Company'와 'Companion'이 되며, 회사, 친구, 동료를 의미하게 됩니다. 그러고 보면 '직장동료'나 '가족' 모두 한솥밥을 먹는다는 점에서 같은 뜻이 되는 것 같습니다. 흔히 농협가족, 삼성가족이라는 용어가 낯설지 않은 것도 이런 이유 때문이 아닐까 생각해 봅니다.

지난 2010년 말에 개소한 아시아 최초의 민영교도소인 여주 소망교도소는 다른 국영교도소와 식사 문화가 다르다고 합니다. 감방에 식사를 넣어 주는 일반교도소와는 달리 구내식당이 따로 있다고 합니다. 재소자들은 회사원처럼 식판에 음식을 배식받고 삼삼오오 앉아 농담을 하며 편하게 밥을 먹는다고 합니다. 이같이 하는 이유는 재소자들의 인격을 존중하고 공동체 생활에서 질서를 지키는 법을 배우게 함으로써 재범률을 제로화하겠다는 것이라고 합니다. 실증연구 결과도 나왔습니다. 미국 컬럼비아대학 약물 중독남용센터는 가족과 함께 식사하는 습관을 가진 10대 청소년 1천여 명을 대상으로 조사한 결과, 가족 식사에 주 5~7회 참가하는 10대가 그렇지 않은 청소년에 비해 알코올과 담배, 마약을 사용할 가능성이 약 4분의 1 정도 수준에 불과했다고 발표했습니다.

최근 아시아·태평양경제협의체(APEC)에 참석하여 개막연설을 한 이주호 교육부장관은 학교폭력 예방대책의 일환으로 우리나라의 '밥상머리 교육'을 소개하였다고 합니다. 그는 글로벌 지식기반 사회에서 협력을 위해서는 인성교육이 무척 중요하고 그 인성교육은 밥상머리가 출발점이라고 강조합니다. 자녀교육에서 타의 추종을 불허하는 유대인교육도 따지고 보면 밥상공동체와 밥상준비가 핵심입니다. 그 증거로 유대인들은 금요일을 '밥상의 날'로 정해 놓고 있습니다. 직장 내에서 같이 밥 먹는 것도 중요한 것 같습니다. 최광식 문화부장관은 삼겹살을 굽는 직장회식문화에 대하여 문화부장관답게 그럴듯한 해설을 했습니다. "삼겹살을 굽는 회식문화는 결국 음식을 직접 만드는 행위에 참여하면서 서로 소통하고 창작하는 과정이다"라고. (2012. 5. 31.)

위기의 의미

요즘 그리스를 비롯한 유럽 발 경제위기론이 화두입니다. 어제는 그리스의 유로존 탈퇴 가능성 등의 여파로 세계 증시가 폭락하는 일명 '블랙먼데이'였습니다. 오늘 아침 모 경제신문에 김석동 금융위원장이 어제 간부회의에서 한 말이 실렸습니다. "유럽 재정위기는 1929년 대공황 이후 가장 큰 경제적 충격으로 이해될 것"이라고 말했다는 겁니다. 이같이 된 데에는 주머니 사정을 생각지 않고 써대기만 한 방만한 재정운영이 그 원인입니다. 공교롭게도 재정위기를 겪고 있는 남유럽 국가들을 총칭하는 단어가 'PIIGS(포르투칼, 이탈리아, 아일랜드, 그리스, 스페인)입니다. 언뜻 '돼지들'이라는 뜻의 'PIGS'가 연상되어 묘한 느낌을 받습니다.

저는 몇 년 전까지만 해도 164㎝의 작은 키에 76㎏의 몸무게를 가지고 있었습니다. 적정 체중 대비 33% 증가한 과체중이었습니다. 그 여파는 건강검진 결과 혈압을 비롯한 건강 기준치가 비정상적으로 나타났습니다. 그러다가 어떤 건강상의 분기점을 겪었고, 지금은 자의반 타의반으로 62㎏ 정도로 몸무게를 유지하고 있습니다. 물론 비정상적인 각종 건강수치들이 정상으로 거의 회복되었고 혈압약도 먹지 않고 있습니다. 다만 기왕에 입었던 옷들을 리모델링해야 하는 번거로움이 있습니다. 아마 제가 겪었던 건강상의 분기점은 '과음, 과식, 스트레스'에 의한 것이 아닌가 추측하고 있습니다.

최근 경제협력개발기구(OECD)의 경제 전망보고는 우리의 표정을 어둡게 합니다. 한국의 가계부채와 기업부채가 재정위기에 처한 PIIGS보다도 오히려 높다는 겁니다. 보고서에 따르면 작년 3분기 가처분소득대비 가계부채비율이 우리나라는 155% 수준인데 비해 그리스 98%, 이탈리아 80%, 포르투갈 154%입니다. 재정상황은 그들보다 나은 게 그나마 다행입니다. 가계부채와 더불어 염려되는 수치도 있습니다. 지난달 19일 보건복지부는 전국 253개 지자체가 만 29세 이상 성인 22만 8천여 명을 대상으로 실시한 '2011년 지역건강 통계'를 발표했습니다. 이날 발표한 통계에 따르면 전년도 22.5%였던 비만율이 2011년에는 23.3%로 증가한 것으로 나타나 통계조사 이후 최고치를 기록했다는 겁니다.

얼마 전 모 신문 기자칼럼을 읽다가 '위기'의 어원 및 유래를 정확히 알게 되었습니다. '위기(Crisis)'의 어원은 '크리네인(Krinein)'이란 그리스어라고 합니다. 세계경제 위기의 중심이 그리스이고 보면 아이러니가 아닐 수 없습니다. 원래는 '회복과 죽음의 분기점이 되는 갑작스럽고 결정적인 병세의 변화'라는 의학용어로 쓰이다가 근대 이후 시회 경제적 의미를 담기 시작했다고 합니다. 1929년 세계경제 공황도 '크라이시스(Crisis)'로 표현됐다고 하니 어제 김석동 위원장의 말이 예사롭지 않게 들리는 이유일 수도 있습니다. 위기(危機)는 위험(危險)과 기회(機會)의 합성어라고도 이야기합니다. 경제든 건강이든 절제를 못해 방만하면 위험이 닥치고 이를 극복하면 기회가 되는 것 같습니다.

(2012. 6. 5.)

그해 여름은 뜨거웠네

올 여름은 유난히 뜨거웠습니다. 날씨도 평상시보다 심하게 충격을 가해 올 때 우리는 흔히 폭우, 폭풍, 폭설처럼 '폭(暴)'자를 접두사로 붙입니다. 금년 무더위도 거의 40여 도에 육박하여 말 그대로 '폭염(暴炎)'이었습니다. 신문에서 18년만의 '폭염'이었다고 썼습니다. 이러한 폭염의 여파로 오리, 닭 등 가축이 폐사하는가 하면 강과 바다에 녹조·적조현상이 나타나 양식어류 폐사, 먹는 물 위협 등 후유증이 만만치 않습니다. 지난주 초만 하더라도 전혀 물러날 것 같지 않았던 이러한 폭염이 금주 들어 흩뿌리는 빗줄기와 함께 슬슬 꼬리를 감추기 시작했습니다. 새삼 자연의 위대한 섭리에 머리가 숙연해집니다.

가을을 재촉하는 비와 함께 이번 주는 본격적인 가을의 길목에 접어든다는 '처서'와 이날이 지나면 찬바람이 일기 시작한다는 '칠월칠석'이 함께 있는 주입니다. 예로부터 '처서가 지나면 모기도 입이 삐뚤어진다는 재미있는 속담이 있듯이 이제 더위는 맥을 못 추고 물러갈 것 같습니다. 칠월칠석엔 은하수의 양 끝 둑에 살고 있는 견우성과 직녀성이라는 별이 은하수강을 사이에 두고 1년에 한 번만 만난다는 애틋한 스토리가 전해옵니다. 이러한 스토리를 가진 칠월칠석은 역사가 깊고 정감이 넘치는 '연인의 날'입니다. 그런데도 스토리 면에서 콘텐츠가 별로인 '밸런타인데이' 등이 젊은 층 사이에서 일반화된 '연인의 날'로 정착된 것 같아 안타깝습니다.

칠석은 행운의 숫자로 알고 있는 7이 겹치는 날이어서 더욱더 길일로 여겨집니다. 이런 좋은 날을 기념하기 위한 노력이 여러 곳에서 시도되고 있어 시원한 가을바람만큼이나 고무적입니다. 우리 농협과 화훼농가모임은 칠월칠석 하루 전날인 오는 8월 23일에 서울 명동에서 '꽃으로 사랑의 마음을 전하세요'라는 주제로 '연인의 날' 기념행사를 개최한다고 합니다. 이 행사는 화훼 소비 촉진을 위하여 시민들에게 장미꽃 등을 선물하고, 행사장을 찾은 연인들에게는 꽃으로 만든 조형물을 배경으로 즉석사진을 촬영해 주는 행사도 진행한다고 합니다. 또 대전에서는 견우직녀축제가 7년째 열릴 예정이라고 합니다. 칠월칠석을 전후해 열리는 이 축제는 커플가요제 등 칠월칠석의 아름다운 전통을 이어나가는 각종 행사를 개최한다고 합니다.

너무 더웠던 여름이었기에 애틋한 연인처럼 가을을 기다려 봅니다. 언젠가 교보문고 광화문 글판에도 내걸렸던 장석주 시인의 '대추 한 알'이라는 시가 생각납니다. "저게 / 저절로 붉어질 리 없다 / 저 안에 태풍 몇 개 / ~ 중략 ~ / 저 안에 번개 몇 개가 들어서서 / 붉게 익히는 것일 게다 / 저게 / 저 혼자서 둥글어질리는 없다 / 저 안에 무서리 내리는 몇 밤 / 저 안에 땡볕 두어 달 / 저 안에 초승달 몇 달이 들어서서 / 둥글게 만드는 것일 게다. ~ 중략 ~." 그러고 보면 잘 여문 대추알이 그런 것처럼 인고의 시간을 지나야만 결실의 기쁨이 있는 것 같습니다. 그나저나 올 여름은 뜨거웠습니다.　　(2012. 8. 21.)

가장 세계적인 것

오늘 아침 모 경제신문에 모 대학 국문과 교수께서 쓴 칼럼을 재미있게 읽었습니다. 그는 최근 유튜브 동영상 조회 1억 건을 돌파한 싸이의 '강남스타일'이라는 노래와 그의 말춤의 인기 원인을 진단했습니다. 그는 기본적으로 한국 할머니들의 관광버스 춤이 말춤의 원조라고 주장하고 있습니다. 그는 또 사우나 조폭들, 선캡 쓰고 파워워킹 하는 아줌마, 배 나온 강남 졸부라는 한국 스타일을 말춤에 접목함으로써 아이돌 위주의 K팝의 지평을 한 단계 높였다고 설명하고 있습니다. 꽤 그럴듯한 주장입니다

요즘 미국에서는 우리 조상 때부터 아기 업을 때 쓰던 포대기가 유행이라고 합니다. 이 한국식 육아도구가 '모유수유', '아이와 함께 자기' 등과 함께 '애착육아법'이라는 이름으로 소개되고 있습니다. 정작 우리나라에선 거의 자취를 감췄는데 유모차의 발생지인 미국사람들이 한국식을 좋아한다니 의외였습니다. 아기는 엄마한테 업혀서 엄마가 다른 사람하고 어떻게 지내는지 보면서, 사람들끼리 어울리는 법을 배운다고 합니다. 또 엄마 등에서 심장 박동 소리를 듣고 포대기가 태아를 감싸듯 하기 때문에 정서적으로 안정된다는 연구결과도 있답니다. 지난 1월엔 〈교육방송〉에서 이러한 포대기 이야기를 다큐멘터리로 제작해 방영한 적도 있습니다. 지난 5월엔 유명잡지 〈타임〉지에서 소개되기도 하였습니다.

근년 들어 우리나라에서 발전되어 세계적인 각광을 받는 것이 또 하나 있습니다. 바로 찜질방입니다. 찜질방은 어찌 보면 퓨전입니다. 우리 전통의 친환경 난방시스템인 구들장 온돌방에 일본이나 유럽 등에서 온 대중목욕탕이 접목한 형태가 바로 찜질방이기 때문입니다. 이 찜질방은 IMF 외환위기 시절 등장한 이래 이젠 미국에 수출까지 된다고 합니다. 최근에는 목욕은 물론 식사, 운동, 피부관리, 수면, 오락 등을 한꺼번에 해결할 수 있는 대형화된 찜질방도 등장하고 있어 가히 복합 레저공간화 되었습니다.

그래서 이웃과 모여 모임을 갖는 사교의 장으로 활용될 뿐 아니라 저렴한 가격에 하룻밤을 보낼 수 있는 숙박업소로 이용되기도 합니다. 심지어는 부부싸움 후 도피처로도 종종 활용되고 있습니다.

금년 여름엔 사무실 근처에 콩국수를 잘하는 음식점이 있어 몇 번 갔었습니다. 콩국수 한 그릇에 9천5백원하니까 좀 비쌉니다. 그렇지만 그 집 콩국수 맛에 매료되어 또 찾게 됩니다. 그곳에서 콩국수를 먹은 동료직원 한 분이 "지구상에서 최고로 맛있는 콩국수를 먹었다"라고 해서 웃은 일이 있습니다. 문화평론가인 백낙청 교수도 "가장 한국적인 것이 가장 세계적인 것이다"라고 했습니다. 이 말대로라면 K팝, 포대기, 찜질방뿐 아니라 한우, 한식, 한복, 한글, 국악, 명절, 예의범절 등 우리나라의 정체성과 얼을 제대로 이어갈 소재는 무궁무진합니다. 그러고 보면 자원이 없다는 우리에게 가진 것이 너무 많다는 생각이 듭니다.

(2012. 9. 5.)

베란다 지킴이

요즘 제 집사람은 자칭 '베란다 지킴이'입니다. 20여 일 전 아파트 베란다 건조대에 감을 깎아 말리기 시작했습니다. 시간이 지남에 따라 떫던 감이 쭈글쭈글 해지며 단맛이 들기 시작했나 봅니다. 그런데 엊그제부터 까치 사촌 쯤 돼 보이는 녀석들 몇 마리가 용케도 알아보고 눈독을 들이기 시작했습니다. 벌써 서너 개는 그들의 침입 흔적이 역력합니다. 그 사건(?)에 혀를 끌끌 차던 집사람은 그날부터 그들과의 정겨운(?) 숨바꼭질이 시작되었습니다. 그러나 집사람이 질 것이 뻔합니다. 그들(새)은 시력이 사람보다 다섯 배나 좋다고 합니다. 그러니 당해낼 재간이 있을까 의문입니다. 그래서 제가 건넨 말이 "쟤네들에게도 좀 줘야지 별 수 있나……." 그 말에 집사람이 웃습니다.

지구 온난화 어쩌고 하지만 겨울은 역시 겨울입니다. 아침저녁 영하로 떨어지는 날씨에 벌써 감기까지 걸린 사람들이 많습니다. 주변에 며칠씩 기침을 심하게 하는 동료가 있으면 사람들은 그에게 가까이 가려 하지 않습니다. 남에게 피해를 줄까 봐 당사자는 더 괴롭습니다. 하지만 개미사회에선 인간사회와 정반대 현상이 나타난다고 합니다. 병에 걸린 개미에게 일부러 병을 옮긴 후 함께 앓는다는 것입니다. 즉, 병균을 나눠가져 오히려 면역체계를 높여 병을 고친다는 것입니다. 이는 올해 4월 오스트리아과학기술원 연구진이 발표한 연구 결과입니다. 또 개미는 매우 이타적이어서 다친 동료를 부축해 집으로 데리고 오기도 한답니다. 요즘 연말을 맞아 취객을 부축하는 척하고 지갑을 슬쩍하는 일명 '부축빼기' 인간은 개미보다 훨씬 못한 존재 같습니다.

최근 내로라하는 대기업들이 거액을 기부했습니다. 신문에선 '통 큰 기부' 니 '쾌척'이니 하면서 대서특필했습니다. 사회공헌으로 보면 우리 조직의 사회 공헌은 말없는 맏며느리를 닮았습니다. 요란하게 일시적으로 활동을 하는 게 아니라 연중 꾸준히 다양하게 하고 있기 때문입니다. 작년 말 기준 농협의 사회 공헌액 규모는 돈으로 따져 1,236억 원이라고 합니다. 은행권에선 단연 1위 입니다. 또 지난 11월 중순 기준 올해 3월부터 우리 임직원들이 벌린 자원봉사 활동이 20만 시간을 돌파했다고 합니다. 이를 발판 삼아 12월 한 달 동안 전 계통 및 계열사 임직원들이 참여하는 다양한 사회공헌 캠페인을 전개할 예정이랍니다. 우리 조직에 많은 비판이 있지만 묵묵히 실천하는 우리들이 자랑스럽습니다.

지난주부터 거리엔 자선냄비가 등장했습니다. 어제는 자선냄비 계좌에 익명으로 1억 원을 입금했다는 훈훈한 소식도 들립니다. 이젠 자선냄비도 세련되어 카드로도 성금을 받는답니다. 그런가 하면 ARS 또는 카드포인트 등으로도 받는 것이 대세가 되고 있습니다. 꾸준히 나눔을 실천하고 있는 어느 병원 원장님의 멘트가 인상적입니다. "나눔은 남보다 자기 자신에게 남는 장사다." 점점 몸도 마음도 추워지는 연말입니다. 아무래도 '베란다 지킴이'는 포기시켜야 될 것 같습니다. 쭈글쭈글한 감 몇 조각을 먹겠다고 오는 그들에게 이런 베풂이라도 있어야 이 추운 겨울을 날 테니까……. (2012. 12. 5.)

다보스 포럼과 김병만의 화두

개그맨 김병만 씨는 개천에서 용 난 노력파 연예인 중의 한 사람입니다. 그는 지난해 10월부터 농협 이미지 광고모델로도 활동하고 있어 우리에겐 더 친근합니다. 촌스런(?) 외모와 우직한 이미지가 우리와 딱 어울린다고 생각합니다. 그 김병만이 지난주에 모 병원에서 2백여 명의 의사와 환자들 앞에서 강연을 했다고 합니다. 이날 김병만은 "꿈을 이루기 위해 연기학원에 들어갔더니 '키가 작아서 방송에 부적합하다'는 말을 들었다. 그러나 좌절하기보다 그 말을 긍정적인 자극으로 받아들여 꿈을 이루기 위해 더욱 노력했다"고 말해 갈채를 받았다고 합니다. 그러면서 그는 "나는 아직 정상의 자리에 오른 것이 아니라 '절벽'에 매달려 있다고 생각한다"고 겸손해 했다고 합니다.

새해 벽두 미국에서 '재정절벽' 위기가 타결되었다는 언론보도가 나왔습니다. 재정절벽이란 정부의 재정지출이 마치 벼랑 끝에서 뚝 떨어지듯 갑자기 줄어들어 경제가 절벽에서 추락하듯 큰 충격을 받는다는 의미입니다. 이 말은 미 연방제도이사회 벤 버냉키 의장이 미국 하원에서 쓰기 시작하면서 일반화되었다고 합니다. 오바마 행정부와 미국 의회간의 줄다리기 끝에 타결된 이번 협상으로 부자증세를 하여 정부지출 삭감이라는 초유의 사태를 일단 모면하였습니다. 그러나 미국은 3월 초까지 마이너스통장 대월한도를 늘리는 문제가 남아있습니다. 지난주 오바마는 이 마이너스 한도를 늘리지 않는다면 미국은 부도가 날 수밖에 없다고 경고하고 나섰습니다.

혹한의 날씨 때문인지 세상살이가 팍팍해져서인지는 몰라도 요즘 '절벽'이란 말만큼 실감나는 표현도 없습니다. 최근엔 '민생절벽'이니 '은퇴절벽', 심지어는 '솔로절벽'이란 말도 인구에 회자되고 있습니다. 1천조 원이 넘는 가계부채, 깡통주택 문제 등 민생상황을 어떤 언론인이 '민생절벽'이라고 표현하였습니다. 그런가 하면 소위 베이비부머들의 은퇴가 시작되면서 노후문제가 사회 이슈가 되었습니다. 우리나라 노인 빈곤율이 45%로 선진국의 3배 수준이라 합니다. 이쯤 되면 '은퇴절벽'이란 말이 실감납니다. 또 과거 산아제한 정책에 남아선호 사상이 보태져 초래된 성비 불균형 문제가 심각하다고 합니다. 내년이면 결혼 적령기 남성이 여성보다 40만 명이나 많아진다고 합니다. 이를 두고 '솔로절벽'이란 기상천외한 신조어를 만들어 내고 있습니다.

어제 아침 모 경제신문 1면엔 이 절벽을 넘는 묘안(?)이 실렸습니다. 매년 스위스 다보스라는 휴양도시에서 세계경제 이슈를 토론하는 '다보스포럼'이라는 모임이 있습니다. 이 모임이 내일부터 2천5백여 명의 내로라하는 엘리트들이 참석한 가운데 열린다고 합니다. 금년의 화두는 '불굴의 역동성(Resilient Dynamism)'이랍니다. 알듯 말 듯한 이 말의 뜻을 이 포럼창시자인 슈밥 회장은 이렇게 이야기합니다. "미래 성장은 강력한 비전과 이보다 더욱 강력한 행동을 요구한다. 2013년 리더십은 이 같은 두 가지 역동성을 모두 필요로 한다"고 설명했다고 합니다. 결국 "절벽에 매달려 있다고 생각하고 노력한다"는 김병만의 말이나 다보스포럼의 화두나 같은 것 같습니다.

(2013. 1. 22.)

주말농장 고구마실험

지난 주말 몇 년째 취미로 하고 있는 주말농장에 고구마를 심었습니다. 오전에 심었던 새싹은 모처럼 화창한 날씨로 인해 금세 시들어 버렸습니다. 노심초사 끝에 저녁 무렵 다시 살아나라는 기원과 함께 물을 주었습니다. 고구마 모종에 물을 주면서 문득 어느 신문기사에서 본 박대영 삼성중공업 사장의 '고구마 실험' 기사가 떠올랐습니다. 그는 집에서 고구마 2개를 컵에 담가 놓고 한쪽에는 긍정적인 말만 하고, 다른 한쪽에는 부정적인 말만 하면서 키워봤답니다. 그랬더니 고구마 줄기 성장속도가 천양지차였다고 합니다. 박 사장은 물론 온 가족이 깜짝 놀랐고, 그 뒤로 감사의 힘을 확신하게 됐다고 합니다. 그는 지금 회사 내에서 '감사 나눔 운동'을 펼치고 있다고 합니다.

감사 나눔 운동을 전도하는 분이 또 한 분 있습니다. 제갈정웅 대림대 총장이 바로 그분입니다. 그분의 '밥 실험, 양파 실험' 결과는 이렇습니다. 유리병 2개에 밥과 양파를 넣고 매일 한쪽엔 "감사합니다," 다른 한쪽엔 "짜증나"란 말을 했답니다. 놀랍게도 '감사 밥'은 다른 쪽이 썩는 동안 거의 상하지 않았고, '감사 양파'는 훨씬 많이 자랐답니다. 실험 결과를 눈으로 확인한 그는 감사 나눔을 마술이 아닌 과학이라고 강조했다고 합니다. 박 사장이나 제갈 총장의 실험과 비슷한 사례도 많이 있습니다. 일례로 어느 식품업체에서는 간장을 발효시킬 때 바흐, 비발디의 느리고 편안한 음악을 들려줬더니 간장 맛이 기가 막히게 맛있어졌다고 합니다.

언젠가 대림대 제갈정웅 총장이 쓴 칼럼을 읽은 적이 있었습니다. 그 요지를 소개하면 이렇습니다. '감사'라는 영어표현 'Thank'와 '생각'이라는 영어표현 'Think'는 같은 어원에서 파생됐다고 합니다. 따라서 감사는 먼저 생각을 하고, 그 다음 느끼고, 결국은 행동을 하는 일련의 과정으로 이루어진다고 합니다. 이의 증거로 뇌 과학자들이 뇌 사진을 찍어 보면 행복을 느끼는 뇌세포 바로 옆에 감사를 느끼는 뇌세포가 있다고 합니다. 그래서 감사 뇌세포가 활성화되면 행복해진다고 합니다. 즉, 감사하게 되면 뇌에 피가 많이 돌아 뇌가 좋아지고 엔도르핀을 분비해 건강에 도움을 준다고 합니다. 따라서 어떻게 행복할 것인가의 해답은 바로 '항상 감사하다는 생각을 하는 것'이라고 합니다.

내일이 어버이날입니다. 매년 어버이날 즈음이면 소년 같은 감성을 지닌 함민복 시인의 '성선설'이란 짧은 시가 생각납니다. "손가락이 열 개인 것은 / 어머니 뱃속에서 몇 달 은혜 입나 기억하려는 / 태아의 노력 때문인지도 모릅니다." 이 시를 읽으면 뭔가 뭉클한 울림이 있습니다. 감사해야 할 대상의 첫 번째가 부모님인데 늘 생각만 가지고 있고 실천하지 못했다는 것을 새삼 일깨워 줍니다. 지난 일요일 생각난 김에 어머니께 함흥냉면 한 그릇을 사드렸습니다. 꾼 돈 갚듯이 어버이날 행사를 마쳤다는 알량한 생각을 해봅니다. 이번 주말 주말농장에 가면 고구마에게 "감사합니다"라고 얘기해 볼랍니다. 제 나름대로 '고구마 실험'을 하는 것입니다. 누가 들으면 "봄이 되더니 저 사람 약간 맛이 간 것 같은 데……" 할지도 모릅니다. (2013. 5. 7.)

엄마는 맹모(猛母)

지난해 10월 여당의 모 의원은 서울시교육청에 대한 국정감사 시 영어교육의 열풍을 '신 맹모삼천지교(新 孟母三遷之教)'로 칭하였습니다. 신 맹모삼천지교란 '맹자의 어머니가 자식을 위해 세 번 이사했다'는 맹모삼천지교에 빗대 '3천만 원을 들여 영어유치원을 보내야 한다는 뜻'이라고 합니다. 요즘 모 국제중의 한 학부모가 2천만 원을 내고 아이를 입학시켰다고 폭로하는 바람에 Y국제중 등 국제중학교의 입시비리가 사회문제가 되고 있습니다. 예나 지금이나 아이를 잘 가르쳐 보겠다고 하는 맹렬한 엄마들의 열정만큼은 가히 맹모(孟母)가 아닌 맹모(猛母)라 할 만 합니다.

엊그제 미국 PGA투어에서 우리나라의 배상문 선수가 최경주, 양용은에 이어 세 번째로 우승컵을 들어 올렸습니다. 어제 각 신문은 배상문의 우승소식을 전하며 그의 홀어머니 시옥희 씨의 열정 어린 모정을 대서특필했습니다. 외아들을 여자 혼자 몸으로 뒷바라지하느라 집과 자동차, 심지어 결혼패물까지 돈이 되는 것은 죄다 내다 팔았다고 합니다. 또 아들이 국내에서 활동할 당시 아들의 캐디를 자처해 20kg가까운 골프백을 메고 전국 골프장을 누빈 열혈 맹모(猛母)였다고 합니다. 배상문은 우승하고 나서 이렇게 말했다고 합니다. "내 골프는 색깔로 치면 아주 붉은 색이다. 타이거우즈보다 더 붉다. 나는 어머니가 흘린 눈물의 양을 알고 있다." 아주 절절한 표현입니다.

이와 같은 맹모(猛母)와는 사뭇 다른 '애틋한 모정'이 담긴 기사가 어제 아침 모 신문에 실렸습니다. 최근 대한적십자사는 고령의 어르신들이 북한에 있는 가족들에게 남기고 싶은 말을 영상에 담는 '영상편지' 제작을 시작했다고 합니다. 금년에 제작한 영상편지 815편 가운데 특히 눈에 띄는 편지는 62년 전 헤어진 딸에게 '보석 같은 딸 옥주야'로 시작하는 아흔네 살 유송녀 할머니의 편지라고 합니다. 1951년 고향인 황해도에서 피란을 오면서 두고 온 아홉 살짜리 딸은 현재 71세인데 그 딸에게 "내가 나이가 이렇게 들었어도 너를 찾고 있으니 우리가 조만간 다시 만날 것"이라고 했다고 합니다. 편지를 쓴 유 씨는 울음 대신 "허허" 너털웃음을 지었다고 합니다. 코끝이 아릿합니다.

이런 애틋한 모정을 알기라도 하듯이 주한 외교사절 부인, 외국 기업 임직원 부인으로 구성된 '서울국제여성협회'라는 단체에서 오는 25일부터 전방 DMZ에서 '세계평화 생태탐방축제'를 연다고 합니다. '고향의 봄'과 '아리랑' 등을 합창하고 5백인분 식사를 마련, 철책근무 병사들을 대접한다고 합니다. 말하자면 얼어붙은 남북관계를 모성(母性)으로 녹이자는 취지입니다. 여기에 참석하는 어느 나라 대사부인의 말이 인상적입니다. "전쟁이 나면 엄마가 가장 많이 운다고 한다. 이번 행사가 평화의 중요성을 다시 인식하는 계기가 되면 좋겠다." 참 공감 가는 멘트입니다. 아무튼 우리의 어머니들은 동서고금을 막론하고 위대한 것 같습니다. 모 일간신문 제호 돌출광고에 게재한 모 생명회사의 이미지 광고 카피가 기발합니다. 엄마란 '엄청난 능력의 소유자 / 마징가도 못당한다!'라고 했습니다. 결국 엄마는 맹모(猛母)란 얘기입니다.

(2013. 5. 22.)

털! 털! 털!

세계 최고령자인 일본의 기무라 지로에몬(木村次郎右衛門) 씨가 엊그제 116세를 일기로 별세했다고 합니다. 그는 슬하에 아들, 딸 7명을 비롯하여 고손자까지 모두 61명의 자손을 두었고, 최근까지도 건강했었다고 하니 그야말로 만수무강한 인간 승리입니다. 생전에 그는 장수비결을 묻는 질문에 "음식을 가리지 말고 소식하라. 괴로워 말라. 거센 바람 뒤엔 해가 뜬다"고 답했다고 합니다. 만년에 그의 식사도 아침은 요구르트와 고구마, 자기 전엔 우유를 마시는 습관을 유지했다고 합니다. 또 매일같이 세 시간에 걸쳐 신문 두 종류를 읽었다고 합니다. 알고 보면 장수비결이 간단한 것 같습니다.

지난 6월 10일 LPGA투어 메이저 대회인 웨그먼스 챔피언십에서 우리나라 박인비 선수가 드라마틱한 연장전 끝에 우승했습니다. 이로써 그녀는 LPGA 투어 메이저 대회를 2회 연속 제패하면서 시즌 4승째를 알리는 쾌거를 이뤄 말 그대로 '메이저 퀸'으로 등극했습니다. 현재 박인비 선수는 여자골프 세계 랭킹과 상금에서 모두 1위를 달리고 있다고 합니다. 그녀의 우승비결은 평범합니다. 그녀의 비결은 그림 같은 드라이버샷도 아니고 멋진 어프로치샷도 아닌 '퍼팅'이랍니다. 그녀의 드라이버샷의 비거리는 225m에 불과하다고 합니다. 좀 잘 치는 주말골퍼 수준 정도입니다. LPGA 등록선수 151명 중 87등으로 중간에도 못 듭니다. 그러나 퍼팅 수는 홀당 1.4타로 최정상이라고 합니다. 언뜻 "세계 일등! 참 쉽죠? 잉"이라는 코미디 유행어가 떠오릅니다.

최근 세계적인 과학전문지 〈네이처〉에 재미있는 연구논문이 실렸습니다. 지상에서 가장 빠른 사냥꾼인 맹수 '치타'의 사냥 비결은 스피드보다 급가속, 급제동력에 있다고 합니다. 이 같은 사실은 영국 왕립수의대 A. M. 윌슨 교수팀이 아프리카 남부 보츠와나에서 야생치타 다섯 마리의 사냥과정을 17개월간 추적 조사한 연구 결과에 의해 증명되었습니다. 치타는 초속 29m(시속 104km)를 달린다고 하는데, 실제 최고속도는 초속 25.9m(시속 93km)였고, 평균 속도는 초속 14m 정도에 머물렀다고 합니다. 이 정도라면 세계적인 육상선수 우사인 볼트의 초속 12m와 엇비슷합니다. 반면 순간 가속과 감속 능력은 뛰어나서 한 걸음에 속도를 초속 3m씩 올리기도 하고, 반대로 4m씩 줄이기도 한다고 합니다. 이는 말(馬)의 두 배, 우사인 볼트의 네 배 이상이라고 합니다.

우리가 잘 아는 짚신장수 이야기. 옛날에 짚신을 잘 만들기로 유명한 짚신 장수가 병에 걸려 그만 죽게 되었습니다. 그는 어린 아들에게 유언으로 '털! 털! 털!'이라고만 말하고 세상을 떴습니다. 어린 아들은 짚신 만드는 비법을 알지 못한 채 아버지의 뒤를 이어 짚신을 만들게 되었습니다. 그러나 손님들은 아버지가 만든 것만 못하다며 사가지 않았습니다. 아들은 몇 날 며칠 동안 짚신을 쳐다보고 고민하다 아버지의 비결을 알게 되었습니다. 그것은 바로 짚신에 나 있는 잔털의 차이였습니다. 알고 보면 비결은 간단합니다.

(2013. 6. 14.)

짧은 편지, 긴 여운

새해 벽두 제 아들 녀석이 교환학생으로 공부한다고 외국으로 떠났습니다. 막상 녀석을 보내고 모든 것이 걱정이 되고 궁금해 배길 수가 없었습니다. 다행히 스마트폰의 '카톡'으로 궁금증을 간신히 풀어 갈 수 있었습니다. 주고받는 메시지에 꼭 필요한 단어만 나열하다보니 마치 '이재민이 컵라면 먹는 맛이 이런 기분이겠구나!' 하는 생각이 들었습니다. 그리고 보니 아들 녀석과 살갑게 이런저런 대화를 해본 적이 없다는 생각과 요사이 잘 쓰는 말로 콘텐츠가 없었다는 생각이 들었습니다. 요즘 선배들의 "정든 농협을 떠나면서……"로 시작하는 퇴임인사편지를 접하면 저도 모르게 짠한 마음이 듭니다. 그러면서 '지금 나에겐 무엇이 중요한가?'라는 생각을 해 봅니다.

짠한 편지가 아닌 가슴 아픈 편지를 어느 신문지면에서 접했습니다. 미국 테네시주에 살았던 열두 살짜리 테일러 스미스라는 소녀의 이야기입니다. 그 소녀는 지난 연초 예기치 못한 폐렴 합병증으로 세상을 떠났다고 합니다. 그 소녀의 부모는 장례를 치른 며칠 후 딸의 방을 청소하다가 우연히 편지 한 통을 발견했다고 합니다. 봉투에는 '다른 말이 없는 한 반드시 2023년 4월 13일 테일러 스미스에 의해 개봉될 것'이라고 쓰여 있었다고 합니다. 22세가 된 미래의 자기 자신에게 편지를 써 놓았던 것입니다. "테일러에게. 사는 거 어때? 네 과거의 10년은 아주 단순했었어. 늦었지만 고등학교 졸업 축하해. ~ 중략 ~ 내가 이 글을 쓴지 10년이 됐네. 그동안 좋은 일도, 나쁜 일도 있었겠지. 사는 게 다 그런 거야. 그런 것을 모두 감내하면서 살아가야 해. 알았지? 10년 전의 너, 테일러로부터" 코끝이 찡해 왔습니다.

최근 모 신문에서 3대에 걸친 편지쓰기 자녀교육법 기사를 읽고 신선한 감동을 받았습니다. 외국에 머물던 2005년 아들에게 쓴 편지를 묶어 《아빠의 수학여행》이란 책을 출간한 영국 옥스퍼드대 김민형 박사가 바로 그입니다. 그는 세계적인 수학자이지만 아들에게 쓴 스무 통의 편지에는 시를 비롯한 문학 이야기, 집안어른들 이야기 등 다양한 내용을 담았다고 합니다. 특히 그는 예일대 유학시절 그의 아버지인 김우창 고려대 명예교수가 보낸 편지가 마음의 영양가가 됐다고 합니다. 그 또한 아들에게도 편지쓰기를 권장하고 싶다고 합니다. 새삼 아들 녀석과의 초미니 편지가 민망(?)해졌습니다.

민망한 일이 비단 아들과의 편지뿐입니까? 아시다시피 여러분에게 지지난 해 연초부터 지난해 9월까지 칠십여 통의 편지를 거의 매주 보냈었습니다. 그러다가 전자 사무실에 편지 쓰는 여건도 좀 바뀌고 업무가 소홀해질 수 있다(?)는 이유를 달아 중단했었습니다. 참 민망한(?) 일이고 죄송한 일입니다. 많은 분들이 아쉬워한다는 이야기에 다시금 용기(?)를 내어 시작해 봅니다. 지난해 말일에 퇴임한 불름버그 전 미국 뉴욕시장은 후임자인 빌 더블라지오 신임시장에게 짤막한 편지를 남겼다고 합니다. "옳다고 생각하는 것을 그대로 행하시오." 짧은 편지에 긴 여운이 남습니다.   (2014. 1. 16.)

'부럼타인데이'

대박에 대한 꿈은 누구나 꾸는가 봅니다. 어제 투자 관련 모 전문가와 점심을 먹으면서 들었던 그의 일화가 머리에 맴돕니다. 어느 모로 보나 금융투자·리스크 관리 전문가인 그분도 우리가 그랬던(?) 것처럼 무모한(?) 주식투자를 하다가 상당액의 손해를 봤다고 했습니다. 적당한 선에서 환매를 하지 않고 욕심을 부린 탓이라고 했습니다. 최근 기획재정부 복권위원회가 전국 성인남녀 천명을 대상으로 '복권에 대한 인식조사'를 한 결과가 흥미롭습니다. 지난해 말 기준 로또복권 구입경험이 있는 응답자는 58%로 전년보다 약 3% 늘었다고 합니다. 또 월 소득 4백만 원 이상 고소득자 구입비율이 2008년 20%에서 지난해 말에는 약 41%로 늘었다고 합니다.

지난 1월 초 대통령께서 기자회견 중 '통일은 대박'이란 표현을 써 세간의 이목을 집중시켰습니다. 어원이 분명치 않지만 언젠가부터 주로 상업적 표현으로 쓰이던 이 용어가 통일과 합쳐지니 새로운 느낌이 들었습니다. 지난주 미국 뉴욕 맨해튼 한복판에 한 재미교포가 사비를 들여 '통일은 대박이다'는 광고까지 냈다고 합니다. 또 일각에선 '대박'의 영어표현을 놓고도 말이 많습니다. 광고판에는 '대성공'이란 뜻의 '보난자(Bonanza)'를 썼지만 외신에선 '거금'을 뜻하는 '잭팟(Jackpot)'으로 보도하고 있습니다. 그러자 일각에서는 '돌파구'라는 뜻의 '브레이크뚜루(Break through)'라고 정정하기도 했답니다. 아무튼 이 용어는 국민적 관심을 일으킨 또 다른 '대박'입니다.

지난달 31일부터 이달 6일까지는 우리의 설 명절 연휴에 해당되는 중국 최대 명절인 '춘지에(春節)'였습니다. 이 기간 동안 '요우커'라 칭하는 중국인 여행객이 몰려와 국내 면세점과 백화점 업계는 그야말로 대박(?)을 터뜨렸습니다. 중국인에 대한 판매가 지난해보다 평균 125% 증가했다는 소식입니다. 심지어 모 백화점은 174%까지 껑충 뛰었다고 합니다. 이 반면에 요즘 우리 농산물 시장에서는 농업인이 생산한 무, 배추, 당근 등 채소들이 지난해보다 평균 30% 이상 하락했다고 합니다. 이유는 올해 포근한 날씨가 이어지면서 채소 생산량이 늘었기 때문이라고 합니다.

울상이기는 축산농가도 마찬가지입니다. 닭 사육농가들은 금년을 '대박'의 꿈과 함께 시작했습니다. 왜냐하면 금년은 '2월 소치올림픽', '6월 브라질 월드컵', '9월 인천아시안게임' 등 3대 스포츠 대회가 열려 밤마다 '치맥'(치킨 + 맥주)열풍이 불 것이라 예측했기 때문입니다. 하지만 지난달 중순부터 전국을 강타한 AI가 발목을 잡고 있습니다. 거기다가 그나마 기대했던 소치 동계 올림픽 성적이 좋지 않아 치맥열풍은 불지 않고 있다는 안타까운 소식입니다. 닭 사육 규모는 지난해보다 약 13% 늘었다는데 참 걱정입니다. 그나마 올해 밸런타인데이가 정월대보름과 겹치는 일명 '부럼타인데이'라서 초콜릿 대신 호두, 땅콩, 잣 등 부럼류 매출이 증가하고 있다는 것이 다소 위안이 됩니다. 그런데 웃기는 건 올해 밸런타인데이는 이름도 알쏭달쏭한 '불금'(불타는 금요일?)이라서 호텔들이 대박을 터뜨린다고 합니다. 일명 '불금타인데이'라나 뭐라나.

(2014. 2. 13.)

뒤센 스마일

지난 주말 소치 동계올림픽에서 우리나라의 17세 소녀 심석희 선수는 쇼트트랙 1,500m에서 은메달을 땄습니다. 중국 저우양 선수에게 0.099초 차이로 아깝게 결승선을 통과한 심 선수는 들어오자마자 죄송하다며 눈물을 글썽였다고 했습니다. 유난히 금메달 집착이 강한 우리 국민들도 이제는 많이 바뀌어 심 선수가 장하다고 응원했지만 아쉬움은 어쩔 수 없나 봅니다. 드디어 이번 주 월요일 조간신문엔 심 선수의 은메달 소식보다 러시아로 귀화해 금메달을 딴 빅토르 안(안현수) 선수 소식과 함께 빙상계의 부조리를 낱낱이 파헤치는 기사를 대서특필했습니다. 거기다 빙상연맹 홈페이지에는 비난 글이 쇄도하여 다운됐다는 소식입니다. 아무리 안 그런 척해도 금메달 못 딴 것이 못내 부아가 치밀어 분풀이(?)를 하고 있다는 인상을 지울 수 없습니다.

며칠 전 모 신문에서 '은메달을 딴 선수보다 동메달을 딴 선수가 더 행복해한다'는 칼럼을 읽었습니다. 은메달리스트는 조금만 더 잘했으면 금메달을 딸 수도 있었는데 하며 실망이 큰 반면, 동메달리스트는 조금만 못했으면 메달을 못 땄을 수도 있었다는 생각에 더 기뻐한다는 것입니다. 이를 뒷받침하는 심리학이론이 있습니다. 금메달과 동메달 수상자가 웃는 웃음은 일명 '뒤센 스마일'이고, 은메달 수상자는 소위 '팬 아메리카 스마일'이랍니다. 뒤센 스마일이란 프랑스의 신경심리학자인 기욤 뒤센이 처음 발견했다고 해서 붙인 이름인데 눈과 입 주변이 모두 움직이는 진짜웃음이고, 팬 아메리카 스마일은 미국의 팬 아메리카 항공사 승무원들이 하는 눈만 웃는 상업적인 거짓스마일을 말한다고 합니다.

우리가 흔히 쓰는 말에 '둘째가라면 서럽다'는 말이 있습니다. 종종 둘째는 맏이나 막내보다 관심을 덜 받는 경우가 많습니다. 지난주에 인기리에 막을 내린 모 TV 주말드라마 '왕가네 식구들'에서도 마찬가지였습니다. 둘째딸 '호박이'는 집안 내 궂은일을 도맡아하면서도 항상 언니 '수박이'보다 사랑을 못 받는 서러운 캐릭터로 등장했습니다. 두 번째가 서러운 것은 아마 스포츠 경기가 더한 것 같고 다른 나라보다 유독 우리나라가 더 심하다는 생각을 합니다. 이를 두고 전문가들은 엘리트 위주의 스포츠 의식과 메달 색으로 줄을 세우는 우리 언론의 보도태도 때문으로 풀이하고 있습니다.

몇 년 전 모 주류회사가 소주에 대한 소비자 이해를 돕기 위해 '알고 마시면 더욱 맛있는 술'이라는 가이드북을 제작해 배부했습니다. 거기에 소주는 4~5도 냉장고에 보관했다 두 번째 잔에 따른 술이 가장 맛있다고 소개했습니다. 왜냐하면 소주를 꺼내서 두 번째 잔에 따를 때 소주 맛이 가장 좋은 8~10도가 되기 때문이랍니다. 소뼈를 고아서 만드는 곰국도 두 번째 고은 것이 가장 맛있다고 합니다. 1969년 7월 인류 역사상 최초 달을 왕복한 아폴로 11호 우주선 조종사 올드린은 선장 암스트롱보다 18분 늦게 달에 발을 디뎠습니다. 그는 귀환 회견에서 "두 번째로 달에 내려 서운하냐?"는 질문을 받자 웃으며 다음과 같이 말했습니다. "나는 다른 별에서 지구로 온 첫째 사람이다." 그의 웃음은 '뒤센 스마일'이 아닐까 생각해 봅니다.　　(2014. 2. 18.)

단 거와 화이트

그제 동료직원들과 사무실 근처 한 식당에서 저녁을 먹었습니다. 메뉴는 주꾸미 삼겹 양념구이였는데 맛은 있었지만 엄청 달았습니다. 아마 단맛을 좋아하는 젊은 고객 취향을 맞춘 것 같았습니다. 단맛은 가장 원초적인 맛이라고 합니다. 경험으로 알아지는 맛이 아니라는 얘깁니다. 과거 역사를 보면 단맛의 원재료인 사탕수수 확보가 권력쟁취의 한 수단이었습니다. 이미 16세기 유럽의 연회장에서는 설탕의 사용이 권력에 비례했다고 합니다. 우리나라에서는 단맛재료로 꿀이 대세였지만 18세기에 중국과 일본에서 설탕이 전해져 왕의 탕약에만 조금씩 넣어드렸다고 합니다.

이렇듯 귀하던 설탕이 오늘날에 와서는 온갖 먹을거리에 버무려져 우리의 입맛을 마비시켰습니다. 이름하여 '단맛 중독증'이 그것입니다. 단 음식을 먹을 경우 중추에서는 일명 신이 선사한 마약이라 칭하는 '도파민'이란 호르몬이 분비되면서 기분이 좋아진다고 합니다. 문제는 단맛에 중독될 경우 단맛 섭취를 줄이면 도파민 금단현상을 일으킬 수 있고 식욕부진과 화를 참지 못하는 등 심각한 건강상의 문제를 야기한다는 겁니다. 또한 단 음식 과다 섭취는 비만을 일으킬 뿐 아니라 인슐린 조절에 문제가 생겨 뇌기능까지 떨어진다는 연구 결과가 있습니다. 그런데 현실은 청소년들이 좋아하는 가공식품과 음료수 등에 설탕이 엄청나게 많이 들어있어 단맛 중독에 쉽게 노출됩니다.

비단 단맛 중독증은 음식뿐만도 아닙니다. 사회 각처에서 일어납니다. 지난 월요일 의사들이 집단휴업 하는 시위를 벌였습니다. 의사들은 생존권 지키기라 했지만 정부는 불법이라 하고, 언론에선 명분 없는 '제 밥그릇 챙기기'라 했습니다. 속내는 정부 정책이 어느 한 쪽만 유리하게 되어 손해를 본다는 겁니다. 언뜻 지난번 철도파업 때 한 여당 중진의원이 정부정책의 불합리성을 제기하며 거론한 '크림 스키밍(Cream Skimming)'이란 용어가 떠오릅니다. 말 그대로 원유에서 맛있는 크림만 떠먹고 다른 부위는 버린다는 의미입니다. 크림 스키밍은 일종의 단맛 중독증과 비슷하다는 생각을 합니다. 단맛과 마찬가지로 우리 사회에 병이 생겨날 염려가 있기 때문입니다.

단맛 중독증은 세계적인 이슈로서 이젠 세계보건기구(WHO)가 나섰습니다. 지난주 WHO는 권장 당분 섭취량을 종전의 절반으로 낮추었습니다. 이 권고안에 따르면 평균 성인이 하루에 필요한 열량을 2천kcal라고 할 때, 새 당분 권장량인 5%(100kcal)는 25g(6티스푼)에 해당됩니다. 콜라 한 캔의 당분 량이 39g이니 콜라 한 캔만 먹어도 하루 권장량을 초과하는 셈입니다. 영어단어 '위험'을 뜻하는 단어 '대인저(Danger)'를 소리 나는 대로 잘못 발음하면 '단거'가 됩니다. 말 그대로 '단거'는 '위험'합니다. 때마침 다가오는 금요일이 일본 모리나가 제과회사가 장삿속으로 만들었다는 '화이트데이'입니다. 그날 멋도 모르고 우리들은 무슨 의무이행과도 같이 사탕을 주고받습니다. 이번 '화이트데이'에는 사탕 말고 영어단어 뜻대로 '흰 것', 즉 '백설기'를 주고받읍시다. 백설기처럼 담백한 마음이면 사랑도 순수해서 오래 갈 겁니다.   (2014. 3. 12.)

인간사에 최고의 진통제

이 어마어마하고 믿을 수 없는 사실을 표현할 말이 없습니다. 이번 세월호 사건으로 희생된 단원고 학생들의 마지막 문자 메시지가 가슴을 에입니다. "엄마, 내가 말 못할까봐 보내놓는다. 사랑한다." 지난 16일 전남 진도 해역에서 침몰한 여객선에 타고 있던 신 모 군은 어머니에게 '사랑한다'고 문자메시지를 보냈습니다. 사고 소식을 모르던 어머니는 "왜…… 카톡을 안보나 했더니? …… 나도 사랑한다"고 답했답니다. 짧은 이별 편지에 떨어지는 눈물은 차라리 사치 같습니다. 지난 한 주간은 꽃잎 흩날리듯 스러져 간 대한민국의 애틋한 청춘들의 사연에 온 국민들이 할 말을 잃은 한 주였습니다.

이 번 사건은 102년 전 영국 타이태닉호 침몰 사건을 떠올립니다. 침몰시점이 그렇고 많은 희생자가 난 점 등이 그렇습니다. 실제로 수학여행을 떠나는 딸에게 타이태닉호 비극을 이야기하며 출발을 말렸다는 어느 어머니의 소식이 알려져 안타까움을 더하고 있습니다. 타이태닉 침몰사건은 1997년에 '타이타닉'이라는 타이틀로 영화화됐습니다. 저는 1998년 교육원에서 근무했었는데, 그해 연수생을 대상으로 그 영화를 방영해 한 대여섯 번은 봤습니다. 그 영화를 볼 때마다 셀린디온이 부른 영화주제가 'My heart Will Go On(나의 마음은 영원히 변치 않을 거예요)'의 애절한 곡조와 함께 장면마다 가슴이 짠하여 눈물을 글썽였습니다. 공교롭게도 이번에 희생된 학생들이 '타이타닉' 영화가 개봉되던 해인 1997년, 1998년생들이라니 차마 영화 같은 현실이 믿기지 않습니다.

지난 일주일간 우리는 타이태닉호의 존 스미스 선장과는 백팔십도 다른 세월호 선장의 행태에 분노했습니다. 또 엉성한 재난안전시스템에 실망했습니다. 이 와중에 사려 깊지 못한 언행을 한 몇몇 사람들을 비난했습니다. 그러나 칠흑 같은 바다에서 목숨을 건 구조 활동을 하는 구조대가 있었습니다. 전국 각지에서 달려와 묵묵히 도와주는 수많은 자원봉사자가 있었습니다. 이들이 암울한 재난현장에 불빛이 되어주고 있습니다. 그리고 희생자와 그 가족들을 많은 사람들이 마음을 나누고 있습니다. 안치환의 노래처럼 사람들이 꽃보다 아름답습니다. 이제 분노했던 것, 실망했던 것, 좌절했던 것을 뒤집어 처음부터 다시 시작해야 합니다. 그것이 꽃잎처럼 떠나간 어린 영령들에 대한 최소한의 예의가 아닐까 생각합니다.

소설가 김홍신 씨는 병마와 싸우다 먼저 떠나는 부인에게 보내는 마지막 편지에 이렇게 썼습니다. "인간사에 최고의 진통제는 사랑이라 했거늘, 뭐가 그리도 아까워 그대에게 사랑조차 야박하고 겉치레로 했는지 모르겠소. 참으로 하기 쉬운 변명, 세상에서 가장 믿는 사람이니까 믿거라 하고 그랬다는 말조차 이젠 할 수가 없구려". 그러고 보면 단원고 학생이 보낸 짧은 문자 메시지 "사랑한다" 한마디는 가슴 아픈 부모에게 준 마지막 선물이자 진통제인 셈입니다. 다음 주면 가족의 달 5월이 옵니다. 5월엔 아팠던 4월의 몫까지 합쳐 두 배로 가족을 사랑합시다. 그리고 사랑하는 가족을 잃은 희생자 가족에게 따뜻한 위로의 마음을 전합시다. 의미심장하게도 '가족'을 뜻하는 영어 단어 패밀리(Family)는 '아빠, 엄마, 저는 당신을 사랑합니다(Father And Mother I Love You)'의 머리글자를 딴 것이라고 합니다. "농신보 가족여러분! 사랑합니다!"

(2014. 4. 24.)

잭슨목련과 신드버그 장미

지난주 25일 우리나라를 방문한 오바마 미국 대통령은 작은 목련묘목 하나를 '위로의 선물'로 가져왔습니다. 이 목련은 이번 세월호 참사에서 최대 피해를 입은 안산 단원고에 전달되어 교정에 심어졌습니다. 이 목련은 일명 '잭슨목련'으로도 불린다고 합니다. 이같이 이름 붙여진 이유는 앤드루 잭슨 미국 7대 대통령이 자신보다 먼저 세상을 떠난 부인 레이첼 여사를 기리며 백악관에 심었던 목련나무에서 씨를 받아 키웠기 때문이라고 합니다. 그래서 이 나무는 사랑하는 이를 잃은 사람에 대한 위로와 봄마다 다시 피어나는 부활의 뜻을 갖는다고 합니다. 우연하게도 "목련꽃 그늘 아래서 베르테르의 편질 읽노라……"라고 노래한 박목월 님의 시가 '4월의 노래'입니다. 붉은 자줏빛 꽃을 피운다는 이 목련은 해마다 4월 이때쯤 단원고 교정에 필 것입니다. 그러면 시의 표현처럼 눈물어린 계절을 떠올리고 꽃잎처럼 떠난 청춘들을 기억해 줄 것입니다.

오바마 대통령이 방한 직후인 지난 27일 중국을 방문한 마그레테 2세 덴마크 여왕은 노란색 장미 한 다발을 들고 일제 만행의 상징인 난징 대학살 기념관을 찾았다고 합니다. 일반적으로 헌화할 때 사용하는 흰 국화 대신 노란 장미를 들고 간 이유가 감동입니다. 여왕이 들고 간 장미는 '영원한 난징, 신드버그 장미(Nanjing Forever, Sindberg Rose)'라는 생소한 품종 이름이 붙었습니다. 이 품종은 1937년 난징 대학살이 벌어질 때, 2만 명 이상의 중국인을 자신이 운영하던 시멘트공장에 피신시켜 목숨을 구했던 덴마크인 '신드버그'를 기리기 위한 것이라고 합니다. 그 신드버그의 조카인 '메리언 엔더슨'이 4년간의 연구 끝에 2004년 이 품종 개발에 성공하면서 자기 삼촌 이름을 따서 지었다고 합니다. 노란색 장미는 덴마크에서는 '용기'를 상징한다고 합니다.

어제 아침 신문엔 세월호 침몰사고 희생자 임시합동분향소에 추모행렬이 이어지면서 국화꽃 12만 송이가 동이 났다는 기사가 실렸습니다. 대신 검은 색 근조리본을 헌화테이블에 올리고 있다고 합니다. 모 경제지 채경옥 논설위원이 쓴 칼럼을 읽다가 흰 국화를 조화로 사용하는 뜻을 알았습니다. 유럽에서는 흰 국화가 죽음과 영원한 안식을, 중국과 일본에서는 애도와 슬픔을 뜻한다고 합니다. 우리나라에서 빈소에 흰 국화로 조화를 표하는 풍습은 1876년 강화도 조약 이후라고 합니다. 그때부터 흰색 상복과 삼베옷을 입는 한국 전통문화는 국화로, 검은 색을 죽음의 상징으로 여기는 서양의 장례문화는 검은 색 상복으로 자리 잡았다고 합니다.

때로는 말로 표현하기 힘들 땐 상징적인 한 송이 꽃이 더 나을 때가 있습니다. 그래서인지 알듯 모를 듯 난해했던 김춘수 시인의 '꽃'이란 시가 요즈음 뭉클하게 다가옵니다. "내가 그의 이름을 불러주기 전에는 / 그는 다만 / 하나의 몸짓에 지나지 않았다. / ~ 중략~ / 그에게로 가서 나도 그의 꽃이 되고 싶다 / 우리들은 모두 / 무엇이 되고 싶다 / 나는 너에게 너는 나에게 / 잊혀지지 않는 하나의 의미가 되고 싶다." 그렇습니다. 잭슨목련의 고귀한 의미와 신드버그 장미의 숭고한 뜻처럼 잊혀지지 않는 의미가 되고 싶습니다. 모쪼록 이번 참사 희생자들에게 바치는 수십만 송이의 국화가 꽃다운 영령들에게 위로와 안식의 의미가 되기를 기원 합니다.

(2014. 4. 30.)

미소가 머물다간 자리

지난 1월 16일 올해 첫 번째로 이 편지를 보냈는데 어느덧 이번이 마흔다섯 번째 마지막으로 씁니다. 제 느낌으론 참 빨리도 지나갔습니다. 똑같은 시간인데도 사람마다 느끼는 시간의 속도는 천차만별입니다. 정확한 출처가 기억나진 않지만 나이 먹을수록 시간의 속도가 더 빠르다고 느끼는 건 노화의 자연스런 과정이랍니다. 이유는 나이 들면 뇌도 노화되어 최근 경험한 일들을 젊은 사람보다 빨리 잊어먹기 때문이랍니다. 그래서 늙으면 추억으로 산다고들 이야기하는 것 같습니다. 그리고 보니 퇴직한 선배님들의 무용담(?)에 지루해했던 것이 새삼 죄송하다는 생각을 했습니다. 나도 늙으면 똑같을 텐데. 아니 지금도 그러고 있는지도 모르는데.

언젠가 모 신문 고정코너에서 '나이 들면 되레 좋아지는 것'을 읽고 공감했습니다. 내용은 대략 이렇습니다. 첫째, 나이 들면 아이스크림을 먹을 때 얼굴 찡그리지 않아도 된답니다. 왜냐하면 치아 속 신경이 작아지거나 없어지기 때문이랍니다. 둘째, 마음 놓고 밝은 색 윗옷을 입을 수 있답니다. 왜냐하면 땀이 덜 나 땀자국 걱정을 하지 않아도 되기 때문입니다. 셋째, 감기 걸리는 횟수가 적어진답니다. 어린이는 1년에 열 번 정도 걸리지만 늙으면 항체가 많이 형성되기 때문에 덜 걸린답니다. 넷째, 숙취가 덜하답니다. 이유는 생물학적 내성이 쌓여 그렇답니다. 다섯째, 잠도 잘 온답니다. 스트레스가 줄고 밤 늦도록 컴퓨터도 안 하기 때문이랍니다.

나이 들수록 중후한 영화배우 이덕화가 모 가발업체 광고에 출연했습니다. 그 광고 카피가 그럴듯합니다. "꿈이 있는 남자는 나이 들지 않는다! / 다만 더 멋있어질 뿐이다!" 그런가 하면 영국의 철학자 프랜시스베이컨은 "주름살은 미소가 머물다간 자리일 뿐"이라고 억지(?)를 부렸습니다. 그는 "노인이란 언제나 나보다 열다섯 살 많은 사람을 말하는 것"이라며 젊게 살았다고 합니다. 뒤돌아보면 해마다 이때쯤 이룬 것보단 이루지 못한 것에 마음을 두곤 했습니다. 그러면서 한 해가 갔다는 우울증성 후회를 하곤 했습니다. 그러나 한편 이루지 못한 것에 위안을 받을 수도 있다는 생각을 해봅니다. 이루지 못했으니까 다시 꿈 꿀 수도 있고, 다른 것을 꿈꿀 수도 있으니 말입니다.

해마다 그러했지만 올 한 해도 무척 많은 일들이 일어났고, 빨리 잊고 싶은 일들이 많았습니다. 카드 정보 유출사태, 세월호 참사를 비롯하여 이어진 안전사고, 유명 정치인·공직자·재벌가의 추행과 추문, 그리고 갈수록 팍팍해지는 경제사정 등등. 이제 올 한 해도 딱 일주일 남았습니다. 올해 일어났던 일 중에 좋지 않았던 일들은 빨리 잊고 또다시 출발선에서 새 꿈을 꾸어야겠습니다. 농신보 가족 여러분! 올 한 해 수고 많으셨습니다. 양의 해인 내년은 청양(靑羊)의 해라고 합니다. 가슴에 간직한 푸른 꿈들이 양의 심성처럼 순리대로 잘 실현되시길 기원합니다. 그리고 농어업인의 희망과 행복을 위하여 우리에게 맡겨진 일들을 멋지게 해냅시다. 새해 복 많이 받으십시오!

(2014. 12. 24.)

퍼 셀프와 낫 퍼셀프

언젠가 지인이 '카톡' 메시지로 보내준 '건강십계명'이 있습니다. 보통 인터넷상에 떠다니는 건강 십계명 속에는 으레 음식, 운동 관련이 주를 이룹니다. 그러나 이 건강십계명은 내용도 평범하거니와 '일이삼사오법'으로 말을 풀어 기억하기 쉽습니다. "일일이 따지지 말자 / 이 자리 얘기를 저 자리로 옮기지 말자/ 삼삼오오 자주 만나자 / 사사건건 시비 걸지 말자 / 오기 부리지 말자 / 육체적 스킨십을 늘리자 / 칠십 프로에 만족하자 / 팔팔할 때 많이 다니자 / 구구절절 변명하지 말자 / 십분의 일은 세상에 돌려주자"입니다. 이 중에서 아홉 가지는 자신이 맘먹기에 달렸지만 마지막 계명이 마음에 걸립니다. 돈이든 재능이든 세상에 돌려줄 능력이 과연 있겠는가 하는 부담 때문입니다.

기부하면 생각나는 분이 있습니다. 금년 1월 돌아가신 황금자 위안부 할머니입니다. 이름이 어감상 기억하기 좋은 이유도 있었지만 임차보증금 2백만 원까지 유언으로 기부하시고 가셨습니다. 고인은 폐품을 수집해 오시면서 틈틈이 장학금을 기부해 생전에도 1억 원을 기부하셨답니다. 또 한 분이 생각납니다. 재작년 5월에 고양시 국립암센터에 76세의 한 할머니가 간암으로 사경을 헤매는 한 살 아래 남편에게 자기 간을 이식해 달라고 부탁했습니다. 의료진은 고령이라 수술이 불가능하다고 말렸지만 죽더라도 한날한시에 가게 해달라는 애원에 응했습니다. 무려 9시간에 걸쳐 할머니 간의 70%를 옮기는 대수술이었습니다. 다행히 성공했습니다. 우리 의료진의 실력도 실력이지만 그

할머니의 지고지순한 부부애에 가슴이 찡합니다.

어제 아침 모 경제신문 뉴욕특파원 칼럼을 읽고 왜 미국이 세계 패권국이 됐는지를 생각해 봤습니다. "국가로부터 너무나 많은 혜택을 받았기 때문에 그동안 번 돈을 다 미국 사회에 되돌려 줄 것이다." 이 말은 글로벌 대형 사모펀드 칼라일의 공동설립자이자 억만장자인 데이비드 루벤스타인이 최근 한 콘퍼런스 토론현장에서 꺼낸 말이라고 합니다. 세계에서 가장 기부를 많이 한 사람 10명 중 8명이 미국인이었습니다. 우리가 익히 아는 빌게이츠, 워런버핏, 조지소로스, 고든무어 등입니다. 이같이 된 데에는 사회공헌에 대한 교육영향도 있는 것 같습니다. 그것은 'Not for self : 나 자신을 위해 살지 말라)'라고 한 명문 사립고인 필립스아카데미의 건학이념만 봐도 알 수 있습니다.

무언가 할까 말까 망설여질 때, 서울대 행정대학원 최종원 교수가 제시한 인생철학이 명쾌한 해답을 줍니다. "갈까 말까 할 때는, 가라 / 살까 말까 할 때는, 사지 마라 / 말할까 말까 할 때는, 말하지 마라/ 줄까 말까 할 때는, 줘라 / 먹을까 말까 할 때는, 먹지 마라." 최근 세월호 참사 후 많은 기업들이 삼성 눈치를 봤다고 합니다. 분위기상 성금은 내야겠는데 얼마를 내야 할지 가늠하기 위해서라고 합니다. 고무적인 현상은 우리나라도 기부 또는 사회공헌에 대한 인식이 많이 좋아지고 있습니다. 이번 참사현장에 연인원 3만여 명이 자원봉사에 참여한 사실이 그것을 말해 줍니다. 저희 부는 이번 주 토요일 농촌일손 돕기를 하기로 했습니다. 가슴 아린 슬픔이 많았던 오월의 마지막 날, 누군가에게 무언가를 줄 수 있게 돼서 행복합니다. 그러고 보면 기부는 'Not for self'가 아니라 'For self : 내 자신을 위하는 일'입니다.

(2014. 5. 28.)

국민의 눈물

때로는 신문기사 제목이 문학적 표현일 때가 있습니다. 월드컵 개회식이 있던 지난 금요일 모 일간지 스포츠면의 제목은 이렇습니다. "너무 일찍 만난 그들 …… 그라운드는 눈물을 원한다." 언뜻 황야의 결투가 벌어지고 있는 서부영화의 한 장면이 연상되는 듯한 구절입니다. 이는 결승전은 아니지만 이른바 '죽음의 조'에서 펼쳐지는 불꽃 튀는 예선전을 비유한 표현입니다. 특히 4년 전 남아공월드컵 결승전에서 맞붙었던 무적함대 스페인과 오렌지군단 네덜란드, 내로라하는 유럽 명문프로리그 선수들이 포진한 잉글랜드와 이탈리아, 그리고 프로축구스타 호날두가 버티고 있는 포르투갈과 전차군단 독일 간의 빅 매치가 볼만했습니다. 지난 토요일부터 어제까지 이어진 이들 죽음의 결투에서 스페인, 잉글랜드, 포르투갈이 그라운드에서 분루(憤淚)를 삼켰습니다.

몇 년 전 삼성 이건희 회장이 공개적으로 눈물을 흘린 사건이 있었습니다. 지난 2011년 7월 6일 남아프리카 더반에서 열린 IOC총회에서 우리나라 평창이 동계올림픽 유치에 성공했습니다. 그때 우리 유치단은 너나 할 것 없이 서로를 감싸 안고 감격의 눈물을 흘렸습니다. 유치단의 일원이었던 김연아 선수도 울었고 거기에 참석했던 이건희 회장도 울었습니다. 평소에 냉철하기로 알려진 이 회장의 눈물소식을 이튿날 모 신문에선 '1조 원의 눈물'이라고 에둘러 표현했습니다. 또 모 신문의 시사만화 '장도리'에는 이 회장의 눈물장면을 세간의 화제가 됐던 로이 리히텐 슈타인의 그림 '행복한 눈물'로 패러디했습니다. 그 그림의 빨간 머리 여인이 이건희 회장으로 변해 있었습니다.

눈물도 여러 가지입니다. 슬픔의 눈물(悲淚), 감격의 눈물(感淚), 참회의 눈물(悔淚), 바람 때문에 흐르는 눈물(風淚), 이별의 눈물(別淚), 분함에 못 이겨 우는 눈물(憤淚) 등 많습니다. 이 중에서도 슬픔의 눈물은 고통입니다. 특히 부모를 잃은 슬픔을 '천붕(天崩)'이라고 합니다. 하늘이 무너지는 슬픔이란 뜻입니다. 그보다 더한 것이 자식을 잃은 슬픔입니다. 이를 표현한 말이 '눈이 멀 정도로 슬프다'는 뜻의 '상명지통(喪明之痛)'입니다. 세월호 참사로 자식을 잃은 사람들이 '상명지통'을 겪었습니다. 눈물도 말라 나올 것이 없다고도 했습니다. 이 안타까운 현실을 바라보던 모든 국민이 울었습니다. 대통령도 울었습니다. 그래서 2주전 끝난 지방선거 이슈도 '눈물을 닦아주자'였습니다.

누군가 "고통을 짊어진 사람일수록 울기부터 해야 한다"고 했습니다. 차동엽 신부는 그의 책 《잊혀진 질문》에서 '슬픔에는 눈물이 명약'이라고 썼습니다. 그래서 우는 행위 자체가 이미 치료의 과정이라고 했습니다. 이것을 입증하는 사례를 들었습니다. 1997년 영국에서 교통사고로 다이애나 황태자비가 사망했습니다. 그즈음 영국 내 우울증 환자의 수가 갑자기 절반으로 줄었다고 합니다. 이유는 국민 대다수가 그녀의 죽음을 애도하며 눈물을 흘렸던 까닭이라고 합니다. 이를 전문가들은 '다이애나 효과'라고 명명했답니다. 우리도 세월호 참사를 겪으면서 참 많이 울었습니다. 이런 국민의 눈물이 서로를 위하고 뭉치는 힘으로 승화되었으면 합니다. 이 에너지로 우리 월드컵 대표팀이 16강을 넘고 4강이 되어 그라운드에서 '기쁨의 눈물'을 흘렸으면 합니다.

(2014. 6. 17.)

교황님이 망가지다

요즘 폴란드의 SNS에는 난데없이 사과 먹는 장면이 홍수를 이루고 있다고 합니다. 그 연유는 이렇습니다. 러시아는 지난 8월 1일 폴란드 사과에서 과도한 농약성분이 검출됐다는 이유로 폴란드산 과일과 채소 수입 금지를 단행했습니다. 이번 조치의 속내는 지난 7월 말 우크라이나 사태에 대한 유럽연합의 추가 경제제재에 앞장선 폴란드에 대해 소위 괘씸죄(?)를 적용한 것이 분명합니다. 아무튼 폴란드의 연간 사과 수출액 6천여 억 원의 75%를 차지하는 러시아가 수입을 금지하자 폴란드 사과재배농가는 비상이 걸렸다고 합니다. 이에 폴란드 일간지 〈폴스비즈네수〉는 사설을 통해 '하루에 사과 한 개씩 먹기 운동'을 제안했습니다. 이 운동은 비단 농업인을 도와주는 것도 있지만 "사과를 먹어 푸틴을 골려주자"라는 취지에 공감(?)하여 빠르게 확산되고 있다 합니다.

올 여름 장마는 유독 비가 적더니 끝자락에 물 폭탄을 쏟아 붓고 있습니다. 그런데 요즘 SNS에도 소위 유명인들의 얼음물 폭탄을 뒤집어쓰는 웃기는 동영상이 번지고 있습니다. '아이스버킷챌린지(Ice Bucket Challenge)'라 이름 붙여진 이 '얼음물샤워'는 '루게릭병(운동세포가 파괴돼 온몸이 마비되는 병)' 환자를 돕기 위한 기부운동의 일환으로 미국에서 시작됐습니다. 행사 참가자는 얼음물이 담긴 물통을 뒤집어 쓴 후 친구 3명을 지목해 도전을 청합니다. 만약 얼음물을 끼얹는 일을 못하겠다면 100달러를 기부하라는 겁니다. 물론 끼얹은 후 기부하면 더 좋습니다. 이 캠페인에는 마크 저커버그 페이스북 최고경영자를 시작으로 빌게이츠, 머스크 등 기업가뿐 아니라 축구스타 호날두와 네이마르, 베컴, 팝가수 레이디가가도 동참했다고 합니다. 우리나라도 조인성, 이영표 등 각계각층으로 전파되고 있습니다.

　지난 5일간은 우리나라를 방문해 큰 울림을 주신 프란체스코 교황님의 일거수일투족과 말씀들로 SNS를 달구었습니다. 교황님도 수백만 명의 트위터 팔로어를 가진 영향력 있는 트위터리안이랍니다. 그러나 그는 정작 청년들을 향해서는 "인터넷, 스마트폰, TV에 시간 낭비를 하지 말라"고 조언했다고 합니다. 교황님은 지난 8월 5일 이탈리아 로마에 순례여행을 온 독일 복자 5만여 명에게 한 연설에서 "우리의 삶은 시간으로 이뤄져 있고 시간은 신이 준 선물"이라며 "선하고 유익한 일에 써야 한다"고 강조했다고 합니다. 교황님은 올해 초 발표한 담화에서 인터넷을 '신이 주신 선물'이라고 평가하면서도 "과도하면 친구나 가족으로부터 소외될 수 있다"고 지적했다고 합니다.

　그러나 4박 5일간의 일정을 마치고 바티칸으로 돌아가신 교황님의 흔적은 SNS에 주로 남아 있습니다. 저는 그 중 교황님이 최근 아르헨티나 잡지와의 인터뷰에서 밝혔다는 행복십계명 첫 번째 항목인 '내 방식의 삶을 살고 타인도 자신의 삶을 살게 두자'란 말씀이 퍽 공감이 갑니다. 요즘 SNS엔 남의 삶을 비난하는 글이 너무 많은 것 같습니다. 미국 가수 샤키라가 어제 다음 번 얼음물샤워 대상자로 교황님을 지목했다고 합니다. 조만간 SNS에서 교황님의 물 폭탄 세례를 받고 망가지는(?) 동영상을 보게 될지도 모르겠습니다. 그의 미소가 가을향기처럼 은은하게 어른거립니다.　　　　　(2014. 8. 21.)

늙어보고 싶네요

농업인의 날인 엊그제 사무실에서 동료직원들과 조촐한 가래떡 파티를 했습니다. 아시다시피 그날은 소위 '빼빼로데이'이기도 했으며, 이에 맞선 '가래떡데이'이기도 했습니다. 가래떡을 먹던 동료직원 왈, "빼빼로데이는 이와 비슷한 밸런타인데이나 화이트데이보다 과자 매출실적이 월등하다"고 합니다. 그러면서 L모 과자회사의 마케팅능력이 대단하다는 말도 덧붙입니다. 또 요즘 어린이집 등에선 선생님들까지 과자선물을 챙겨야 되는 행사로 커졌다는 말도 합니다. 연유야 어찌됐든 이 같은 기괴한 기념일이 급속도로 유포된 데에는 날씬해지기를 바라는 열망이 도화선이 됐기 때문일 겁니다. 요즘엔 이러한 다이어트 열망에 편승해 남녀노소를 불문하고 좀 과하다 싶을 정도로 먹는 것을 절제하는가 하면 각종의 기괴한 다이어트 비법이 난무하고 있습니다.

이런 다이어트 열풍은 사춘기 여학생뿐 아니라 외모로 먹고사는(?) 연예인들이야 더할 나위 없습니다. 최근엔 2주 전 고인이 된 가수 신해철 씨의 사인을 두고 논란이 많습니다. 그가 생전에 비만치료를 위해 음식섭취량을 줄이고 체중감소 효과를 볼 수 있도록 위를 줄이는 수술을 받았다고 합니다. 부검결과 위 수술이 적절치 못해 죽음으로 이어진 의료사고일 가능성이 있다는 겁니다. 이게 사실이라면 참 어처구니없는 사고입니다. 이뿐만 아니라 무리한 다이어트 후유증으로 피로감, 우울증, 변비 등으로 고생하는 사람들이 많답니다. 하여튼 영어단어 '다이어트(Diet)'의 본뜻은 '균형'이라는데 요즘 다이어트의 결과가 '불균형'인 거 같아서 안타깝습니다.

얼마 전 모 경제지 고두현 논설위원이 쓴 《핀란드 증후군》이란 칼럼을 읽었습니다. 내용인즉, 핀란드 노동위생연구소의 한 실험 결과인데 결론이 예상외입니다. 연구는 심혈관 질환을 가진 40~45세 관리직 1천2백 명을 두 그룹으로 나눠 15년간 실험을 진행했다고 합니다. A그룹 6백 명에게는 술과 담배를 끊고, 소금과 설탕을 줄이도록 하면서 운동을 권했답니다. B그룹 6백 명에게는 별다른 지침 없이 평소대로 생활하도록 했다는 겁니다. 결과는 놀라왔습니다. 모범생격인 A그룹보다 맘대로 생활한 B그룹의 심혈관계 수치가 더 좋았다고 합니다. 이 믿기 힘든 현상을 건강만 챙기는 핀란드 사람들의 건강법 때문에 생긴 '핀란드 증후군'이라고 한답니다. 이에 대한 전문가들의 해석은 음식이든 운동이든 억지로 하는 것이 오히려 고통으로 바뀐 것이라고 보았습니다.

지난 9월 샬롯 키틀러라는 영국의 두 아이 엄마가 인터넷 블로그에 올렸다는 마지막 글이 심금을 울립니다. 36세인 그녀는 대장암 4기 판정을 받고 두 번의 수술과 25차례의 방사선 치료, 39번의 끔찍한 화학요법 치료를 받고 견뎌냈지만, 안타깝게도 지난 9월 16일 세상을 떠났답니다. 다음은 그의 글 중 일부. "살고 싶은 나날이 저리 많은데, 저한테는 허락하지 않네요. 내 아이들 커가는 모습도 보고 싶고, 남편에게 못된 마누라도 되면서 늙어보고 싶은데, 그럴 시간을 안 주네요 / ~ 중략 ~ / 보너스 1년 덕분에 30대 중반이 아니라 30대 후반까지 살고 가네요. 중년의 복부비만이요? 그거 한 번 가져봤으면 좋겠습니다. 희어지는 머리카락이요? 그거 한 번 뽑아 봤으면 좋겠습니다. 저도 한 번 늙어보고 싶네요. 부디 삶을 즐기면서 사세요……."

(2014. 11. 13.)

김장김치 그리고 꽃 누나

지난주 초까지만 해도 가로수들이 노랗게 물들어 보기 좋더니 아이들 주눅들게 했던 '수능한파'에 그만 힘을 잃고 하나둘 떨어져 버렸습니다. 그래서인지 카카오스토리, 밴드 등 SNS엔 마지막 단풍장면을 올린 분들이 꽤 많았습니다. 누군가 자연풍경이나 식물의 모습에 애착을 갖는 건 그만큼 '나이 들었다는 증거'라는 말을 했습니다. 치열한 삶의 도정에 있던 젊은 시절에는 안보이던 모습이 보이기 때문이라는 겁니다. 하여튼 그 아름답던 단풍도 '낙엽'이라는 이름으로 퇴장할 때 왠지 허전합니다. 그리고 보면 '꽃', '신록', '단풍', '열매', '낙엽'으로 되풀이하는 식물의 생애주기가 꼭 사람의 일생과 비슷합니다. 애써 "충만한 삶은 축적이 아닌 소멸에서 오는 것이다. 따라서 '삶'의 어원은 '사름'이다"라고 했던 박노해 시인의 말에서 위로를 얻습니다.

마지막 단풍을 볼 수 있었던 지난주 토요일, 저는 동료직원들과 같이 또 다른 단풍놀이를 다녀왔습니다. 이름하여 '김장김치 담그기 체험 및 나눔 행사'입니다. 부서체육대회를 이 행사로 대체했는데도 직원들은 더 즐거워했습니다. 단순 체육행사보다 '1석3조의 보람'과 '플러스알파의 장면'을 보고 왔기 때문입니다. 여기서 '1석3조'는 '나도 좋고 + 배추 생산 농업인도 좋고 + 나눔 대상 홀몸어르신도 좋고'입니다. 또한 '플러스알파의 장면'은 '늦가을의 절제된 자연풍광 + 빨간 장갑을 낀 사람 꽃'의 모습입니다. 스마트폰에 찍힌 동료직원들의 모습은 한 컷의 단풍풍경 사진입니다. 때마침 지난 주말 서울에선 '2014 서울 김장문화제'가 열렸다고 합니다. 이 행사엔 무려 93만 명이 다녀갔다고 합니다. 세계에 자랑할 만한 가장 우리다운 축제가 바로 이거라는 생각입니다.

단풍과 김장김치로 어우러졌던 지난주 일요일엔 또 하나의 꽃이 졌습니다. '국민 꽃 누나'로 지칭되는 탤런트 김자옥 씨가 세상을 떠났습니다. 우리에겐 친근한 누나, 엄마, 여인상으로 사랑받아왔기 때문에 그녀를 보내는 우리들의 마음은 낙엽이 떨어지는 듯한 허전함을 느낍니다. 더구나 대장암, 폐암으로 투병하면서도 끝까지 웃음을 잃지 않고 꽃같이, 단풍같이 아름다운 삶을 살다간 그녀는 한 장의 추억사진입니다. 그녀가 어느 영화에서 했다는 대사 한 마디가 여운을 남깁니다. "산다는 건 하루하루 죽어가는 것이니 아끼지 말고 즐기며 살아야 해." 그녀가 떠난 이튿날 어느 조간신문 제목은 '늦가을에 떠난 생글생글 꽃 누나'였습니다.

어느덧 몸과 마음이 조급하게 달려가는 11월 하순입니다. 조락의 계절, 겨울이 손짓하는 이즈음이면 지난 계절 꽃, 신록, 단풍 등이 아쉬워집니다. 정현종 시인은 이런 마음을 들여다보고 있는지 '사람이 풍경으로 피어나'라는 시를 썼습니다. "사람이 / 풍경으로 피어날 때가 있다 / 앉아 있거나 / 차를 마시거나 / 잡담으로 시간에 이스트를 넣거나 / 그 어떤 때거나 / 사람이 풍경으로 피어날 때가 있다 / 그게 저 혼자 피는 풍경인지 / 내가 그리는 풍경인지 / 그건 잘 모르겠지만 / 사람이 풍경일 때처럼 / 행복한 때는 없다." 지난 주말 우리 부서 직원들은 풍경화를 연출하고 왔습니다. 빨간 장갑과 노란 배춧속 거기에 빨간 양념 그리고 동료직원들의 환한 모습이 어우러지는……

(2014. 11. 20.)

설단현상과 식사일기

오늘 아침 모임을 같이하는 친구로부터 메시지가 왔습니다. 이번 주 토요일 저녁모임 때 좋은 식당 좀 알아봐 달라는 내용이었습니다. 저는 몇 군데의 식당이 생각났는데, 도무지 식당이름이 떠오르지 않았습니다. 기껏 ○○동 ○○호텔에 있는 중국집, ○○마트에 있는 일식 뷔페식의 어정쩡한 대답을 메시지로 보냈습니다. 그러면서 진작 스마트폰에 저장해 두지 않은 제 자신을 탓했습니다. 언뜻 이게 치매의 초기증상 아닌가 하고 걱정했었습니다. 그러나 언젠가 모 신문 문화부기자의 칼럼이 생각나 다소 안도했습니다. 왜냐하면 이러한 현상은 치매가 아니라 뇌의 노화현상이라고 했기 때문입니다. 얼굴은 또렷하게 기억나는데 유독 이름만 혀끝에서 맴도는 이러한 현상을 전문용어로는 '설단(舌端 : Tip of the Tongue)현상'이라고 한답니다.

작년 언젠가 지인으로부터 치아가 시원찮으면 치매가 걸리기 쉽다는 말을 들었습니다. 그때 저도 어금니 두 대를 임플란트를 한 직후라서 좀 찜찜해 했던 기억이 납니다. 왜냐하면 이를 뺀 후 10년이나 훨씬 지난 후에 했기 때문입니다. 그 후 얼마 지나지 않아 모 경제신문에서 일본 후생노동성 연구팀의 구체적인 연구 결과를 읽었습니다. 치아가 없는 노인이 치아가 20개 이상 남은 사람보다 인지능력 장애 위험이 두 배나 높다는 내용입니다. 나이 들어가며 치아관리의 중요성은 누구나 똑같은가 봅니다. 얼마 전 한 입사동기를 만났더니 아침에 일어나자마자 이 닦기를 실천하라는 겁니다. 그분 왈 밤새 나쁜 세균이 입안에 모여 있는데, 이걸 없애줘야 건강하다는 겁니다. 저도 지금은 실천하고 있습니다. 효과는 잘 모르겠지만 기분은 참 좋아졌습니다.

지난주 모 신문에서 색다른 기사를 봤습니다. 내용인즉 복부비만인 남성은 치매에 걸릴 가능성이 크다는 연구 결과입니다. 복부비만이 고혈압이나 당뇨, 심장질환 등의 위험성은 상식적으로 알고 있었으나 치매까지 영향을 받는다는 건 의외였습니다. 삼성서울병원 서상원, 김희진 교수팀이 중년남녀 1,777명을 대상으로 조사 연구한 결과이니 근거가 확실합니다. 연구진들의 주장은 중년남성의 복부비만 지수와 뇌의 인지기능을 담당하는 대뇌피질 두께가 상관관계에 있다는 겁니다. 즉, 복부비만지수가 높을수록 대뇌피질 두께가 얇아지고 판단력을 관장하는 전두엽이 줄어든다는 겁니다.

어찌됐든 치매가 아닌 바에야 종종 깜빡깜빡하는 경우 큰 걱정은 할 필요가 없을 것 같습니다. 한편으론 복잡한 세상, 더러 잊어버리고 살도록 배려한 자연의 섭리에 고마움도 느낍니다. 뇌 과학자들은 노인이 되더라도 기억력, 창의력, 문제해결능력은 일상생활에 지장을 줄 정도로 감소되지는 않는다고 합니다. 따라서 뇌는 늙지 않게 부지런히 써야 한다고 합니다. 그래서 기억력 회복을 극복하는 가장 간단한 방법은 '이틀 전 일기를 쓰라'는 전문가의 조언도 있습니다. 저는 이틀 전 일기보다 '식사일기'를 써야 할 것 같습니다. 운동은 열심히 하는데 복부가 D라인(?)으로 변해가기 때문입니다. 너무 왕성한 식욕(?) 때문에 먹을 땐 종종 깜빡하는 설단현상이 발생합니다.

(2015. 4. 23.)

의병(醫兵)과 여전사(女戰士)

대한민국 남성이면 누구나 소설책 한 권쯤 되는 추억의 시간이 있습니다. 바로 군복무 시절 얘기입니다. 우리 가족은 3대에 걸쳐 남자 10명 전원이 육군 병장 출신입니다. 뒤집어 생각하면 대한민국에서 최고로 빽 없는(?) 가족인 셈입니다. 이런 우리 가족에게 5년 전 이때쯤 병역명문가로 선정하여 국무총리 표창을 주었습니다. 그런가 하면 저도 군 입대를 더위가 기승을 부리기 시작하는 1982년 이때쯤 했습니다. 그래서 군 시절엔 소위 '6월 군번'이었습니다. 이래저래 저는 매년 6월이 오면 군대의 추억이 떠오릅니다. 제가 입대하던 해에도 올해처럼 가뭄이 심했습니다. 좀 과장하면 그해 제가 흘린 땀이 가마솥 한 가마는 될 겁니다. 또 그해엔 일본뇌염이 크게 창궐했습니다. 많은 사람들이 일본뇌염 때문에 공포에 떨었습니다. 그렇지만 올 6월만큼은 아니었습니다.

올 6월은 가뭄과 역병으로 온 나라가 난리입니다. 마치 어느 역사드라마의 한 장면을 보는 듯한 착각이 듭니다. '메르스'라는 전염병은 사람들을 공포로 몰아넣습니다. 방역당국의 오판과 전문가들의 대처 부족 등으로 초기대응에 실패해 6천여 명이 격리되고 170여 명이 죽었습니다. 거기에다 당국에 대한 불신, 감염된 사람들의 비협조, 언론의 자극적인 보도 등이 겹쳐 가히 전쟁터 상황입니다. 그런가 하면 중부지방에는 백 몇 년 만의 가뭄으로 대지가 타들어가고 있습니다. 인공위성에 잡힌 '육지의 바다'라던 소양호의 사진이 도랑물처럼 보입니다. 이 정도면 어느 역사책 표현처럼 민심이 흉흉합니다. 이런 데에는 스마트폰으로 정보의 확산이 폭약으로 작용한 면도 없지 않습니다.

그러나 이제 위기극복의 조짐이 보이고 있습니다. 메르스 발생 한 달이 가까운 지금 늦었지만 방역당국의 총체적인 대응이 펼쳐지고 있습니다. 특히 의료진의 헌신적인 사투가 돋보입니다. '내가 아니면 누가하랴'라는 의료진 스스로의 다짐에 콧날이 시큰합니다. 이를 두고 한 언론인은 칼럼에서 임진왜란 때의 의병(義兵)에 비유해 방호복을 입은 의사와 간호사들을 '의병(醫兵)'이라고 했습니다. 그러고 보니 발음이 같습니다. 무엇보다도 희망적인 것은 우리 특유의 위기극복 DNA가 살아나고 있다는 사실입니다. 불신으로 가득 찼던 사람들의 마음이 자원봉사, 응원 등으로 바뀌어 가고 있습니다. 이번 주말엔 비소식이 아닌 '비님'이 오신다는 소식도 들립니다. 좋은 조짐입니다.

어제는 메르스 공포와 답답한 가뭄 속에 시원한 소식이 들렸습니다. 한국 여자 축구대표팀이 스페인에 2대 1로 짜릿한 역전승을 거두며 사상 첫 월드컵 16강 진출의 쾌거를 이루어냈습니다. 모 신문에선 축구경기가 열렸던 캐나다 오타와를 인용, '오타와의 기적'이라고 표현했습니다. 후반 33분 김수연이 오른쪽에서 골대 쪽으로 올린 멋진 크로스가 그대로 골문 안으로 꽂히는 장면을 TV로 보면서 저도 모르게 박수를 쳤습니다. 오는 22일 프랑스와 8강 진출을 다툰다고 합니다. 대한민국의 여전사(女戰士)들이 메르스와 가뭄으로 우울한 6월을 보내는 우리 국민들에게 승전보를 보내기를 기원합니다. 대~한민국.

(2015. 6. 19.)

제3장
프렌디와
현금인출기

弄談半

거울도 안 보는 남자

지난해 서울시는 '서울시민의 24시간'이라는 흥미로운 통계조사 결과를 발표한 적이 있습니다. 그 중 특이한 것은 남성들이 외모 관리 등 개인유지, 관리를 위해 투자하는 시간이 무려 1시간 18분이라고 합니다. 더 놀라운 것은, 이는 여성의 1시간 22분에 비해 4분밖에 차이가 나지 않는다는 사실입니다. 그래서인지는 몰라도 각 유통업체 화장품코너는 최근 2~3년 새 남성용 스킨, 로션 등 기초화장품 매출이 폭발적으로 증가했다고 합니다. 심지어 요즘 군인들도 자외선차단제와 핸드크림은 기본이고 폼크렌징과 에센스까지 4가지 이상의 화장품을 쓰는 것이 필수라고 합니다.

이처럼 패션이나 미용에 아낌없이 투자하는 남자들을 '그루밍족(Grooming)'이란 신조어로 지칭합니다. '그루밍족'이란 말을 빗질하고 목욕을 시켜주는 마부의 영어표현 그룸(Groom)에서 유래됐다고 합니다. 그루밍족이 많아진 원인은 최근 소위 '꽃미남' 배우들을 등장시켜 인기를 끌고 있는 TV드라마의 영향이 크다고 볼 수 있습니다. 또한 외모가 사회생활의 경쟁력이라는 인식이 확산되면서 신경 쓰는 남성이 많아졌다는 얘기도 됩니다. 실제로 어느 취업포탈이 조사한 바에 의하면 '외모가 인사평가에 미치는 영향 정도'를 물어본 결과 직장인 10명 중 6명은 '외모가 인사고과에 영향을 끼친다'고 생각하는 것으로 나타났습니다.

잘생긴 외모를 좋아하는 것은 비단 사람뿐만이 아닙니다. 최근 〈농민신문〉에서 '예술축산'을 하는 농업인의 사례 기사를 보고 공감한 바 있습니다. 충북 청원에서 소 3백여 마리를 사육하는 이 모 씨는 축사주변에 달리아, 백일홍, 맨드라미 등 1백여 종의 꽃을 심어 주변 사람에게도 보여주고 소에게도 보여주는 이른바 '예술축산'을 하고 있습니다. 그는 꽃뿐만 아니라 음악도 매일 소에게 틀어주고 있다고 합니다. 이런 결과로 그의 소 출하성적은 투플러스등급(1++) 비율이 33%로 전국 평균 13%를 훨씬 웃돈다고 합니다. 이것은 잘 가꾼 외모가 취업에서 경쟁력이 있는 것과 같이 '아름다운 농장 가꾸기'가 생산성 향상과 고품질 출하성적으로 이어진 결과를 보여줍니다.

작년 8월경에 서울시는 '택시기사가 세수하지 않으면 과태료 10만 원을 부과한다'는 행정명령 공문을 각 사업자 및 운송조합에 내려보낸 적이 있습니다. 그 당시 방법상의 논란이 있기는 했지만 택시 서비스를 획기적으로 선도하는 기폭제가 되었습니다. 우리 축산농가도 냄새나고 지저분할 것이라는 선입견이 싹 가시게 축사환경을 가꾸어야 하지 않을까 생각됩니다. 가수 태진아 씨가 부른 '거울도 안 보는 여자'란 노래가 있습니다. 거울도 안 보는 여자가 어디 있을까요? 노래가사대로 "사랑 찾아 헤매 도는 쓸쓸한 여자"이면 모를까? 마찬가지로 '거울도 안 보는 남자'가 과연 있을까요? 찬바람 부는 가을날 실연한 남자이면 또 모를까……. 남자들이여! 거울을 봅시다.

(2011. 10. 10)

노후대책 언사시(老後對策 言辭施)

춘천이 고향인 성악가 김청자 교수는 어려운 유년시절을 보내고 성공한 유명인 중의 한 사람입니다. 그녀는 지난해 3월 한국예술종합학교에서 정년퇴임을 했습니다. 많은 정년퇴임한 교수들은 멋진 전원주택을 짓고 후학을 양성하겠다고 할 것입니다. 그러면 누가 보더라도 풍요로운 노후를 보낼 터이기 때문입니다. 그러나 그녀가 선택한 길은 남 같지 않았습니다. 그녀는 척박한 아프리카로 가서 봉사하는 길을 택하였습니다. 그녀는 남들처럼 노후대책을 세운 게 아니라 사후대책을 세웠다고 합니다. 왜냐하면 노후를 준비하다 보니 자꾸 욕심이 커지더랍니다. 언제 아플지 모르니 재산도 모아야 하고 어느 때 외로울지 모르니 친구에게 인심도 얻어놔야 하고…… 등. 이렇듯 노후대책은 진공청소기처럼 뭐든 끌어 모으게 만든다고 생각되었다고 합니다. 그래서 그녀는 모든 걸 하나님께 맡기는 사후대책을 세우니 모든 게 해결되었다고 합니다.

금융마케팅에서 자주 인용되는 '부채감정(負債感情)'이란 키워드가 있습니다. 즉, 고객에게 물질이든 마음이든 자주 베풀어 그 고객으로 하여금 "신세겼다"고 느끼게 하는 것을 말합니다. 실제적인 부채감정 유발수단은 물질적인 선물이 제일 효과적일 것입니다. 그러나 선물은 선택에서부터 전달과정 그리고 무엇보다도 돈이 수반됩니다. 그래서 저는 일선 사무소장 시절 직원들에게 '돈 안 들이는' 부채감정 유발방법을 찾아보라고 자주 주문한 적이 있습니다. 왜냐하면 현장에서 예산은 항시 부족하기 때문입니다. 그러나 돈 안 들이고 부채감정을 유발하기는 약간 힘듭니다. 몸과 마음으로 해야 되니까요.

불경에서는 재물 없이도 베풀 수 있는 일곱 가지 덕목을 가르칩니다. 부드러운 눈빛으로 바라보는 안시(眼施), 온화하고 미소 띤 얼굴로 대하는 화안열색시(和顔悅色施), 공손하고 따뜻한 말을 쓰는 언사시(言辭施), 몸으로 친절을 베푸는 신시(身施), 열린 마음으로 대하는 심시(心施), 자리를 양보하는 상좌시(床座施), 기꺼이 쉴 곳을 마련해 주는 방사시(房舍施) 등입니다. 이를 '무재칠시(無財七施)'란 용어로 표현합니다. 그러고 보면 무재칠시가 곧 우리가 추구하는 고객만족의 기본 틀이고 금융마케팅 법칙 제1조인 셈입니다.

저는 집사람한테 항시 많은 질책(?)을 받습니다. 여러 이유가 있겠지만 공손하고 따뜻한 말을 쓰는 언사시(言辭施)를 못하는 것이 제일 큰 원인 같습니다. "당신은 마누라 말이라면 사사건건 기분 상하게 한다"고 푸념하는 것을 미루어 보면 틀림없습니다. 지금부터라도 불경의 무재칠시(無財七施)와 김청자 교수의 사후대책은 따라가지 못할지언정 집사람한테 언사시(言辭施)하는 노력은 하여야겠습니다. 그 길이 안전한(?) 노후대책이 아닐까 합니다.

(2011. 12. 12.)

카르페 녹템(Carpe Noctem)

요즘 주변사람들을 보면 이런저런 이유로 밤잠을 설치는 사람들이 많은 것 같습니다. 내년 총선을 앞두고 속된 말로 박 터지게 싸우고 있는 정치인들이 그럴 것이고, 대학입학을 앞둔 수험생과 아직 취직을 하지 못한 청년들이 그럴 것입니다. 또한 승진이나 인사를 앞둔 분, 정년퇴직이나 명퇴 대상인 분들도 때가 때인지라 이런저런 생각에 깊은 잠을 못자고 뒤척이는 분들도 계실 것입니다. 잠 설치기는 세계적인 것 같습니다. 요즘 유럽 발 재정위기로 천당과 지옥을 오가는 세계 각국 증권시장이나 금융시장 관련종사자들은 유럽증시 시황이나 뉴스 확인 등으로 밤잠을 설친다고 합니다.

밤잠을 설치는 것도 문제지만 우리 자녀들은 잠자는 시간이 부족한 것이 더 큰 일입니다. 지난주 질병관리본부는 전국 중고교생 8만여 명을 대상으로 실시한 2011년 청소년건강행태 온라인조사 결과를 발표했습니다. 그에 따르면 평균 수면시간이 중학생은 7시간 남짓, 고교생은 5.5시간이었다고 합니다. 이는 청소년 권장 수면시간인 8시간에 훨씬 못 미치는 수준이며, 다른 나라와 비교해도 최저수준입니다. 창피하게도 최근 미국 〈CNN방송〉은 한국에서 고교 3학년은 '지옥의 해'라면서 힘든 입시제도로 인해 학생들이 받는 심리적인 스트레스로 매년 2백여 명의 학생이 자살한다고 보도했습니다.

사람은 수면을 취하는 동안에 여러 가지 생리적인 변화가 일어난다고 합니다. 특히 성장호르몬 방출은 충분한 수면시간과 수면의 질 유지와 밀접한 관련이 있다고 합니다. 또한 잠을 적게 자면 '코르티솔'이라는 스트레스 유발 호르몬이 많이 분비돼 감정이 조절되지 않고 우울지수가 높아진다고 합니다. 이로 인해 음주, 흡연, 게임중독에 빠지거나 자살 유혹이 커진다고 합니다. 그런가 하면 최근 미국 노스웨스턴대학교 연구팀은 사람이 잠을 못 자면 뚱보가 된다는 연구 결과도 발표했습니다. 즉, 수면시간이 부족하게 되면 식욕을 부추기는 '게를린'이라는 호르몬이 더 많이 분비되어 더 많이 먹게 되고 음식도 패스트푸드나 설탕이 많은 음식을 찾게 된다고 합니다.

공부도 좋지만 청소년은 미래 우리나라를 책임질 주인공이기에 국가 장래를 위해서라도 학생들에게 잠 좀 푹 자게 하는 사회가 되었으면 좋겠습니다. 지난주에는 잠자는 시간과는 관련이 없지만 또 다른 의미(?)인 남녀 간의 잠자리 수준도 세계 최저라는 언론보도도 있었습니다. 모 다국적 제약사의 발표에 의하면 한국인 평균 횟수가 매주 1.04회로 세계 최고인 포르투갈의 절반수준이랍니다. 이쯤 되면 우리나라는 모든 면에서 밤에 충실치 못한 것 같습니다. 최근 미국의 월스트리트에서는 '카르페 녹템(Carpe Noctem)'이라는 신조어가 유행이라고 합니다. 이는 '현재에 충실하라'는 뜻의 라틴어 '카르페 디엠(Carpe Diem)'을 본 딴 말로 세계 금융시장이 요동치는 '밤에 충실하라'는 의미라고 합니다. 새해엔 '카르페 녹템'하여 건강해집시다.

(2011. 12. 19.)

코리안 스타일

지난 토요일 집 앞 안경점에서 선글라스를 하나 샀습니다. 이것저것 고르다가 맘에든 것 하나를 골라 쓰고 거울에 비추어 보았습니다. 쓰기 전에는 장동건이나 소지섭 정도 상상했지만 그것은 착각이었습니다. 넙데데한 큰 얼굴에 짙은 색 선글라스를 쓰고 보니 어느 드라마에서 사기꾼 역할을 하는 조연배우 같은 느낌을 받았습니다. 그래서 한다는 말이 "꼭 사기꾼 같네!"였습니다. 그 말에 안경점 사장님 대꾸가 걸작이었습니다. "사기꾼처럼 보이면 성공한 겁니다." 그 말에 고무되어 사서 쓰고는 집사람한테 "어때! 멋있지? 강남 스타일이지?" 하고 들이대며 물어봤습니다. 집사람 대답이 요새말로 쿨합니다. "제멋에 사는 게 인생인데 뭐……. 자기 스스로 멋있으면 멋있는 거야!"

얼마 전 후배와 함께 점심식사를 마치고 차 한잔하자고 했습니다. 그 후배 왈 "이 근처에 '별다방'이 시원하니 그리로 갑시다" 하는 거였습니다. 요새는 다방이 거의 없는데 아직도 다방이 있는가 하고 따라갔습니다. 가고 보니 별다방이 '스타벅스커피점'인 걸 알았습니다. 이와 마찬가지로 '커피빈'은 빈(Bean)이 콩이라서 '콩다방'이라 한다고 합니다. 촌스런(?) 이야기라고 여길지 모르지만 이 별다방, 콩다방 같은 커피전문점의 커피 두 잔 값이 웬만한 점심 값 수준입니다. 그래도 별다방, 콩다방이 젊은이들로 가득한 걸 보면 커피전문점은 역시 '젊은 사람 스타일'인 것 같습니다.

요즘 런던올림픽이 많은 화제를 모으고 있습니다. 특히 한국대표팀이 메달을 딴 종목이 과거와는 사뭇 다릅니다. 복싱, 레슬링, 유도에서 사격, 양궁, 펜싱, 수영 등으로 바뀌었습니다. 이러한 현상에 대해 일부 분석가들은 과거 돈이 들지 않는 맨몸으로 하는 종목이 우세하던 것에 비해 최근 우세종목은 비교적 돈이 많이 드는 점을 지적했습니다. 또한 정신력 면에서도 과거엔 선수 대부분이 헝그리 정신으로 무장했던 것에 비해 요즘 선수들은 좋아하고 즐기는 편이라고 진단했습니다. 한 발 더 나아가 5천년 역사에서 수백번의 외침을 이겨낸 민족의 정신적 저력이 나타났다고 거창하게 이야기하는 사람도 있습니다.

요즘 가수 싸이가 '강남스타일'이란 노래로 대박을 터뜨리고 있습니다. 국내는 물론 외국에서도 선풍적인 인기를 끌고 있다고 합니다. 특히 짙은 선글라스를 쓰고 '말춤'이라는 별명이 붙은 촌스런(?) 춤동작과 함께 "오빠 깡남스타일"이라고 외치는 모습이 웃깁니다. 제목과는 달리 '고급', '부유층' 등이 연상되는 '강남'이란 이미지와 묘하게 배치됩니다. 올림픽이 열리는 런던은 도심에서조차 초고속인터넷망이 없답니다. 또 지하철에선 휴대폰도 터지지 않는다고 합니다. 반면 우리나라에선 늦은 밤이나 새벽시간에 열리는 올림픽경기는 최첨단 스마트폰으로 시청하고 있습니다. 과거 다방에서 아메리칸 스타일 커피(일명 다방커피) 한 잔 시켜놓고 권투경기 시청하던 시절과 비교하면 격세지감을 느낍니다. 이쯤 되면 '코리안 스타일'이 세계를 압도하는 것 같습니다. (2012. 8. 7.)

푸어(Poor)의 전성시대

언젠가 어느 회의에 참석했던 모 지점장이 휴식시간에 난센스 퀴즈를 냈습니다. '육백만 불의 사나이'를 북한말로 뭐라고 하는지 아느냐는 겁니다. 모두들 머뭇거리자 그의 대답인즉, '비싼 노무스키'라고 해서 모두들 웃었습니다. 미국의 유명배우 리메이져스가 주연을 하고 〈ABC방송〉에서 인기리에 방영했던 '6백만 불의 사나이'는 '80년대 초 우리나라 TV에서도 방영하여 큰 인기를 끌었습니다. 이 외화는 당시 어린이들의 우상이었습니다. 아이들은 골목길에서 '뚜뚜뚜~' 소리를 내며 내달렸고, 따르는 아이들은 짐짓 못 잡는 흉내를 냈습니다. 그 당시 최첨단 생체 공학으로 바이오닉 인간인 주인공을 만드는 데 거금 6백만 달러가 들었다고 합니다.

당시 입을 딱 벌어지게 했던 금액 6백만 불이 지금은 그다지 크게 느껴지지 않는 금액이 돼 버렸습니다. 외국은 차치하고라도 우리나라 스포츠스타들도 6백만 불 이상 소득자가 많습니다. 피겨여왕 김연아는 지난해 6월부터 1년간 9백만 달러를 벌어 세계 여자스포츠스타 중 7위를 기록했다고 경제전문잡지 〈포브스〉가 지난 8월 초 보도했습니다. 야구선수 박찬호가 한창 잘 나갈 때는 연봉이 1천2백만 달러였다고 합니다. 그런가 하면 최근 기성용 축구선수도 영국 프리미어리그 스완지시티팀에 입단하면서 우리 돈으로 107억 원을 받았다고 합니다. 영국 돈으로 치면 '6백만 파운드의 사나이'가 된 셈입니다. 그들의 소득은 피와 땀과 인고의 결실이기에 단순한 화폐가치 이상인 것 같습니다.

얼마 전 영국 매스컴에서 한국 부자들이 해외에 은닉한 재산은 무려 7천 8백억 달러, 우리 돈 약 9백조 원으로 세계 3위에 달한다고 보도한 바 있습니다. 또 엊그제 국세청이 발표한 바에 의하면 지난 6월 해외금융계좌 신고를 받은 결과 302명이 총 2조 1천억 원을 신고했다고 합니다. 이들 중에는 소위 스위스은행 비밀계좌에 입금한 사람도 5명이나 포함되어 있습니다. 영화에서나 있는 줄 알았던 사실이 우리나라에도 존재하는 것 같아 놀랐습니다. 신고한 금액이 1인당 약 70억 원쯤 되니까 달러로 치면 평균 6백만 불의 사나이들인 셈입니다. 만약 이들 중 부도덕한 사람들이 있다면 그들은 웃기는 말로 '비싼 노무스키'가 아니라 '나쁜 노무스키'가 될 것입니다.

최근 가계부채가 1천조 원에 육박했다고 합니다. 이런 판국에 한국 부자들이 해외에 9백조 원 가까운 돈이 은닉됐다고 하니 아이러니합니다. 요즈음 들어 '푸어(Poor)의 전성시대'가 되었다고 합니다. 이제는 집값 하락으로 어려움에 처한 집 가진 빚쟁이인 '하우스푸어(House Poor)'란 말은 일상용어가 되었습니다. 최근엔 전세자금 대출 원리금 상환이 벅찬 무주택 세입자를 뜻하는 '렌트푸어(Rent Poor)'나 결혼을 위해 대출을 받아야 해서 그로 인해 빈곤해지는 '웨딩푸어'가 생겼답니다. 또 과도한 교육비 탓에 가난해진 '에듀푸어(Edu Poor)', 노후준비를 못한 '실버푸어'에 이르기까지 다양한 푸어가 생겼습니다. 이들 푸어들에겐 '6백만 불의 사나이'는 우스갯소리로 '비싼 노무스키'이거나 그저 영화 속 주인공일 뿐입니다. (2012. 8. 30.)

인간적인 것들을 발견하다

누구나 한 번 겪었을지도 모르는 웃기는 이야기 한 토막. 버스에서 졸다가 휴대폰을 떨어뜨렸는데 어디 있는지 몰라서 앞사람한테 휴대폰을 빌린 다음 전화를 해서 벨소리로 폰을 찾았습니다. 그런데 내 휴대폰을 찾아서 보니까 부재중 전화가 한 통 와 있었습니다. 전화를 걸어서 "누구시죠?" 하고 물었는데 순간 앞사람이 '뭐 이런 바보 같은 놈이 있나' 하는 표정으로 아무 말 없이 뒤돌아보았습니다. 이쯤 되면 소위 '디지털치매'의 전조증상이 아닌지 모르겠습니다. 아시다시피 '디지털치매'란 휴대폰이나 네비게이션 같은 디지털 기기에 너무 의존하여 기억력이 현저히 떨어지는 증상을 말합니다.

불과 5년 전만하더라도 100만 명에 불과했던 스마트폰 사용자수가 금년 상반기에 3천만 명을 넘어섰다고 합니다. 즉, 스마트폰 사용자가 전 국민 2명 가운데 1명꼴인 셈입니다. 거의 쓸 만한 사람은 다 쓴다는 이야기가 됩니다. 이같이 스마트폰 이용자가 급증하면서 스마트폰 중독이 새로운 사회적 문제로 부상하고 있다고 합니다. 한국정보화진흥원에 따르면 지난해 스마트폰 중독률은 8.4%로 이미 인터넷 중독률 7.7%를 앞질렀다고 합니다. 스마트폰 중독자들의 하루 평균 스마트폰 이용 시간은 8.2시간이랍니다. 잠자는 시간을 빼면 하루 절반을 스마트폰과 함께 보내는 셈입니다.

스마트폰 이용자가 급증하면서 희한한 병(?)이 많이 생겨났습니다. 지난해 미국에서 나온 보고서에 의하면 전화나 메시지가 오지 않았는데도 스마트폰 사용자들이 하루 평균 34차례나 스마트폰을 확인한다고 합니다. 일종의 '스마트폰 확인병'인 셈입니다. 이런 현상이 심해지면 소위 '유령 진동 증후군'이라는 증상이 나타나게 됩니다. 주머니 속에 휴대전화가 울려 꺼냈지만 액정에는 아무런 표시도 없는 것, 즉 착각을 일으키는 현상입니다. 지난해 미국에서 실시한 한 조사에 따르면 약 68% 사람들이 이 같은 경험을 한 것으로 나타났다고 합니다. 그런가 하면 '거북이 목 증후군'이라 불리는 목디스크 증상, 게임중독이 나타나게 됩니다. 심지어 아이들은 ADHD(주의력결핍과잉행동장애), 틱장애(불필요한 동작 반복)를 유발할 가능성이 높아진다고도 경고합니다.

스마트폰은 확실히 우리시대 생활의 혁명을 가져온 것만은 분명합니다. 방송통신위원회 자료에 의하면 스마트폰이 통신수단으로의 활용은 약 40% 정도이고, 정보검색, 오락, 쇼핑 등 생활편의 기능으로의 활용은 약 60%라고 합니다. 가히 스마트폰으로 안 되는 것이 없습니다. 그러나 최근의 과도한 스마트폰 집착 증세는 급성전염병을 연상시킵니다. 그러기에 IT업계의 대부인 구글의 CEO 에릭 슈미트도 "컴퓨터와 휴대폰을 끄고 주위의 인간적인 것들을 발견하라"고 충고했는지 모릅니다. 오바마 미대통령 부인 미셸 오바마는 TV, 컴퓨터, 휴대폰이 없는 '3무 자녀교육'을 주창한다고 합니다. 민족 최대의 명절 추석이 사흘 남았습니다. 이번 추석엔 에릭 슈미트 말대로 스마트폰보다는 주위의 인간적인 것들을 발견하기 위한 노력을 좀 해보아야 할 것 같습니다.

(2012. 9. 27.)

해피파파

지난 주말 모 케이블방송에서 방영하는 주말드라마를 봤습니다. 중견배우 유동근과 '국민엄마'라고 지칭하는 김해숙 탤런트가 부부역으로 열연하는 드라마였습니다. 간혹 보는 드라마라서 정확한 스토리는 잘 모르겠지만 톱 탤런트들이 펼치는 농익은 눈물연기가 실화처럼 일품이었습니다. 문득 누군가가 "남자가 소파에 앉아 주말 드라마 보면서 눈물 찔찔 흘릴 때가 바로 갱년기가 온 증거"라는 말을 했던 것이 떠올랐습니다. 그러고 보니 제가 그런 것 같아 움찔했습니다. 최근엔 남자들을 주눅 들게 만드는 정보도 부쩍 많아졌습니다. 일례로 어떤 생물학자는 혈통을 유지하는 유전적 기여도가 남자보다 여자의 영향이 크다고 주장하는가 하면, 미국에서는 《남자의 종말》이라는 책도 출간되어 이젠 남성 우위의 역사는 끝났다는 주장을 펼치고 있습니다.

남자가 가장 큰 행복을 느낄 때가 '아버지가 되는' 순간이라는 구절을 얼마 전 모일간지에 실린 칼럼에서 읽었습니다. 그런데 지난 10월 야당 모 국회의원께서 보건사연구원 보고서를 기초로 추산해 발표한 교육비를 보면, 그 행복감은 곧바로 엄청난 부담감으로 전환되는 느낌입니다. 그 발표에 의하면 자녀들의 요람에서 대학졸업까지 약 2억 7천5백만 원의 교육비가 든다고 했습니다. 참으로 감당키 어려운 금액입니다. 공교육비도 그러려니와 사교육비 부담이 공교육비의 6배 수준이라니 문제긴 문젭니다. 대부분의 사람들이 정치권에서 반값등록금 어쩌고 하는 정책 발표에 냉소하는 이유가 여기에 있는 것 같습니다.

웃기는 말로 '자녀교육에 필요한 건 어머니의 정보력, 아버지의 무관심, 할아버지의 재력'이라는 말이 있습니다. 세상물정도 모르고 왜 학원을 보내냐고 부인을 닦달하는 아빠는 아예 관심을 꺼주라는 말씀이고, 늘어난 사교육비 충당을 위해 할아버지의 도움이 절실하다는 우스갯소리입니다. 그런데 요즘은 상황이 바뀌었답니다. 대학전형이 복잡해서 엄마의 정보력만으론 한계가 있답니다. 그래서 이젠 아버지도 출동한다고 합니다. 지난주 수능이 끝난 후 각 일간신문엔 입시학원 등이 개최한 입시설명회에 아버지들이 대거 참석했다고 보도했습니다. 이름하여 이들을 '에듀파파'라고 한답니다.

자녀교육 때문에 부인과 애들을 외국에 보내고 홀로 남아 뒷바라지만 하는 '기러기아빠'는 처량한 우리 아버지들의 현주소입니다. '기러기아빠'는 미국 〈워싱턴포스트신문〉이 보도해서 세계적으로도 유명해졌다고 합니다. 요즘은 자녀교육을 위해 부인과 애들은 서울에 있고 아빠들은 지방에서 근무하는 것을 '갈매기아빠'라고 한답니다. 일종의 기러기아빠 '종편'쯤 됩니다. 지난달 정부 발표에 따르면 결혼 부부의 약 10% 가량이 떨어져 사는데, 이는 2000년보다 배로 늘어난 것이라고 합니다. 아마 이 중엔 기러기, 갈매기아빠들이 상당수 있을 것으로 추측됩니다. 얼마 남지 않은 연말의 조급함과 함께 귓불을 스치는 찬바람이 가장의 어깨를 더욱 움츠러들게 합니다. 그렇지만 힘든 아버지들이 마음만은 행복한 '해피파파'들이 되었으면 하는 바람입니다.

(2012. 11. 16.)

로또에 당첨된 표정

미국 뉴저지에서는 최근 생각하기에 따라 웃기는 일이 생겼습니다. 그 일인즉, 운전면허증에 웃는 사진을 쓸 수 없게 됐다고 합니다. 뉴저지 차량등록위원회가 밝힌 바에 의하면 운전면허증의 웃는 얼굴 사진은 법에 위배된다는 겁니다. 왜냐하면 웃는 사진은 얼굴인식 프로그램을 작동시키는 데 방해가 될 수 있기 때문이라는 게 그 이유입니다. 이런 결정에 대해 의아해하는 시민들에게 뉴저지 차량등록위원회 측의 해명이 더 웃깁니다. "미소를 금지하는 법령은 없다"며 "단지 5백만 달러 복권에 당첨된 것 같은 표정만 짓지 말라는 것"이라고 설명했다고 합니다.

우리나라 여권사진 규정에도 "이를 보이며 웃으면 안 된다"고 되어 있다고 합니다. 저도 언뜻 사진의 배경은 흰색이어야 하고, 시선은 반드시 정면을 보아야 하며, 양쪽 눈썹과 귀가 확실히 보여야 한다는 규정쯤은 대충 들었던 것 같습니다. 그러나 웃지 말라는 규정은 긴가민가합니다. 그 이유를 어느 시인은 신문 칼럼에 이렇게 썼습니다. "○○후보 경선에 나선 정치인들이 이를 드러내고 웃고 있습니다. 이 사람이 입을 다물면 독선적 면모가 드러날 텐데, 이 사람이 입을 다물면 기회주의적 본성이 나타날 텐데…… 그러나 입을 벌리고 환하게 웃고 있으니 모두 좋은 사람들 같아 보입니다. 아! 이래서 여권 사진을 찍을 때 이를 보이며 웃지 말라고 하는구나!"라고.

한 전문가 보고서에 의하면 어린이가 하루 4백회 웃는 데 비해 성인은 평균 15회밖에 되지 않는다고 합니다. 따라서 웃음 부족이 성인건강에 나쁜 영향을 미치고 있다고 우려하고 있습니다. 웃음에 관한 효과는 동서고금을 막론하고 큽니다. 면역체계 개선을 통한 감기예방은 물론 고혈압치료, 심장병예방, 항암효과, 수명연장 등 그야말로 만병통치의 효과가 있다고 많은 전문가들이 실증 결과를 내놓고 있습니다. 최근에 웃음요법은 이미 실제 치료에 다방면으로 적용하고 있다고 합니다. 심지어 미국 모 병원에선 '코미디치료단'까지 운영하고 있다고 합니다.

요즘 세상살이가 팍팍해서인지는 몰라도 많은 사람들의 얼굴에서 웃음이 사라졌습니다. 그래서 전문가들은 일부러라도 웃는 훈련을 해야 한다고 합니다. 엊저녁 어느 라디오 음악프로에서 주현미 가수의 경험담이 인상적이었습니다. 초보시절 그녀가 어느 상점에 들렀는데 자기 노래가 나오더랍니다. 우연히 주인과 종업원이 주고받는 대화를 엿들었답니다. "주현미는 노래는 잘하는데 인상이 우는 인상이라 좀……." 이 소리에 충격을 받은 그녀는 이후 꾸준히 웃는 연습을 하여 이제는 잘 웃게 됐다고 합니다. 최근에 어느 벤처 사업가의 칼럼을 읽고 감명을 받았습니다. 그는 웃음이 경영자원이라 판단하고 7년간이나 매일 아침 "감사합니다"를 세 번 외치면서 웃는 연습을 했다고 합니다. 이른바 '면벽(面壁) 7년' 하는 구도승처럼 '면경(面鏡) 7년'을 한 것입니다. 이쯤 되면 5백만 불짜리 로또에 당첨된 것 같은 환한 표정이 나타날 것 같습니다.

(2012. 11. 23.)

프렌디와 현금인출기

얼마 전 모 신문에 실린 유머 한 토막을 보고 혼자 빙그레 웃습니다. 그 유머를 소개합니다. "손녀딸의 결혼식에서 있었던 일이다. 사회자가 하객들 중에서 결혼한 지 가장 오래된 부부를 가려냈다. 그 주인공은 우연히 나와 내 남편이었다. 사회자는 우리 부부에게 신랑신부에게 평생에 도움이 될 만한 조언을 해달라고 부탁을 했다. 그래서 나는 답했다. '결혼해서는 배우자에게 당신 말이 아마 맞을 거야라고 동조해 주는 게 중요해요.' 이제 모두의 시선이 남편에게 집중됐다. 남편이 말했다. '집사람 말이 아마 맞겠죠?' ㅎㅎㅎ" 힘없는(?) 남편들을 아주 절묘하게 표현한 유머라는 생각이 듭니다.

영국문화협회가 세계 102개 비영어권 국가 4만 명을 대상으로 '가장 아름다운 영어단어'를 묻는 설문조사를 했답니다. 그 결과 가장 아름다운 단어는 Mother(어머니)였답니다. 그 다음이 Passion(열정), Smile(웃음), Love(사랑)순이라고 합니다. 아버지(Father)는 70위권에도 없더랍니다. 이것은 얼마 전 고인이 되신 건강전도사 황수관 박사께서 모 방송에서 하신 강연내용이어서 더욱 세인의 관심을 끌었습니다. 그는 총알이 난무하는 전쟁 피난길에서 아버지는 혼자 몸을 피하셨지만, 어머니는 자식들을 품으로 보호하는 것을 보고서 실감했다고 했습니다. 이렇듯 부부 사이의 아내 위상뿐 아니라 부모 역할에서도 엄마가 아빠보다 한수 위(?)입니다.

그러나 지난주 일본에선 엄마의 모성애 못지않은 위대한 부성애가 잔잔한 감동을 주었습니다. 지난 3월 2일 일본 홋카이도에는 폭설이 몰아쳐 길 가던 자동차가 고립되고 그 여파로 9명이나 사망하는 사고가 발생했습니다. 그 중에는 폭설 속에 아홉 살 딸과 함께 고립된 50대 아버지가 자신의 체온으로 추위를 막아 딸을 구하고 자신은 안타깝게도 숨졌답니다. 발견 당시 그는 바람이 불어오는 북쪽을 등진 채 두 팔로 딸을 꼭 껴안고 자신이 입고 있던 점퍼를 벗어 딸에게 덮어준 모습이었다고 합니다. 일본뿐 아니라 요즘 우리나라에서도 눈물겨운 부성애가 넘칩니다. 바로 화제의 영화 '7번방의 선물' 속 살인누명을 쓴 지적장애인의 부성애가 눈물샘을 넘치게 합니다.

요즘 TV프로그램도 가히 '아빠의 전성시대' 같습니다. 아빠와 자녀가 같이 여행을 떠나 자상한 아빠 역할을 보여주는 예능프로가 있는가 하면, '내 딸 서영이'라는 모 방송 주말드라마는 가슴 아픈 스토리와 절절한 부성애로 시청자들의 사랑을 받았습니다. 이렇듯 요즘은 소위 '친구 같고 엄마 같은 아빠'가 대세입니다. 과거 근엄하고 과묵한 카리스마 하나로 통치(?)하던 아빠는 한물간 '빵점아빠'랍니다. 그래서 친구(Friend)와 아빠(Daddy)의 합성어인 '프렌디(Frendy)'란 신조어까지 등장했습니다. 그러나 저같이 많은 중년 아빠들은 과거 우리의 아버지처럼 카리스마 넘치던 아빠도 아니고 요즘 '프렌디들'처럼 친구 같지도 않고 어정쩡합니다. 어느 중년 아빠의 자조 섞인 푸념처럼 아이들에게 필요한 돈만 책임지는 '현금인출기' 아빠가 아닌지 반성해 봅니다.

(2013. 3. 7.)

진시황, 길을 찾다

얼마 전 독일의 막스플랑크연구소는 재미있는 연구 결과를 미국 국립과학원 회보에 발표했습니다. 보고서의 요지는 지난 100여 년간 인류의 수명이 크게 늘어나면서 지금의 72세는 선사시대의 30세에 해당한다는 겁니다. 이 연구는 스웨덴과 일본 남성을 대상으로 실증적으로 연구한 결과라니 터무니없는 이론은 아닌 것 같습니다. 또 이 보고서는 최근 100여 년간 늘어난 인류의 기대수명은 20세기 이전 20만 년에 걸쳐 늘어난 수명보다 길다고 합니다. 그러고 보면 불로장생을 꿈꾸다가 50세밖에 못 살았다고 한 중국의 진시황제도 억울해 할 필요가 없을 것 같습니다. 진시황제가 살았던 당시가 기원전 259~210년이니 당시로선 꽤 장수한 것이기 때문입니다.

우리나라만 해도 한국전쟁 직후인 1956년에 집계된 평균 수명은 42세였다고 합니다. 이후 1971년엔 66세, 2011년엔 81세 수준이 되었습니다. 약 50여 년 사이에 평균 수명이 두 배로 늘어난 셈입니다. 이런 추세라면 금세기 안에 100세 돌파는 거뜬할 것 같습니다. 막스플랑크 연구 결과를 단순하게 적용한다면 지금의 50대는 1950년대 스무 살 청년과 같다는 결론이 됩니다. 이같이 평균 연령이 늘어남에 따라 올 하반기부터는 고용 관련 각종 법령에 사용되던 '고령자'란 용어도 '장년(長年)'으로 대체된다고 합니다. 지금까지는 각종 고용 관련 법령에서 50~54세는 준고령자, 55세 이상은 고령자라고 지칭해 왔답니다.

이젠 오래 사는 것도 '질'을 따집니다. 즉, 단순하게 '오래 살기'에서 머물지 않고 '폼 나고 멋있게 살기'를 원합니다. 그래서 기능성 화장품, 두피마사지, 자가지방이식수술 등 소위 '안티에이징(노화방지)' 산업이 호황을 누린다고 합니다. 지난달 삼성경제연구소가 내놓은 보고서에 따르면 국내 안티에이징 시장은 약 12조 원에 육박한다고 합니다. 또 성장속도도 연평균 10.1%에 달한다고 합니다. 그런가 하면 환갑 나이에 '식스팩 만들기'에 도전하는 사람이나 외국어 공부를 위해 학원에 등록하는 사람들이 많아졌습니다. 이들을 가리켜 소위 '시니어 청춘'이라고 한답니다.

지난주 모 일간지에 홍대 진형준 교수가 기고한 칼럼을 읽고 공감했습니다. 그에 의하면 '하루살이는 겨우 하루만 사는 것이 아니라 그 하루로 평생을 산다'는 거였습니다. 그러면서 그는 "모든 삶은 물리적 시간이 아니라 질에 의해 구성되는 것이다. 그러므로 평균 수명이 늘어난다고 노인이 늘어나는 것은 아니다"고 했습니다. 이는 곧 "청춘이란 인생의 어떤 시기가 아니라 마음가짐이다 / 장밋빛 볼, 붉은 입술, 부드러운 무릎이 아니라 강인한 의지, 풍부한 상상력, 불타오르는 열정을 말한다"라고 한 사무엘 울만의 '청춘'이란 시의 내용과 같습니다. 아무튼 진형준 교수나 사무엘 울만의 주장대로 한다면 진시황이 염원하던 '불로장생'의 길은 쉬운 것 같습니다. 바로 나이가 먹어도 '시니어 청춘'이 되기 위해 노력하는 것이 그 길이 아닌가 생각해 봅니다.

(2013. 3. 13.)

못난 갑(甲) 이수일

친구 녀석이 카톡 메시지로 보내 온 유머 한 편을 보고 고소(苦笑)를 금치 못했습니다. 이름하여 '여자가 반하는 남자순위'와 '남자가 반하는 여자순위'였습니다. 먼저 '여자가 반하는 남자순위'는 첫째 잘생겼는데 돈이 많을 때, 둘째 아무것도 없어 보이는데 돈이 많을 때, 셋째 지갑에서 돈 꺼낼 때 보니 돈이 많을 때 ~ 중략 ~ 열 번째 바람피웠지만 돈이 많을 때였습니다. 그에 비해 '남자가 반하는 여자순위'는 '무조건 예쁘면 된다' 단 한 가지였습니다. 비록 유머지만 공감 가는 측면이 많습니다.

어느 주간 경제지에 실린 성경원 박사의 생활칼럼에서 흥미로운 내용을 읽었습니다. 독일의 막스플랑크 진화인류학연구소가 코트디부아르의 타이 국립공원에 있는 야생 침팬지를 조사한 결과, 먹이를 암컷에게 주는 수컷 침팬지는 그렇지 않은 이기적 수컷에 비해 두 배 가량 자주 짝짓기를 하는 것으로 조사됐다고 합니다. 동물들도 사람과 마찬가지로 먹이를 잘 가져다주는(= 돈이 많은) 남자가 짱이라는 겁니다. 그러면서 "일부일처제는 여성보다는 결혼을 못하는 대다수 남성을 보호하기 위한 제도"라고 해석하고 있었습니다. 또 TV드라마에 미모가 출중한 여자가 회장 아드님과 썸싱을 만들어 신데렐라가 되는 뻔한 스토리에 여자들이 푹 빠지는 이유도 다 이러한 이유에서라고 합니다.

요즘은 배우자 선택권이 여성에게 넘어가고 있는 것 같습니다. 말하자면 여성이 갑(甲)이란 얘깁니다. 최근 유명한 스포츠스타와 연예인들을 중심으로 '연상의 여인'이 많아진 것이 화제가 되고 있습니다. 이를 두고 모 경제신문의 한 논설위원은 여성들의 경제력과 사회적 지위 향상에서 나타난 현상으로 분석하였습니다. 즉, 돈과 권력에서 우위를 가진 여성들이 나긋나긋한 연하남성을 찾는다는 것입니다. 그런가 하면 입양도 여아입양이 대세랍니다. 지난 4월 모 신문에서 '입양도 여아선호, 남아들이 버려진다'라는 기사를 읽었습니다. 그 신문에 의하면 1970년대 초 63%이던 남아의 국내 입양비율이 지난해는 32%에 불과하다고 합니다. 이런 현상이 나타난 이유는 여러 가지가 있지만 향후 재산문제에 걸림돌이 될 수 있다는 인식도 한 원인이라고 합니다.

남녀관계에 있어서 사랑과 돈에 관한 이야기의 원조는 꼭 백 년 전인 1913년 5월에 출간하여 당시 온 나라가 열광했던 《장한몽》이라는 소설인 것 같습니다. 우리에게는 '이수일과 심순애'로 잘 알려진 러브스토리입니다. 이수일의 연인인 심순애는 연적 김중배의 다이아몬드에 넘어가고 말았습니다. 그러자 이수일은 달빛이 교교한 대동강 부벽루 아래에서 심순애에게 경멸과 저주를 퍼붓고 피눈물을 삼키며 이별하고 말았습니다. 그러고 보면 그 정도가 더 하다뿐 예나 지금이나 남녀의 속성은 변함이 없는 것 같습니다. 결국 오늘날의 남자는 이 악물고 돈을 벌거나 그렇지 않으면 예쁘게(?) 하고 잘 보여야 되는 처지입니다. 예전처럼 가진 것 없이 괜스레 갑(甲)처럼 굴었다간 지지리 궁상 못난 남자(?)의 대명사인 이수일로 취급받을지도 모릅니다.

(2013. 6. 20.)

오빠생각

박목월 시인은 그의 시 '사투리'에서 "우리 고장에서는 / 오빠를 / 오라베라 했다 / 그 무뚝뚝하고 왁살스러운 악센트로 / 오오라베 부르면 / 나는 / 앞이 칵 막히도록 좋았다 / ~ 중략~"라고 읊었습니다. 이렇듯 남성들은 많은 호칭 중에 유독 '오빠'라는 호칭에 약합니다. 생판 모르던 남이라도 '오빠'라고 하면 왠지 피붙이 누이동생같이 가깝게 느껴지기도 합니다. 그래서인지는 몰라도 오늘날 오빠라는 명칭엔 여러 경우가 있습니다. 진짜 남매인 경우, 남자친구인 경우, 남편인 경우, 불륜 남을 부를 경우, 고객을 친하게 부를 경우, 여성 팬들이 남자 인기연예인을 호칭할 경우 등 다양합니다.

집 앞 주차장을 지나다가 피식 웃은 적이 있습니다. 어느 차량에 술집광고 스티커가 꽂혔는데, 문구가 걸작입니다. '오빠는 오늘밤에 죽었다!' 그런가 하면 어느 여성운전자인 듯한 소형차 주유구에는 '옵빠! 꽉꽉 눌러 채워주세용!'이란 애교 넘치는 문구가 붙어 있었습니다. 몇 년 전 저와 같이 근무했던 모 여직원은 고객들에게 인기가 많습니다. 그 비결 중 하나는 고객들에게 살갑게 대하는 그녀의 탁월한 고객호칭 구사능력이었습니다. 당시 모 군청지점에 근무하던 그녀는 나이 지긋한 계장급 공무원들을 통상명칭인 '계장님'이 아니라 그냥 '오빠'로 부르고 있었습니다. '오빠'라는 호칭 한마디에 그냥 만사 오케이(?)였습니다.

지난 주말 세기의 여걸 두 명이 '오빠' 때문에 세계인의 주목을 받았습니다. 그중 한 명은 지난 23일 미국에서 열린 2013년도 LPGA시상식장에서 한국인 최초로 '올해의 선수상'을 받은 박인비 선수입니다. 그녀는 수상소감을 영어로 말하고 말미에 한국어로 "오빠, 고마워. 사랑해"라고 울먹였다고 합니다. 여기서 오빠는 스윙코치이자 약혼자인 남 모씨라고 합니다. 그녀는 "많은 사람들은 그가 운 좋은 사람이라고 하지만 운이 좋은 사람은 나다. 오빠가 있어서 골프와 다시 사랑에 빠질 수 있었다"라고 했습니다. 또 한 명은 미모의 지도자인 잉락 친나왓 태국 총리입니다. 그녀는 권력남용 등으로 유죄선고를 받은 친오빠 탁신 전 총리를 사면하는 법안을 추진하다 봉변을 당하고 있습니다. 지난 24일 수도 방콕의 민주기념탑엔 수많은 시위대가 인산인해를 이루었다고 합니다.

"뜸북뜸북 뜸북새 논에서 울고 / ~ 중략 ~ / 우리오빠 말 타고 서울 가시며 / 비단구두 사가지고 오신다더니." 이는 우리가 익히 아는 '오빠생각'의 가사입니다. 저는 이 동요를 들으면 왠지 코끝이 짠해 옵니다. 이 가사는 실제로 애틋한 사연을 가지고 있답니다. 1925년 일제강점기 때 소파 방정환 선생이 만드는 〈어린이〉라는 잡지에서 동시를 공모하였는데, 당시 12세의 최순애라는 분이 자신이 겪은 실화를 바탕으로 응모해 입선한 작품이라 합니다. 가사 속 비단구두를 사가지고 오신다는 오빠는 아마 항일운동을 떠난 친오빠인 것으로 해석됩니다. 아이러니하게도 최순애 씨는 이듬해 이 잡지에 '고향생각'을 응모해 입선한 아동문학가 이원수 선생과 오빠, 동생 하는 편지를 주고받다 결혼했다고 합니다. 그리고 보면 예나 지금이나 '오빠'가 애틋하기는 똑같습니다.

(2013. 11. 25.)

알래스카 낚시와 개 산책

소치 동계올림픽의 여운이 가시기 직전인 이번 주 월요일에 모 대기업이 신문에 다음과 같은 카피로 광고를 냈습니다. "고맙습니다. 덕분에 행복했습니다. 우리에게 잊지 못할 기쁨을…… ~ 중략 ~ ." 광고내용대로 지난 보름동안은 기쁨 그리고 감동으로 보낸 행복한 시간이었습니다. 피겨여왕 김연아 선수는 누가 봐도 좀 억울해 보이는 점수를 받아 2등을 했습니다. 경기 후에 그녀는 "금메달은 더 간절한 사람에게 갔나 보다"라고 요즘 말로 쿨하게 얘기했답니다. 어느 기자는 이 말을 한 그녀가 시인 같다고 했습니다. 올해 환갑 나이인 생태학자 최재천 교수는 불과 스물다섯 살 딸 같은 그녀에게 "김연아 선수, 나는 세상천지에서 당신을 가장 존경합니다"라고 그의 칼럼에 썼습니다.

그제 모 경제신문 1면 톱기사는 "대한민국은 지금 행복합니까?"이었습니다. 기사에 따르면 한국은 지난 반세기 동안 세계 14위의 경제대국이 되었고, 한국의 1인당 GDP도 2만 4천여 달러로 350배 넘게 늘었습니다. 그러나 유엔 세계행복보고서에 한국의 행복지수는 회원국 156개국 중 41위로 그다지 썩 좋지 못합니다. 이 신문은 매년 발표하는 행복국가 순위에서 줄곧 상위권을 달성하는 노르웨이, 스위스, 뉴질랜드 등의 행복조건들을 분석해 냈습니다. 그 결과 행복조건이 반드시 돈(= 복지예산)은 아니라는 결론입니다. 돈보다는 육아휴가 등 여성의 삶의 질, 일자리, 교육 여건 등이 더 중요하다는 겁니다.

한마디로 '전쟁하듯' 보내는 치열한 삶이 전부는 아니라는 얘깁니다.

지난 화요일 동인 선배님들의 총회 모임이 중앙본부 강당에서 있었습니다. 총회 참석차 오시는 선배님들을 뵙고 '나도 언젠가 저런 모습이겠지' 하며 짠한 마음이 들었습니다. 문득 언젠가 모 신문 고정코너에서 읽었던 '백수들의 은어'란 제목의 유머 한 토막이 생각났습니다. 퇴임하고 백수가 되면 네 단계를 거친다고 합니다. 첫 번째 오는 단계가 '하바드생'이랍니다. 무슨 말인가 했더니 '하릴없이 바쁘다'는 뜻이랍니다. 그 다음에는 슬슬 '예일대생'이 되어 간답니다. 바쁜 일이 없는데도 '예전처럼 일찍 일어난다'는 겁니다. 예일대생 다음 단계는 '동경대생'이랍니다. '동네 경치 관람하며' 소일하는 상태랍니다. 그래도 여기까지는 유학파랍니다. 맨 마지막이 '서울대생'이랍니다. 매사에 '서운하고 울적한' 단계랍니다. 우스갯소리지만 일면 공감이 갑니다.

나이가 들면 대부분 몸과 마음이 쇠약해져서 행복감이 떨어진다고 합니다. 그러나 정반대로 행복의 비결이 '나이'에 있다는 연구 결과가 소개돼 흥미를 끕니다. 최근 미국 〈ABC뉴스〉에 따르면 미국 펜실베이니아대학의 심리학자 캐시 모길너가 18~80세 시민 1,700명을 조사한 결과, 나이가 들수록 산책 등 일상생활에서 기쁨을 얻어 젊은 시절보다 더 행복감을 느낀다고 했습니다. 연구진들이 행복의 유형을 조사한 결과 젊은이들은 출산, 하와이 휴가, 알래스카 낚시, 결혼, 에펠탑에서 사진 찍기 등이라고 응답한 반면, 노인들은 배우자와 영화보기, 자전거 타기, 햇볕 쬐기, 개 산책시키기 등을 꼽았다고 했습니다. 알고 보면 행복은 지천에 깔려있다는 생각이 듭니다.   (2014. 2. 27.)

'별그대', 콩밭에서 만나다

'별에서 온 그대(별그대)'라는 TV드라마가 그렇게 대단한지 요즘 신문과 방송을 보고 새삼 실감했습니다. 중국의 모 화장품업체는 마지막 회가 방영된 지난달 27일 하루 휴가를 내려는 직원이 너무 많아 하루 휴업을 했었다는 후문입니다. 특히 주인공으로 활약한 천송이 역의 전지현 씨가 "눈 오는 날엔 '치맥'이라는데……"라는 대사 한마디를 했는데 중국대륙의 한국식 치킨집이 대박이 났다고 합니다. 또 중국의 모 TV는 남자 주인공인 도민준 역의 김수현 씨를 전세기로 모셔다가 출연시키고 여덟 시간 머무른 대가로 약 5억 2천만 원을 주었다는 소식입니다. 그뿐 아니라 드라마 촬영지인 인천과 가평 등 몇몇 곳은 요즘 중국 요우커들로 북새통을 이룬답니다. 심지어 중국 권력 서열 6위인 왕치산 공산당 서기도 '별그대'를 언급하며 부럽다고 했다니 가히 '신드롬현상'입니다.

요즘은 드라마 아닌 '별에서 온 그대' 열풍이 불고 있습니다. 지난 9일 진주 근처에 떨어졌다는 별똥돌, 즉 운석(隕石)이 바로 그 주인공입니다. 지난주 9kg, 4kg짜리 두 개가 비닐하우스, 콩밭에서 각각 발견되고, 엊그제 비슷한 것 또 한 개를 인근에서 발견했답니다. 진주 근처엔 지난주부터 대박을 노리는 운석사냥꾼들이 모여들었고, 심지어는 외국인도 있답니다. 이번에 발견된 운석은 몇 천만 원에 불과하다는 설과 몇 백억 원 간다는 설 등 가치평가가 들쑥날쑥입니다. 이 같은 운석 대박설은 지난달 소치 동계올림픽 때 러시아가

7개만 만들어 생색을 냈던 이른바 '운석금메달'이 그 진원지입니다. 이 메달에 포함된 운석이 1g에 236만 원으로 금의 40배에 이른다고 알려졌었습니다.

그러나 진짜 별에서 온 그대는 아마도 1969년 인류 최초로 우주왕복선을 타고 달에 갔다 돌아온 암스트롱, 올드린 그리고 조종사 콜린스가 아닌가 생각합니다. 2천 년대 들어 일반인 부호들도 수천만 달러를 내고 우주공간에 잠깐 머물고 오는 우주여행을 하고는 있지만 엄연히 그들은 행성에 발을 딛고 온 것은 아니니 별에서 온 그대는 아닐 겁니다. 2011년도엔 미국의 한 과학 저널에서 화성여행 지원자를 모집하기도 했답니다. 앞으로 20~30년 후엔 달이나 화성 등 지구 인근 위성에 놀러갔다 오는 '신종(新種) 별에 갔다 온 그대'들이 많아질 것으로 예견됩니다. 어쨌거나 그때가 돼도 돈 없는 대부분의 사람들에겐 '하늘의 별 따기' 같은 얘기일 겁니다.

저는 개인적으로 '별그대'드라마가 성공한 것이 '별'이란 단어가 들어가서 증폭됐다는 생각을 합니다. 우리나라뿐 아니라 세계 모든 나라 사람들이 별을 좋아합니다. 군인계급, 국기, 호텔 등급, 음식점 등급, 심지어는 커피에 이르기까지 '별'은 좋은 의미로 사용됩니다. 미국은 주수(州數)를 표시한다는 명분하에 국기에 51개나 되는 별을 그려 넣어 세계 패권국가임을 은근히 과시(?)합니다. 우리나라에서도 별은 경외의(?) 대상입니다. 전직대통령 세 분이 장군 출신이고 지금도 누구네 아들이 별 달았다 하면 가문의 영광입니다. 엉뚱하게도 인기가수 현철 씨가 불러 히트한 "~ 내 마음 별과같이 저 하늘 별이 되어 영원히 빛나리~"라는 노래도 별을 소재로 했기 때문이란 상상을 해봅니다. 곰곰이 생각하면 지구라는 행성에 사는 모든 사람들이 '별그대'인지 모르고…….

(2014. 3. 18.)

중간고사와 쪽지시험

어느덧 3월이 가고 4월이 왔습니다. 예년 같으면 이즈음 서울에선 남녘으로부터 올라오는 벚꽃 소식에 시집가기 전날 신부의 설렘 같은 두근거림이 있었을 겁니다. 그런데 올해는 그럴 시간도 없이 벌써 꽃망울이 모두 터지고 말았습니다. 지난달 25일에 제주도에서 핀 벚꽃이 단 3일 만인 지난주 금요일에 서울에서 폈다고 합니다. 예년보다 보름이나 일찍 폈다고 하니 가히 요즘 유행하는 광대역 LTE급속도입니다. 산수유, 개나리, 진달래, 벚꽃, 목련 순으로 피던 서열도 파괴되어 한꺼번에 피었습니다. 꽃뿐 아니라 새들도 헷갈리게 하기는 마찬가지입니다. 조류관광의 주연배우에서 갑자기 AI운반책으로 낙인찍힌 가창오리는 아직 시베리아로 떠날 채비를 못했습니다. 그런데 강남 갔던 제비는 이미 돌아왔다는 소식입니다.

때 이른 꽃소식에 당황해하는 쪽은 꽃이라기보다는 사람인 것 같습니다. 우선 꽃피는 때를 잘 못 예측한 기상청은 말할 것도 없고 꽃 축제를 기획했던 주최 측도 당황해하고 있습니다. 어디 그뿐입니까? 천천히 봄꽃을 맘껏 향유하려던 사람들의 마음이 꽃이 빨리 질까 두려워 급해졌습니다. 많은 사람들은 마치 꽃이 '철부지'인 것처럼 생각합니다. 그러나 엄밀히 말해 꽃은 철부지가 아닙니다. 꽃피는 시기를 정해 놓은 건 사람이지 꽃들이 아니기 때문입니다. 오히려 날씨의 변화를 모르는 사람이 철을 모른다고 할 수 있습니다. '철부지'라는 말의 어원을 따져 보면 철(때)이라는 우리말에 부지(不知)라는 한자

어가 결합해 '때를 모르는 사람'이라고 분명 '사람'을 강조했습니다.

내일은 음력 3월 3일로 '삼월 삼짇날'이랍니다. 삼짇날은 삼국시대부터 길일(吉日)로 여겨왔고, 고려시대 때는 9대 명절 중 하나로 기려왔다고 합니다. 이 삼짇날 즈음이 강남 갔던 제비가 돌아와 추녀 밑에 집을 짓고, 산과 들에 꽃이 피면서 완연한 봄으로 들어서는 시기라 했습니다. 이날 가정에서는 여러 봄철 음식을 장만하고, 아이들은 풀피리를 불거나 각시놀음을 하면서 봄을 만끽했다고 합니다. 요즘으로 말하면 '벚꽃축제'나 '진달래축제'처럼 때에 맞춘 이벤트를 한 셈입니다. 삼짇날이 이때쯤인걸 보면 올해 봄이 그렇게 때 이른 것 같지는 않습니다. 다만 현대에 들어와 꽃피는 시기까지도 정확히 측정하려는 영악한 인간의 마음이 오버를 한 것인지도 모릅니다.

연간시간을 눈금자처럼 따져보면 올해도 4분의 1이 지났습니다. 언뜻 일찍 핀 봄꽃만큼이나 마음이 조급해졌습니다. 왜냐하면 올해 초 세웠던 많은 일들은 아직 꽃봉오리 단계인데, 시간은 활짝 핀 꽃이기 때문입니다. 저도 계획했던 일을 뒤돌아보니 반 정도도 실천하지 못하고 있습니다. 애써 '늦었다고 생각할 때가 가장 빠르다'라고 자위해 봅니다. 일전에 모 신문에서 주철환 방송PD의 칼럼을 읽었는데 제목이 '늦었다고 생각할 때가 진짜 늦었다'였습니다. 내용은 제목과는 달리 모든 일이 때가 있다는 것과 그것을 알았을 때 늦지 않았다는 것을 역설적으로 강조한 것 같습니다. 우스갯소리로 벚꽃의 꽃말이 학생들 사이에선 '중간고사'랍니다. 그렇다면 올봄 벚꽃의 꽃말은 중간고사 전에 보는 '쪽지시험'(?)쯤 되지 않을까 하고 피식 웃어봅니다.

(2014. 4. 1.)

국민우울증 치료제

맑게 갠 날보다 우중충한 날이 많았던 올봄이었습니다. 날씨만큼이나 우리 마음도 온통 희뿌연 안개 속이었습니다. 오늘은 모처럼 맑게 갠 파란 하늘과 연초록 푸르름이 마음을 닦아주는 것 같습니다. 어느 친구가 '카톡' 메시지로 "오월은 금방 찬물로 세수를 한 스물한 살 청신한 얼굴이다. 하얀 손가락에 끼어 있는 비취가락지다"라고 한 피천득 선생의 수필 '오월'의 첫 구절을 보내 왔습니다. 문득 "나도 스물한 살 청신한 얼굴일 때가 있었겠지……" 하며 혼자 중얼거렸습니다. 그리고 봄꽃 지는 밤은 무언가 아쉬워 서러운 밤이라고 사치(?)를 부린 모 신문 문화부기자의 우울증(?)성 넋두리가 떠오릅니다.

그러나 올해 봄은 이처럼 사치스런 우울증은 없습니다. 더구나 "5월엔 / 꼭 집어 말할 수는 없지만 / 왠지 모르게 좋은 느낌이 자꾸 듭니다"라고 했던 오광수 시인의 살가운 시는 금년에는 거짓말이 되었습니다. 그냥 많은 사람들이 어이없는 사고를 당한 희생자들에게 괜히 미안하고 죄스런 느낌을 가진다고 했습니다. 또 아무것도 해줄 수 없다는 무능력이 한탄스럽다고 했습니다. 이른바 '국민우울증'이라고 표현합니다. 이를 극복하는 방법을 생각해 봤습니다. 결국 다시 '희망'을 잉태하는 것입니다. 다행인 것은 곳곳에서 이번 사고의 두려움을 딛고 일어서고자 하는 긍정적인 조짐들이 나타나고 있습니다. 많은 사람들이 반성하고 있습니다. 또 많은 기관, 기업, 단체 등에서 안전을 우선시하는 다짐과 시스템 정비 그리고 훈련을 하고 있습니다.

언뜻 어느 신문 중간허리에 노랗게 박스처리해서 눈에 띠었던 모 건강식품 광고카피가 생각납니다. "희망은 힘이 세다는 말 믿으시죠? / 절망이 독약이라면 희망은 신약(神藥)입니다. / 몸이 아프다고, 병이 깊다고 실의에 잠기거나 자신의 생명을 남의 손에만 맡기지 마세요. / 스스로 이겨내겠다는 확고한 믿음과 의지가 결국 당신을 낫게 할 겁니다." 모 신문 논설주간은 그의 칼럼에 이렇게 썼습니다. "힐링은 남이 해주는 게 아니다. 스스로 낫는 것이다. 긍정적인 사고에 기대어 시간과 함께 아물기를 기다리는 것이다. 그러므로 힐링의 본질은 셀프 힐링이다"라고. 여기에 희망이라는 신약을 바르면 힐링 속도는 더 빨라질 겁니다.

어제 아침 부서장 회의 서두에 모 부장께서 SNS에서 요즘 유행하는 재미있는 글을 소개했습니다. 제목은 '2044년까지 꼭 살아야 하는 이유'입니다. 다름 아닌 역대 최고의 황금연휴가 그해에 기다리고 있답니다. 그해 10월 1일 토요일을 시작으로 2일은 일요일, 3일 월요일은 개천절에 4, 5, 6일은 추석 연휴가 있답니다. 7일에 연차휴가를 하루 쓰면 8일은 토요일이며, 9일 일요일까지 연속으로 9일 이상을 쉴 수 있다고 합니다. 이 얘기를 듣고 50대 후반인 부장들 반응은 시큰둥(?)합니다. "그때까지 살아있다면 무한정 휴가일 텐데 뭘……ㅎㅎ" 그렇지만 찬물로 세수한 듯한 스물한 살 청신한 얼굴을 한 우리의 후배들은 생각만 해도 즐거운 희망일 것입니다. 그땐 지금처럼 어이없는 사고로 국민우울증 따윈 물론 없을 겁니다. (2014. 5. 14.)

기적을 만드는 비결

부부는 닮아간다고 합니다. 이는 같이 살면서 같은 음식을 먹고 감정표현도 서로 비슷해지면서 얼굴 근육과 표정이 닮아간다는 게 그 추론의 근거입니다. 여기에 한술 더 떠 부부는 유전자도 닮아있다는 연구 결과를 어제 외신이 전했습니다. 미국 캘리포니아대 벤 도밍그 박사팀은 부부 8백 쌍을 무작위로 선정한 뒤, 이들의 DNA를 비교 분석했습니다. 그 결과 부부들의 DNA가 낯선 남녀보다 더 유사하다는 겁니다. 연구팀은 이 같은 결과를 가져온 데는 배우자는 자기와 비슷한 사람을 선호한다는 '제 눈에 안경'원리를 들고 있습니다. 이렇듯 제 눈에 안경 같은 부부간에도 어긋날 때가 많습니다. 그 이유야 많지만 원시시대부터 지녔던 남녀의 속성 차이는 누구나가 있습니다.

강제윤 시인은 《어머니전(傳)》이라는 책에 "여자는 철들면 시집가는데 사내들은 철들면 죽어 뿌러"라는 어느 어머니의 절절한 말을 실었습니다. 팔만대장경에는 "아내는 남편의 누님"이라는 말이 있다고 합니다. 언뜻 두 말이 일맥상통합니다. 저 같은 경우도 30년을 같이 살았어도 어떤 사안에선 소위 코드(?)가 맞지 않아 티격태격하는 일이 있습니다. 어떤 땐 가르침(?)을 받기도 합니다. 네 살이나 아래인 집사람이 오히려 누님(?)같다는 착각을 하게 됩니다. 남편들이 철이 없어 티격태격하기는 유명인들도 마찬가지인가 봅니다. 얼마 전 공개된 전 미국 케네디 대통령의 부인이었던 재클린 케네디도 그의 편지에서 생전 남편의 바람기에 마음고생이 심했다고 고백했습니다.

인터넷에서 본 유머 한 토막. 100미터 밖에서 아내를 불렀는데 대답이 없으면 아내가 조금 늙은 거고, 50미터 밖에서 불렀는데 대답을 못하면 많이 늙은 거랍니다. 그리고 10미터 밖에서 불렀는데 대답을 못하면 심각한 상태랍니다. 그래서 어느 한 사람이 궁금해서 이 방법을 써보기로 했습니다. 그는 주택에 살았는데 퇴근을 하면서 100미터쯤에서 "여보~ 오늘 저녁 메뉴가 뭐야?" 하고 아내를 불렀습니다. 대답이 없었습니다. 다시 50미터쯤 거리에서 아내를 불렀습니다. 역시 대답이 없었습니다. 다시 10미터 거리에서 아내를 불렀는데도 대답이 없었습니다. 아뿔사! 하며 집에 들어섰는데 주방에서 열심히 음식을 만들고 있는 아내의 뒷모습이 보였습니다. 측은한 마음에 뒤에서 아내의 어깨를 감싸 안으며 나직이 물었습니다. "여보~ 오늘 저녁 메뉴가 뭐~?" 아내가 짜증스럽게 답했습니다. …… "내가 수제비라고 몇 번을 말했잖아!!"

언제부턴가 어머니가 해 준 밥보다 집사람이 해 준 밥이 입에 맞았습니다. 왜 그럴까 곰곰 생각해 봤습니다. 시간이었습니다. 어머니와 함께 생활한 시간보다 집사람과 함께 지낸 시간이 많은 것입니다. 부부의 날인 오늘 아침 모 신문에서 김영식 천호식품 대표의 칼럼을 읽었습니다. 그는 70억 세계 인구 중에 남녀가 부부로 만나 37년을 같이 산 자신의 경우를 '기적'이라고 표현했습니다. 때마침 어느 지인께서 '카톡' 메시지로 '부부십계명'을 보내 왔습니다. 배우자가 말할 때는 고개를 끄덕이면서 맞장구를 쳐라 / 말하는 중에 끼어들지 마라 / 자존심을 상하게 하는 말을 삼가라 / 마음에 들지 않는 말이라고 그 앞에서 면박주지 마라 / ~ 중략. 뻔한 내용이지만 지키기만 하면 '기적' 만드는 비결이 아닌가 생각해 봅니다.   (2014. 5. 21.)

아담의 비애

이른바 중년의 남녀에게 '3대 불능'이란 것이 있답니다. 그 내용인즉 '주말골퍼 힘 빼기, 결혼한 아들 내편 만들기, 그리고 퇴직한 남편 존경하기'랍니다. 저는 주말골퍼 힘 빼기가 힘들다는 건 이해되지만 나머지 두 개는 아직 경험하지 않아서 막연히 '그렇겠구나!' 생각만 하고 있습니다. 그런데 결혼한 아들은 그렇다 치더라도 퇴직한 남편 잘 대하기가 불능에 속한다는 사실에 많은 남편들은 절망(?)합니다. 그도 그럴 것이 대부분의 남자들은 퇴직 후엔 '머 언 먼 젊음의 뒤안길에서 인제는 돌아와 거울 앞에 선 내 누님 같은' 아내와 편안하게 노후를 보내고 싶어 하기 때문입니다.

얼마 전 KDB대우증권 미래연구소가 50세 이상 고객 980명을 대상으로 노후준비 실태를 조사하여 결과를 발표했는데, 그 내용이 흥미롭습니다. 보고서에 의하면 은퇴를 앞둔 사람들이 행복한 노후를 위해 가장 필요한 조건으로 '건강'을 꼽는 데에는 이견이 없었습니다. 문제는 노후준비 2순위 조건에서 남녀가 의견을 달리했습니다. 남성은 노후행복 2순위는 배우자라고 했는데 반해, 여성은 남편보다 돈이 우선이라고 했답니다. 또 나이든 아내가 나이든 남편에게 바라는 것을 물었는데, 결과가 의외입니다. 바로 1위가 청소(37%), 2위는 가만히 있어 주는 것(14%), 3위는 음식쓰레기 버리기(12%)였답니다. 이를 두고 모 신문에선 '이브의 배신, 아담의 비애'라고 표현했습니다.

그래도 우리나라 남성들은 일본에 비하면 행복합니다. 이번에 KDB증권 연구소가 조사한 결과를 2012년 일본 미쓰미시종합연구소 조사 결과와 비교한 결과, 양국 노인들의 배우자 관계가 확연히 달랐답니다. 60세 이상 한국 남성 절대다수가 '아내와 살고싶다'(93%)고 했고, 여성도 '남편과 살고 싶다'는 대답이 압도적으로 많았답니다(75%). 이에 반해 60세 이상 일본 남성들은 세 명 중 한 명만 '아내와 살고 싶다'(31%)고 응답했고, '혼자서 살고 싶다'(19%), 특이하게 '손자와 살고 싶다'(17%)는 응답이 그 뒤를 이었습니다. 일본 여성들은 '혼자 살고 싶다'는 사람이 가장 많았고(35%), '친구와 살고 싶다'(27%)가 그 뒤를 이었으며, '남편과 살고 싶다'(25%)는 응답은 세 번째에 불과했다고 합니다. 그러고 보면 겉으로는 예의 바르고 남편에게 순종적일 것 같은 일본 여성들의 속마음은 완전히 딴판(?)인 것 같습니다.

어느 지인이 SNS로 '행복한 부부생활을 위한 묘약'을 보내왔습니다. 그 중 재미있는 것이 일명 '타이어의 법칙'이란 것입니다. 내용인즉, 사막의 모래에서 차가 빠져 나오기 위해선 타이어의 바람을 빼야 한답니다. 왜냐하면 공기를 빼면 타이어가 평평해져서 바퀴 표면이 넓어지기 때문에 모래 구덩이에서 쉽게 빠져 나올 수 있기 때문입니다. 따라서 부부가 갈등의 모래사막에 빠져 헤맬 때 즉시 자존심과 고집이라는 바람을 빼는 일이야말로 중요한 일이라는 것입니다. 때마침 어제 청와대 대변인을 역임했던 김행 한국양성평등교육진흥원 원장이 쓴 칼럼을 접했는데, 내용이 공감이 갔습니다. 그녀는 남자가 '네 가지 단어만 사용하면 모든 여자와 대화할 수 있다'는 김지윤 좋은연애연구소 소장의 동영상내용을 소개했습니다. 그 네 단어는 바로 '진짜! 정말이야! 웬일이니! 헐!'이랍니다. '논리'로 고집하지 말고 무조건 '공감'하라는 얘깁니다.

(2014. 10. 8.)

달콤한 소식

최근 미국 일간지 〈월스트리트저널〉에 재미있는 기사가 실렸습니다. 기사 내용인즉 요즘 대한민국에서 가장 힘든 일이 아이맥스 영화관에서 '인터스텔라'를 보며 '허니버터칩'을 먹는 거라고 합니다. 이처럼 SNS를 타고 흐르는 유행열풍은 가히 폭발적입니다. 거기에 한 케이블TV에서 방영하는 '미생'이라는 드라마와 소위 직구(直購)로 최신의 패션상품을 구매하는 것도 유행열풍에 한몫 더 합니다. 저는 이 중에서 '미생' 드라마를 두 번 정도 본 것 외엔 해본 것이 없습니다. 지난 11월 마지막 주말에 모처럼 가족과 영화관에 갔었습니다. 아이들은 요새 인기 짱인 '인터스텔라'를 보자고 했습니다. 저는 브래드 피트가 주연한 전쟁영화 '퓨리'를 보자고 우겨 결국 그걸 봤습니다.

출시된 지 4개월째인 '허니버터칩'은 연말까지 2백억 원어치가 팔릴 것이라고 합니다. "품절되었다" 등 '루머마케팅'을 하는가 하면, 심지어는 캔 맥주 6개들이와 허니버터칩 한 봉지를 묶어파는 곳도 있답니다. 이를 두고 누군가 '인질 마케팅'이라고 명명했습니다. 그런가 하면 제가 보지 못한 '인터스텔라'라는 영화도 곧 천만관객 돌파를 눈앞에 두고 있답니다. 이처럼 인기폭발한 데는 교육과 오락기능이 결합되어 10대에서 열광하기 때문이랍니다. 이 영화 감독 이름이 예상치 못한 흥행에 놀라기라도 하듯이 크리스토퍼 '놀란(?)'입니다. 또한 고졸 인턴사원이 겪는 직장생활을 소재로 한 '미생' 드라마는 말 그대로 대박입니다. 이 드라마가 '미생신드롬'이라고 할 정도로 뜬 이유는 아마도 공부에 지치고 취업에 지친 자신들이 곧 '미생'이라고 생각하기 때문인 것 같습니다.

이젠 말로만 듣던 미국의 블랙프라이데이(추수감사절인 11월 넷째 주 목요일 다음날)에 우리나라 소비자가 열광하는 시대입니다. 이러한 직구는 지난해 1조 1천억 원 수준에서 올해 2조 원을 넘어설 것이라는 전망입니다. 그렇지만 전반적인 소비성향은 부진하다는 진단입니다. 이를 반영하여 모 유통업체는 올해의 소비 트렌드를 'S.A.V.E(절약)'라고 풀었습니다. 즉, 올해는 소비심리 회복을 위한 빈번한 할인행사(Sale), 모바일, 요우커 등 새로운 유통 트렌드의 국내시장 적용(Adaption), 해외직구 등 다양한 구입경로 변화(Various purchase), 이상기후(Early Season)에 의한 소비성향 변화를 나타냈답니다. 결론은 '절약'으로 나타났다는 분석입니다. 그래서인지 요즘 소비자들은 '이걸 살까? 저걸 살까?' 고민하는 이른바 '햄릿증후군현상'을 나타낸다고 합니다.

숨 가쁘게 달려왔던 올 한 해도 이제 이십여 일 남았습니다. 예년보다 그리 추운 날씨는 아닌데도 귓불 스치는 바람이 꽤나 찹니다. 거기다 시중에 소위 '찌라시'로 불리는 루머가 눈처럼 흩날려서 온 나라가 떠들썩한 칙칙한 연말 분위기입니다. 가뜩이나 대학입시나 취업을 앞둔 우리의 자녀들은 마음이 더 춥습니다. 또 퇴직을 앞둔 직장 선배들이 넥타이 푼 와이셔츠만 입은 듯 허전합니다. 농사를 끝낸 농업인의 가슴에 찬바람이 파고듭니다. 그렇지만 간혹 허니버터칩처럼 달콤한 소식도 들립니다. 모 대기업 총수는 해외건설현장에 근무하는 직원들에게 광어회 6백인 분을 싣고 갔답니다. 오바마 대통령은 행정명령을 통해 올해 크리스마스 다음날인 26일을 연방공휴일로 지정했답니다. 혹여 우리도 특별상여금 준다는 달콤한 소식이라도……. (2014. 12. 10.)

신(新)중년 4계명

대부분의 가정에서는 부부가 중년을 넘으면 주도권이 부인에게 돌아갑니다. 젊은 시절 패기가 넘쳤던 남편일수록 말년에 부인의 휘하에서 꼼짝 못하는 경우가 많습니다. 이 같은 일은 동물세계에서도 똑같습니다. 범고래 무리에서는 중년이 넘은 아줌마가 '최고 권력자'랍니다. 지난 5일 국제학술지 〈커런트 바이올로지〉 인터넷 판에 이런 내용이 실렸답니다. 영국 엑시터대 다렌 크로프트 교수 연구진이 북미대륙 해안을 따라 이동한 범고래 무리를 35년 동안 관찰한 751시간분의 영상을 분석한 결과, 이 같은 결론을 얻었답니다. 연구진에 따르면 "범고래 사회에서는 나이가 들어 생식능력을 잃은 폐경(閉經)된 암컷이 무리를 이끌며, 이런 경향은 특히 먹잇감이 부족한 시기에 두드러진다"고 했습니다. 이유는 폐경 후 암컷이 먹잇감에 대한 노하우가 무리의 생존에 도움이 되기 때문이라는 분석입니다.

꿀벌의 세계는 태생적으로 여인천하입니다. 태어날 때 아예 진골(眞骨)로 태어나는 여왕벌과 암컷이지만 생식능력이 없고 오로지 일만 하는 군사인 일벌이 주도권을 잡고 있습니다. 수벌(雄蜂)이 있지만 존재가치가 참 초라합니다. 하는 일이라곤 여왕벌과의 순간적인 사랑(?) 한 번으로 일생이 끝나기 때문입니다. 그것도 하늘의 별 따기만큼 어렵답니다. 벌집 한 통에 여왕벌이 10여 마리 정도인데, 수벌은 약 5천~2만 마리 정도 된다고 합니다. 한 마리 빼고는 나머지 2만여 마리가 들러리(?)만 서고 일생을 마치는 셈입니다. 왜냐하면 여왕에게 순정을 바친(?) 수벌은 즉사한다고 하며, 나머지 2만여 남군(수벌)은 여군복장을 한 일벌들에게 숙청(?)당한다고 합니다.

언제가 TV에서 동물의 왕인 수사자의 최후를 봤습니다. 더 젊은 수사자에게 권좌를 내준 늙은 수사자는 무리에서 쫓겨나 헤매다 굶어죽게 됩니다. 인생무상이라더니 '수생무상(獸生無常)'입니다. 우스갯소리로 퇴직한 남편이 세 끼를 꼬박 집에서 먹으면 '삼식이 새×'가 됩니다. 거기다 간식까지 먹는다면 함경도식 사투리로 '종간나 새×'가 된답니다. 일본에서는 이러한 퇴직남편 때문에 부인들이 병이 든답니다. 이 병 이름이 이른바 '부원병(夫源病)'이랍니다. 이쯤 되면 사람들도 수사자 신세가 될 수 있습니다. 엊그제 가정법률상담소가 2014년 상담통계를 공개했는데, 충격적입니다. 지난해 60대 이상 남성의 이혼상담은 373건으로 2004년 45건에 비해 8.2배 증가했다는 겁니다.

지난 2월 초 모 일간신문에서는 몇 회에 걸쳐 노년의 삶에 대한 기획기사를 실었습니다. 이른바 '6075 신(新)중년 프로젝트'입니다. 거기에 신중년의 행복한 부부생활을 위한 '4계명'을 정리해 놓았습니다. 그 내용을 보면 '하루 최소 4시간은 집 밖에서 각자 놀자 / 취미생활 따로 하자 – 얘깃거리 많아지니까 / 남편은 최소 한 끼 스스로 해결하고 집안일도 돕자 / 애정표현, 수시로 적극적으로 하라' 등입니다. 결국 퇴직한 남편들은 이 정도는 최소한 지켜야 수벌이나 수사자처럼 비참한 신세는 면한다는 얘깁니다. 그러고 보니 최근의 인기 다큐영화 '님아! 그 강을 건너지 마오'가 그렇고, 얼마 전 절찬리에 끝난 가족드라마 '가족끼리 왜 이래'가 그렇고, 차줌마(차승원)가 출연하는 예능프로 '삼시세끼'가 모두 이런 맥락인 것 같다는 생각을 해봅니다.

(2015. 3. 11.)

느낌 아니까

개도 장동건이나 전지현처럼 인기스타가 있습니다. 우리나라에서 스타 개 하면 '상근이'를 떠올립니다. 그 상근이가 지난 4월 중순경 죽었습니다. 사망 원인은 암이라고 합니다. 상근이는 모 방송 간판예능프로그램에 출연하여 '국민 반려견'이란 별칭이 붙은 개였습니다. 이 개와 인연이 있는 모 연예인은 장례식장을 찾아 대성통곡을 했다고 합니다. 그런가 하면 온라인 카페에는 추모게시판이 운영되었고, 화장장에 50여 명의 시민이 찾아 애도했다고 합니다. 우리 상근이보다 한 수 위(?)인 스타 개도 있었습니다. 바로 영화 '아티스트'에 출연하여 인기를 누린 '어기(Uggie)'라는 개랍니다. 이 개는 지난 2012년 미국 로스앤젤레스에서 열린 개들의 아카데미상이라 할 수 있는 '골드 칼러 어워즈'에서 최우수상을 받았다고 합니다. 사람으로 말하면 '오스카 최고상'쯤 됩니다.

요즘엔 개가 배우역할뿐 아니라 관객으로도 대접받고 있습니다. 아이디어 많기로 유명한 개그맨 전유성 씨는 지난 2009년부터 경북 청도에서 특별한 음악회를 하고 있습니다. 이름도 '개나 소나 콘서트'입니다. 이름에서 알 수 있듯이 개를 대상으로 한다는 점이 특이합니다. 또 소 씨름의 고장 청도에서 열린다는 의미로 '개나 소나'라고 지었답니다. 또 복날 즈음에 열린다는 역 발상이 묘한(?) 느낌을 줍니다. 조그만 동네음악회인 줄 알았더니 아예 지역축제였습니다. 78인조 아모르 필하모닉 오케스트라가 등장하는가 하면 가

수 양희은, 이문세, 개그맨 김제동 등 쟁쟁한 연예인이 출연한다고 합니다. 이러다보니 전국에서 이 행사를 찾는 개를 포함한 관객이 1만여 명이 넘는다고 합니다.

이젠 개 음악회를 넘어 아예 '개 TV채널'까지 생겼습니다. 지난 2월부터 미국에서 개전용 프로그램을 들여와 방송한 이래 지난달부터 또 한 업체가 프로그램을 자체 제작해 방송한다고 합니다. 우리나라만 해도 반려견이 130만 마리에 시장규모가 1조 8천억 원에 육박한다고 하니 그럴 만도 합니다. 그런데 웃기는 건 개들도 코미디 프로그램을 선호한다고 합니다. 또 도시생활을 하는 개들을 위해 자연풍광과 함께 물, 바람, 새소리도 들려준다고 합니다. 이렇다 보니 반려동물을 위해 병원진료는 기본이고 미용서비스, 심지어는 개 유치원에서 돌봄 서비스까지 받는다고 합니다. 최근 소비자원의 발표에 의하면 이들 반려동물을 위해 매달 평균 14만 원가량 돈이 들어간다고 합니다. 이쯤 되면 개가 아니라 '개님'이 되거나 아예 '아들, 딸'이 됩니다.

이처럼 개가 사람과 동일시된 데는 그럴 만한 연유가 있다고 합니다. 약 3만 년 전 유럽에 살던 회색 늑대가 같은 지역에 살던 수렵인을 따라다니기 시작하면서 개는 인간에게 길들여져 왔다는 게 과학자들의 분석입니다. 개와 인간은 다른 언어를 쓰지만 서로 '느낌'을 이해하며 소통해 왔다고 합니다. 헝가리 외트비시 로란드대 아틸라 안딕스 교수 연구진은 자기공명영상장치(fMRI)를 이용해 개의 뇌를 관찰한 결과, 개의 뇌에도 사람과 마찬가지로 목소리를 듣고 상대방의 감정을 느낄 수 있는 영역이 존재한다고 밝혔습니다. 그래서인지 개는 기분이 좋으면 꼬리를 오른쪽으로 흔들고 나쁘면 왼쪽으로 흔든다고 합니다. 이제 머잖아 다가오는 삼복더위에 견공들의 꼬리가 어느 쪽으로 흔들릴지 궁금합니다. 개들도 개그맨 김지민처럼 "느낌 아~니까~."

(2014. 6. 24.)

'기래비'와 '노무족'

제가 대학 1학년 때 '기래비'라는 별명을 가진 1년 위 선배가 있었습니다. '기래비'란 '기생오라버니'란 뜻의 은어입니다. 같은 하숙집에서 생활하던 그는 갸름한 얼굴에 하얀 피부를 가진 외모를 가졌습니다. 한마디로 표현하면 귀공자타입이었습니다. 거기다 키도 훌쩍 크고 날렵한 안경을 끼고 당시 유행하던 장발머리까지 갖추어 요즘말로 한다면 '까도남'(까칠한 도시남자)쯤 됩니다. 당연히 여학생들이 줄줄 따를 수밖에 없었습니다. 그래서 그는 하숙집 멤버들의 부러움과 시기의 대상이 됐습니다. 지금 생각하면 그 시샘의 증거가 아마 '기래비'란 별명으로 나타난 것 같습니다.

남녀를 불문하고 잘생긴 사람들은 시샘 받게 돼 있습니다. 오늘 아침 모 신문 문화면에 올 여름 개봉한 영화 '군도'에 출연하여 인기절정인 배우 강동원을 평한 기사가 실렸습니다. '강동원! 신비한 슬픈 눈… 악역도 그가 하면 무죄'라는 제목에 "그는 이미 그저 어여쁜 '꽃미남' 배우를 넘어 어쩐지 현실 아닌 '신계(神界)'에 속한 듯 비현실적인 아름다움으로 대중을 홀려 왔다. ~ 중략 ~"라고 썼습니다. 글 잘 쓰는 기자답게 현란한 표현입니다. 이쯤 되면 속된 말로 거의 '뿅 간(?)'상태입니다. 그런가 하면 인터넷에 떠도는 썰렁한 유머 하나. 이름하여 '잘생긴 얼굴과 못생긴 얼굴 구별법'은 이렇습니다. "인상이 참 좋으세요" – 못생김 / "성격이 온화해 보이시네요" – 진짜 못생김 / "사람이 좋아 보이시네요 – 촌스럽게 못생김 / "싸가지 없게 생겼네" – 잘생김 /

"기생 오래비 같네" – 잘생김 / "재수없이 생겼네" – 꽃미남 스타일로 잘생김.

지난주 토요일 우리나라의 대표미남배우 장동건. 김수현. 원빈이 아시안 게임 개회식에 등장했습니다. 거기서 40억 아시아인에게 그 면모를 과시했습니다. 평소 이들의 외모에 열등의식(?)이 있는 뭇 남성 몇 사람은 "스포츠 행사에 재들이 왜 나와? 무슨 영화제야?"라고 볼멘소리를 했습니다. 한류 전파 주역인 그들을 내세운 주최 측의 전략(?)이 느껴집니다. 미남배우를 내세우는 건 우리뿐 아닙니다. 지난주 반기문 유엔 사무총장이 할리우드 스타 레오나르도 디카프리오를 '평화의 메신저'로 임명해 화제를 일으켰습니다. 그가 어제 유엔에서 열리는 기후변화 총회에서 연설까지 했다고 합니다. 이쯤 되면 공익을 위해 애쓰는 잘생긴 배우들을 마냥 시기할(?) 일은 아닙니다.

남자들의 외모에 대한 관심은 과거 2030세대에서 요즘은 4050세대로까지 확대되고 있다고 합니다. 실제 모 카드회사에서 최근 4050남성의 성형외과, 피부과 카드결제 건수를 분석한 결과, 4년 전에 비해 두 배로 늘었다고 합니다. 이제 이들은 더 이상 '아저씨'가 아니고 소비시장의 주축으로 자리 잡았다고 합니다. 사정이 이러하다 보니 이들을 타깃으로 유통업계는 남성전용관을 만드는가 하면 카드사들은 특별상품을 만드는 등 마케팅에 열을 올리고 있습니다. 요즘은 이들을 '노무족(No more Uncle : 더 이상 아저씨가 아니다)'이라 부른답니다. 말하자면 연륜 있는 '기래비'나 '까도남'인 셈입니다. 그러나 요즘 겉모습은 '노무족'이지만 행동은 빗나간 사람들이 언론에 오르내립니다. 그들은 '개저씨 : ×같은 아저씨'라고 부른답니다.　　(2014. 9. 25.)

제4장
맏며느리 열 받다

談
農 半

농부가 벤츠를 타다

몇 년 전 한 라디오에서 시사프로그램을 진행하는 유명한 교수께서 '애그플레이션'의 애그를 '계란'이라고 하여 웃음을 산 일이 있습니다. 농업을 뜻하는 영어 애그리컬처(Agriculture)와 인플레이션을 합친 애그플레이션은 이제 상식입니다. 최근엔 소위 '피시플레이션'이라는 용어도 등장했습니다. 피시플레이션은 어업인 피셔리(Fisheries)와 인플레이션을 합친 신조어라고 합니다. 요즈음 고등어, 갈치 등이 전년 동기 대비 30% 이상 올랐다고 합니다. 원인은 여러 가지입니다. 가깝게는 구제역 여파로 대체소비가 증가한 데 있고 한파, 폭설에 의한 어획량 감소도 그 이유의 하나입니다. 국제적으로는 중국 사람들이 회를 먹기 시작하면서부터 수산물가격이 오르고 있다고도 합니다.

요즘 중동, 아프리카국가들은 민주화바람이 거셉니다. 시위 원인은 부정축재, 독재를 한 철권통치자들에 대한 저항입니다. 그런데 또 다른 원인으로 식량문제가 그중 일부라는 주장이 제기됐습니다. 한국은행은 지난 24일 한 보고서를 통해 "중국이 최근 곡물 수입을 늘리면서 세계적인 식량안보와 정치적인 불안을 야기하고 있다"고 지적했습니다. 중국은 지난해 기상여건 악화, 소비증가 등으로 571만 톤의 곡물을 수입했다고 합니다. 이는 2년 전인 2008년 152만 톤의 4배에 달하는 물량이니 그 증가속도가 놀랍습니다. 실제로 최근 민주화 시위로 대통령이 물러난 이집트는 최대 밀 수입국이며, 그 주변 지역 대부분 국가들이 밀을 수입에 의존하고 있답니다.

세계 식량농업기구인 FAO에 따르면, 우리나라 식량자급률은 25%로, OECD 30개 국가 중 26위로 꼴찌수준입니다. 해마다 1,400만 톤이 넘는 곡물을 사들이는 세계 5위 곡물 수입국입니다. 쌀만 국내 생산으로 100% 자급할 수 있습니다. 반면 미국, 영국, 스웨덴, 독일 등 내로라하는 선진국들은 식량자급률이 100%를 웃돕니다. 1위인 프랑스는 무려 329%의 식량자급률을 나타내고 있습니다. 우리 정부도 이의 심각성을 인식, 내년부터 약 45일간 쓸 수 있는 주요 곡물을 비축한다고 지난 24일 발표하였습니다. 그러나 이것은 어디까지나 차선책이라고 봅니다. 식량안보 차원에서 무엇보다 국내 식량자급률을 높여야 할 것입니다.

세계적인 투자 대가인 짐 로저스는 2009년 농산물 펀드에 투자하라고 권고했습니다. 그가 주요 투자 품목으로 꼽은 것은 면화와 원당(설탕)이었습니다. 2009년에 이 두 종목을 샀다면 투자 수익률은 300%와 106%에 달한다고 합니다. 요즘 국내 주요 농산물펀드도 연 수익률이 약 65%에 달한다고 합니다. 그렇지만 농산물 펀드 수익률의 이면에는 심각한 식량문제가 도사리고 있습니다. 짐 로저스가 아니더라도 요즘 날씨나 세계정세가 식량문제의 중요성을 일깨워 주고 있습니다. 짐 로저스는 "20년 후에는 농부와 광부가 벤츠타고 다닐 것"이라고 합니다. 만약 모든 농부가 그렇게만 된다면 얼마나 좋을까요? (2011. 2. 28.)

위대한 버거

최근 대형유통업체들이 'O마트 피자', '통 큰 치킨'에 이어 초대형 햄버거까지 선보였습니다. 모 유통업체는 지난 18일부터 전국 120여 개 매장에서 지름 25㎝, 무게 600g짜리 햄버거를 팔기 시작했습니다. 이름하여 '위대한 버거'라 칭하고 있습니다. 600g짜리면 보통의 햄버거가 152g이라니 무려 4배나 큰 버거입니다. 어쨌든 소비자로서는 4인분 분량을 1인분의 싼 가격에 사먹을 수 있는 기회가 되었습니다. 하지만 한편으론 걱정이 앞섭니다. 피자나 치킨 특히 햄버거는 우리의 자라나는 아이들이 즐기는 음식이기 때문입니다.

어떤 연구에 의하면 패스트푸드를 즐기는 어린이는 보통 어린이에 비해 하루 평균 187㎉의 열량을 더 섭취한다고 합니다. 또한 나트륨함량도 높아 햄버거 하나가 하루 소금 섭취량의 60% 가량 된다고 합니다. 이런 결과로 패스트푸드는 '비만의 주적'으로 인식되었습니다. 그런 연유인지는 몰라도 영어의 패스트(Fast)에서 에스(s)만 떼 내면 뚱보(Fat)가 됩니다. 얼마 전 패스트푸드를 많이 먹는 아이는 그렇지 않은 어린이에 비해 지능지수가 떨어진다는 영국 어느 대학의 연구 결과도 나왔습니다. 그 이유는 패스트푸드에는 유아기 뇌 발달의 관건인 비타민 등 중요 영양소가 부족하기 때문이랍니다.

외국에서는 패스트푸드의 유해성에 맞서는 캠페인을 전개하기도 합니다. 슬로푸드운동이라 칭하는 이 운동은 1986년 이탈리아 로마에서 시작됐습니다. 당시 맥도날드가 로마에 진출하자 몇몇 뜻있는 사람들이 슬로푸드라는 개념을 내세우고 패스트푸드 추방 운동을 벌인 것이 시초입니다. 이 운동은 소멸 위기에 처한 전통음식과 식재료, 포도주 등을 지키고 어린아이 및 소비자에게 미각을 교육한다는 것이 주요 행동지침입니다. 이런 의미에서 본다면 우리 한식은 그 자체가 슬로푸드입니다. 쌀밥과 김치, 된장국 등 전통적인 한식이 그렇고 막걸리 등 민속주가 그렇습니다.

빠르고 바쁜 현대사회에서는 패스트푸드가 급속하게 성장할 수밖에 없는 환경입니다. 따라서 패스트푸드를 무조건 배타시할 것이 아니라 우리의 전통음식을 잘 접목시킨 한국식 패스트푸드를 개발해야 할 것입니다. 비빔밥, 떡볶이, 빈대떡, 메밀전병, 수수부꾸미, 누룽지, 숭늉 등은 훌륭한 웰빙 패스트푸드라고 볼 수 있습니다. 고승덕 변호사가 고시패스를 위해 하루 17시간씩 공부할 수 있었던 것도 비빔밥 덕택이었다고 합니다. 이런 음식을 우리 아이들이 햄버거 이상 좋아할 수 있도록 메뉴개발 등에 노력해야 할 것입니다. 사람이 무엇을 먹는지에 따라 그 사람이 누구인가가 결정된다고 합니다. '송충이는 솔잎을 먹어야 한다'는 속담의 의미를 되새겨 보게 됩니다.

(2011. 3. 28.)

세 가지를 가진 남자

엄마 뱃속에 있을 때 시골농장에 살았거나 농촌에서 태어난 아이가 천식이나 아토피 피부염에 덜 걸린다고 합니다. 실제로 지난해 한림대 성심병원 소아과 이소연 교수가 발표한 연구에 의하면 대도시(서울)와 시골(정읍시 인근)의 9~12세 어린이 1,749명을 대상으로 조사한 결과 천식, 알레르기, 비염, 아토피피부염 모두 시골보다는 대도시에서 발병률이 높았다고 합니다. 이와 같이 위생적으로 깨끗한 지역보다도 다소 지저분한 환경 속에서 성장한 어린이가 오히려 질병에 강하다는 이론을 의학적으로 '위생가설(Hygiene Hypothesis)'이라고 한답니다.

통계청이 발표한 '2011년 가계금융조사'에 따르면 수도권 거주자의 연소득은 평균 4천3백여 만 원으로 지방 거주자 평균 3천7백여 만 원보다 17.5% 높은 것으로 나타났습니다. 이는 대기업 등 좋은 직장이 수도권에 몰려있기 때문일 겁니다. 하지만 수도권 거주자들의 평균 금융부채는 4천8백여 만 원으로 지방거주자 금융부채 2천4백여 만 원의 두 배에 육박한다고 합니다. 말하자면 도시거주자 상당수가 빈껍데기 신세, 즉 요즘 말로 하우스푸어(House Poor)라고 추정됩니다. 이쯤 되면 과거 집테크로 한몫 봤던 시절도 있었지만 서울살이가 점점 더 팍팍해지는 게 아닌가 생각됩니다. 이런 시민들을 위로하기 위함인지 서울시는 도심공원, 산등에 반딧불이, 도롱뇽, 두꺼비를 방사한다고 합니다.

작년 8월 농촌경제연구원이 개최한 세미나에서 한 연구자가 귀농·귀촌의 필요성을 계량화해서 발표한 적이 있었습니다. 그는 도시민 한 사람이 귀농·귀촌해 농산어촌에서 30년을 살 경우 도시에서의 교통, 주택난 해소 등에 1억여 원, 농촌에서의 지역 활성화, 고용증대 등 8천만 원 등 도합 1억 8천만 원 정도의 경제적 효과가 있다고 분석했습니다. 최근엔 귀농·귀촌을 장려하는 정부 또는 각 지자체의 정책도 많아졌습니다. 이런 영향인지는 몰라도 작년에 귀농·귀촌 인구가 2만여 명이 넘었다고 합니다. 이처럼 귀농·귀촌이 증가한 이유가 진정한 삶의 터전을 찾으려는 것인지, 아니면 무조건 현실도피인지는 몰라도 외형상으로는 고무적인 현상 같습니다.

요즘 모 방송 개그프로그램 중에 '세상 모든 여자들이 싫어하는 조건을 1가지씩, 도합 네 가지를 가진 남자들 코너'가 인기입니다. 그것과 비슷하게 중년을 지난 사람들에게 유행하는 '불가능한 것 세 가지'란 유머가 있습니다. 그 첫째가 '출가한 아들 내편 만들기'이고, 두 번째가 '주말골퍼가 라운딩할 때 힘 빼기'랍니다. 그 마지막이 '퇴직한 남편 존경하기'라고 합니다. 이유는 퇴직한 남편이 보람 있게 시간을 보낼 수 있는 여건이 갖추어져 있지 않기 때문이라고 합니다. 그래서 귀농·귀촌이 그 대안일 수도 있겠다는 생각이 듭니다. 최근 농림축산식품부에서 조사했더니 베이비붐세대의 66%가 귀촌을 희망했다고 합니다. 이들의 희망대로 된다면 중년들의 불가능한 것 한 가지는 해결이 될 것이고, 우리 농촌이 활력을 되찾는 1석2조의 효과를 거둘 것입니다.

(2012. 6. 19.)

산에 가면 산다

어느덧 봄 내음이 흠씬 산자락에 드리웠습니다. 바야흐로 산행하기 좋은 계절입니다. 그래서인지 인근 알려진 산에는 등산객으로 인산인해입니다. 산불예방기간이라 출입금지된 산이 많은 탓도 있지만 최근 몇 년 새에 주 5일제 정착, 건강을 챙기는 추세에 따라 등산인구가 많이 늘었기 때문입니다. 이곳 춘천도 작년 말 경춘선 전철 개통으로 수도권 등산객이 많이 몰려오고 있습니다. 전 국민의 약 16%인 8백여 만 명이 주 1회 이상 산을 찾는답니다. 이를 연인원으로 따지면 4억 6천만 명이라고 하니 등산은 이제 '국민취미'가 되었습니다. 심지어 서울 북한산은 세계에서 가장 많은 등산객이 몰리는 곳으로 《기네스북》에 등재되어 있다고 합니다.

"산엔 왜 가십니까?"라고 한 물음에 영국의 유명한 산악가 조지 멜로리는 "산이 거기 있기 때문에 갑니다"라고 하였답니다. 저의 지인 중에 한 분은 "산이 왜 산인고 하면 '산에 가면 산다'라고 해서 '산'이라고 이름 붙였다"고 그럴싸한 주장을 합니다. 어떤 이는 일단 산에 안기면 세상사 모든 근심걱정이 다 사라지기 때문에 '산은 어머니의 품속 같다'고 했습니다. 사람들이 산을 오르는 이유가 어떠하든 무슨 상관입니까. 성철 스님의 말씀대로 "산은 산이요 물은 물이로다"인 것을.

산은 마치 어머니의 무한 사랑처럼 말없이 우리에게 많은 것을 주고 있습니다. 산림과학원의 연구에 의하면 산림은 연간 73조 원의 공익적 가치가 있다고 합니다. 특히 산림은 기후변화 주범인 이산화탄소의 순 흡수량이 4천6백만 톤으로서 우리나라 온실가스 총 배출량의 약 7.5%를 흡수하는 효과가 있다고 합니다. 옛날 결핵환자의 유일한 치료법이 숲속에서 공기를 들이마시는 거였답니다. 이것은 요즘으로 말하면 산림욕입니다. 왁스먼이라는 과학자는 결핵약 스트렙토마이신을 개발하는 과정에서 '피톤치드'라는 물질을 발견했습니다. 나무에서 나오는 이 피톤치드라는 성분이 아토피 치료, 스트레스 해소 등에 좋다고 합니다. 최근에는 많은 암환자가 마지막 찾는 곳도 산입니다.

내일이 식목일입니다. 요즘은 공휴일이 아니어서 좀 아쉽기는 하지만 1946년에 식목일을 정한 유래가 의미심장합니다. 조선 9대 임금 성종이 농사를 장려하기 위해 1493년 4월 5일 직접 동대문 밖 선농단(先農壇)에 가서 밭가는 시범을 보였다고 합니다. 마침 이날은 청명과 한식날 전후이므로 조상에게 성묘하고 주변에 나무를 심기에도 좋은 때여서 4월 5일을 식목일로 정했다고 전해집니다. 이 좋은 날 정부 차원에서 나무심기 외에 논밭 가는 시범행사도 재현한다면 우리 농업인의 사기가 엄청 올라가지 않을까 생각도 해봅니다. 하여튼 식목일이 공휴일이 아니더라도 나무심고 가꾸는 일은 소홀히 되어선 안 될 것입니다. 이것이 요즘 화두인 저탄소 녹색성장을 들먹이지 않더라도 산에게 신세 갚는 최소한의 도리가 아닌가 생각해 봅니다.   (2011. 4. 4.)

여름 송별식

지난주에 가을이 시작된다는 입추와 삼복더위를 보낸다는 말복이 지났으니 사연이 많은 2011년 여름이 어느덧 가고 있습니다. 지난 한 달 동안 무려 20여 일 넘게 비가 내려서 맑은 날이 사흘에 하루 꼴도 안 되었습니다. 이런 연유로 금년 여름은 농작물 피해는 물론 피서관광객이 급감하여 최악의 여름이 된 것 같습니다. 엎친데 덮친 격으로 지난주 월요일에 우리나라를 강타한 태풍 '무이파'는 낙과, 양식장 어패류 폐사 등 돌이킬 수 없는 생채기를 남겼습니다. 그런가 하면 미국의 신용등급 하락은 애꿎은 우리금융시장을 패닉상태로 좌초시켰습니다. 더불어 지난 8월 10일엔 우리 축구대표팀이 숙적 일본과의 평가전에서 맥없이 패배하였습니다. 이래저래 열 받는 여름이 되었습니다.

모든 충격적인 사건의 이면에는 긍정적인 기능을 하는 측면도 있습니다. 우리에게 막대한 인명과 재산피해를 입히는 태풍도 지구온도를 조절하는 기능과 물 부족 현상을 막아주는 기능을 한다고 합니다. 또 태풍은 강과 바다를 한 번 휘저어 놓음으로써 많은 양의 산소를 공급하고, 그로 인해 플랑크톤을 많이 만들어 바다 속 생태계를 풍성하게 해준다고도 합니다. 이번 미국의 신용등급 하락 사태도 되풀이되는 재정적자를 더 많은 빚으로 막아보려는 미국 정치인들의 꼼수에 경고를 했다고 할 수 있습니다. 그와 더불어 주식 가격 폭락은 위험 자산에 몰빵하는 개인 투자가들에겐 투자의 정석을 가르쳐 주는 뼈아픈 학습의 장을 제공한 셈이 되었습니다.

지난 연말연초 겪었던 구제역 파동은 그 자체가 큰 재앙이었습니다. 그 여파로 쇠고기값 하락과 돼지고기 수급의 어려움은 아직까지 우리 농업인들을 힘들게 하고 있습니다. 그렇지만 그 이면에는 공급과다였던 소의 수급을 일부 조절하는 측면도 있었고 가축질병예방시스템을 갖추는 계기도 되었습니다. 또 잦은 폭설, 폭우는 우리에게 엄청난 피해를 주었지만 기후변화 대응의 중요성을 일깨우는 계기가 된 것 같습니다. 때마침 방문한 반기문 유엔 사무총장도 "기후변화 대응이 유엔의 최우선 문제"라고 역설하였습니다. 차제에 많은 사람들이 기후변화에 따른 먹을거리의 중요성, 논의 홍수조절기능 등 농업의 다원적 기능 등을 이해하는 계기가 되었으면 하는 바람입니다.

고혈압 중에서도 '병원성 고혈압'이라는 증상이 있답니다. 이는 자기 집에서는 혈압이 정상이었다가도 병원에 가서 의사, 간호사의 하얀 가운만 보면 혈압이 상승하는 현상을 말한다고 합니다. 이런 고혈압은 다분히 스트레스, 불안감이 그 원인이기 때문에 마음을 어떻게 컨트롤하느냐에 따라 달라진다고 합니다. 금년 여름 태풍, 폭우, 주식 폭락, 축구 패배 등으로 받은 충격과 스트레스는 이제 날려버릴 시점입니다. 이럴 땐 고혈압에 좋다는 시원한 막국수 한 그릇 먹고 '여름 송별식'이라도 합시다. 그리고 열 받은 올 여름 스트레스 함께 털어버립시다. (2011. 8. 16.)

'코리안 허브' 예찬

해마다 5월 중순 이때쯤이면 예전에 국어교과서에 실렸던 이양하의 수필 '신록예찬'이 생각납니다. 작가는 만산에 녹엽이 싹트는 이때가 '가장 아름다운 시간'임을 감성적인 필체로 엮어냈습니다. 신록이 피어나면 일상에서는 어김없이 산나물 철이 시작됩니다. 요즘 인근 산에는 많은 사람들이 산불감시원과 숨바꼭질하며 두릅 등 산채를 찾아 헤매 다닙니다. 사람들은 살짝 데쳐 초고추장에 찍어 먹는 두릅의 알싸함을 못 잊어합니다. 작년 어느 신문에서 두릅 추출물로 항산화 물질 개발에 성공한 어느 벤처기업에 대한 기사를 읽은 적이 있습니다. 그 업체는 두릅 추출물이 백내장과 망막증 등 눈 질환을 억제하는 효능이 있는 데 착안한 연구 결과라고 합니다.

요즘 춘천에는 경춘선 전철을 타고 오는 관광객이 문전성시를 이룹니다. 춘천을 찾은 많은 관광객들이 닭갈비 음식점에 들릅니다. 이 닭갈비음식에 '약방에 감초'격으로 들어가는 식재료가 있습니다. 다름 아닌 '깻잎'입니다. 고구마, 양배추, 양파, 닭고기 살, 양념장을 철판 위에 올려서 지글지글 익히다가 마지막쯤에 깻잎이 들어가 주면 그야말로 맛있는 '춘천닭갈비'가 완성됩니다. 깻잎을 식용하는 나라는 전 세계에서 우리나라가 유일하다고 합니다. 부산대 식품영양학과 연구팀이 채소 30여 종에 대하여 항암작용을 비교 연구해 봤더니 이 중 깻잎이 가장 강력한 항암 채소 중 하나라고 합니다. 또한 식약청은 깻잎추출물을 체지방 감소를 돕는 원료로 인정했다고 합니다.

지난 몇 년간 웰빙 바람을 타고 각지에 허브 관광농원이 많이 생겼습니다. 주로 로즈마리나 라벤더처럼 향기 있고 가벼운 기능성을 가진 풀들과 갖가지 소품을 전문으로 취급하는 공간과 매장이 생겨났습니다. 그런데 알고 보면 이곳에서 파는 허브제품 재료의 90% 이상을 외국에서 들여오고 있습니다. 두릅이나 깻잎에서 보듯이 향에 있어서나 약리작용에 있어서 우리나라 자생식물이 외국에 뒤지지 않는 '코리안 허브'라고 생각합니다. 곰취를 비롯하여 두릅, 질경이, 깻잎, 쑥갓, 달맞이꽃, 창포에 이르기까지 우리의 수많은 자생식물은 식품, 약품, 화장품 등으로 이용범위가 무궁무진합니다.

요즘 각 지역에서는 산나물 향기가 코끝에 알싸하게 퍼지는 산나물축제가 한창입니다. 지난주에는 원주 신림농협이 주관하는 치악산 산나물축제를 비롯 횡성 사재산 두릅축제, 고성 고사리축제가 열렸습니다. 지난 토요일부터 오늘까지는 양구 곰취축제가 열리고 있습니다. 또 이번 주말에는 홍천 내면농협이 주관하는 백두대간 나물축제가 예정되어 있고, 6월 초에는 평창 곤드레 나물축제가 계획되어 있습니다. 그러고 보면 이양하 작가가 그의 수필에서 신록을 보고 그랬듯이 우리의 산하에서 나는 산나물도 우리가 충심으로 찬미하고 감사를 드릴만한 자연의 아름다운 혜택의 하나가 아닌가 생각해봅니다. 그리고 그 혜택을 고부가가치 농업으로 전환하는 노력이 절실히 필요합니다.

(2011. 5. 16.)

엥겔계수의 형님

우리의 귀에 익은 경제용어 중 '엥겔계수'가 있습니다. 아시다시피 엥겔계수는 가계소비지출 중 식료품 지출이 차지하는 비율을 말합니다. 식료품은 소득 수준에 관계없는 필수품입니다. 따라서 소득이 높은 가계일수록 상대적으로 엥겔계수는 낮아지고, 저소득 가계일수록 엥겔계수는 높아집니다. 이를 발견한 독일 통계학자 이름을 따서 '엥겔의 법칙'이라고 부릅니다. 통계청에 따르면 지난 1분기 우리나라 가구의 월평균 식료품 지출액은 32만 3천원이며, 엥겔계수는 13.2%라고 합니다. 이 정도면 엥겔계수 면에선 우리나라가 선진국에 속한다고 볼 수 있습니다. 통상 엥겔계수가 20% 이하면 상류이고, 30~50%는 하류, 50% 이상은 최저생활 등으로 분류되기 때문입니다.

요즘은 엥겔계수와 반대개념인 '엔젤계수'와 '텔레콤계수'란 용어도 생겼습니다. 엔젤계수는 영·유아 관련 산업을 '엔젤산업'이라고 부른 데서 비롯된 것으로 소비지출 중 자녀교육에 들어가는 비율을 말한다고 합니다. 또 텔레콤계수란 가계비에서 정보통신비용이 차지하는 비율을 말한다고 합니다. 엔젤계수와 텔레콤계수는 아직 정확한 통계수치가 없지만 체감하는 수치는 상당하다고 생각합니다. 보통의 가정에서는 먹는 문제보다는 사교육비, 스마트폰, 인터넷 사용 증가에 따른 정보통신비용이 엄청난 부담으로 작용하기 때문입니다. 따라서 가계경제에 있어서는 엔젤계수와 텔레콤계수가 엥겔계수의 형님일지도 모릅니다.

지난주 통계청이 발표한 소비자 물가동향을 보면 5개월 연속 4%대 고공행진을 하고 있습니다. 그런데 이상한 것은 물가의 큰 변수라고 생각하는 농축산물 값은 계속 떨어지고 있다는 사실입니다. 채소류는 오히려 전년 대비 약 10~30% 낮은 수준입니다. 특히 작년에 온 나라가 떠들썩했던 배추는 요즘 포기당 천원도 안 되어 속된 말로 ×값이 되었습니다. 그런데도 물가가 오르는 이유는 무엇일까요? 이유는 간단합니다. 전년 동기 대비 설탕은 28%, 밀가루 13%, 과자 6%, 집세 3.8%가 올랐기 때문입니다. 그런데도 툭하면 쌀, 돼지고기, 수박 등 농축산물이 물가상승의 주범으로 인식되고 있습니다.

금년도에도 구제역에 따른 한우가격 하락, 배추 값 폭락, 수출 감소에 의한 파프리카 등 채소가격 하락으로 농업인들의 시름이 더해갑니다. 그나마 다행인 것은 작년에 바닥을 보였던 쌀값이 2008년 수준으로 회복되었습니다. 그러나 FTA 체결 확대, 물가안정 대책에 일방적인 희생만 강요하고 있습니다. 이런 추세로 가다간 가뜩이나 고령화로 힘든 농업기반이 자칫 농업 포기로 이어지지 않을까 걱정됩니다. 현재 우리나라 식량 자급률이 쌀을 제외한다면 겨우 3.7%이고 쌀을 포함해야 26.7%입니다. 이런 현실에 농업 포기가 이어진다면 상상하기 힘든 일이 벌어질지도 모를 일입니다. 만약 세계적인 기상재해 등 이변이 발생했을 땐 엥겔계수란 용어보다는 '생존'이라는 용어가 큰 형님이 될 것입니다.
(2011. 6. 7.)

맏며느리 열 받다

어느 지인의 맏며느리 한탄론에 공감한 바 있습니다. 이야기인즉, 모든 집안이 다 그런 것은 아니지만 대체적으로 명절이나 집안의 대소사가 있으면 힘든 사람이 있습니다. 바로 맏며느리입니다. 대부분의 우리네 맏며느리들은 부모님 모시는 경우가 많고 명절만 되면 차례상 준비에 가족, 친척들 뒷바라지에 파김치가 됩니다. 그런데 정작 맏며느리들이 힘든 것은 일이 아니고 다른 데 있는 경우가 더 많다고 합니다. 바로 잠깐 왔다가 부모님 용돈이나 선물 좀 드리고 립서비스만 하고 가는 동서나 시누이들 때문이랍니다. 부모들은 자식 자랑하고 싶어 입이 근질근질합니다. 온 동네방네 작은며느리, 딸 자랑이십니다. 듣는 맏며느리는 말을 하지 않아 그렇지 속으로 좀 섭섭합니다.

요즘 장마가 끝나고 상추, 오이 등 채소가격이 좀 올랐습니다. 긴 장마로 인해 피해가 생겼기 때문입니다. 이에 따라 각 언론에선 물가에 대한 기사가 넘쳐 나고 당국에선 비상이 걸렸습니다. 도하 각 언론의 물가 관련 보도를 보면 '미친 물가'라느니 '금추', '폭등' 등 자극적인 표현으로 농산물을 인상의 주범으로 몰아가고 있습니다. 작년 '배추 대란' 때의 느낌이 되살아납니다. 어떤 면에선 다분히 농산물을 앞세워 현장감이 느껴지게 하려는 보도태도 때문인 것 같기도 합니다. 문제는 인위적으로 어쩔 수 없는 기상 때문인데 무슨 특별 대책을 세운다고 해서 쉽사리 풀릴 일도 아닙니다. 오히려 자극적인 보도는 가수요를 부추겨 값을 더 오르게 하는 역효과를 가져올 수도 있습니다.

물가에 있어서 '근원물가지수'라는 것이 있습니다. 이는 변동성이 큰 농산물과 석유류 가격을 제외한 물가지수로 장기적이고 구조적인 물가를 나타내는 지표입니다. 실제로 OECD가 발표한 5월 말 기준 근원물가 상승률은 전년 동기 대비 2.8% 올라 OECD 평균보다 1.6배 높았습니다. 최근 한국은행에서 전망한 올해의 소비자물가 상승률은 4.0%로 전망했고 근원물가율은 3.5%로 전망했습니다. 이것을 보면 물가상승의 원인이 커피 등 수입 식재료를 제외한 국내 농산물에 있는 것이 아닙니다. 실제 구조적인 물가의 주범은 전세 등 부동산 값, 핸드폰 등 통신비, 사교육비 등임을 숫자를 통해 확인할 수 있습니다. 그런데도 농산물 값이 동네북이 되었습니다. 어떤 신문에선 이런 현상을 '냉장고 물가의 역설'이라고 표현하더군요.

농산물은 기후 영향, 기호도 변화 등 인위적으로 할 수 없는 유통상의 한계를 가지고 있습니다. 이젠 이러한 농산물 특성을 이해하고 농산물 값을 보는 시각이 근본적으로 달라져야 하는데 그렇지 못해 안타깝습니다. 물가 당국과 언론이 기후변화 등으로 수급이 원활치 못해 값이 오른 농산물이 있으면 강제로 억누르거나 수입할 것이 아니라 대체 품목 소개 등 우리 주부들의 소비행태 홍보에 힘썼으면 하는 바람입니다. 또한 물가관리도 전·월세, 통신비, 교육비 등 근원물가 관리에 역량을 집중해야 옳다고 봅니다. 가뜩이나 타산업에 밀려 고사 직전에 있는 우리 농업은 국민의 먹을거리를 위해 의연히 버텨왔습니다. 농업은 묵묵히 할일 다 하는 우리 맏며느리를 닮았습니다.

(2011. 7. 27.)

산타의 고민

어느 수필가는 이렇게 썼습니다. 삶이란 두루마리 화장지처럼 얼마 남지 않게 되면 점점 빨리 돌아가게 된다고. 12월입니다. 누구나 이때쯤 되면 얼마 남지 않은 시간에 마음이 조급해지게 마련입니다. 가장들은 각종 모임에서 송년회, 망년회, ○○의 밤이란 이름으로 참석을 강요당하고 가정에도 신경을 써야 합니다. 더군다나 맘먹었던 일 중에 한 일이 별로 없을 땐 마음이 허전해지기도 합니다. 어디 그뿐입니까? 연말을 앞두고 경제사정은 요즘 날씨만큼이나 을씨년스럽습니다. 지난달 28일 발표된 OECD의 내년도 경제 전망의 키워드는 '불확실성'이라고 합니다. 주부들의 맘이 편치 않습니다.

요즘 경기침체에 따른 소비심리 위축에도 크리스마스 용품은 잘 팔리고 있다고 합니다. 한 대형마트에선 지난달 크리스마스 상품매출이 전년 동기보다 200%나 증가했습니다. 이유는 경기가 좋지 않은 시기에 연말 지출을 줄이는 대신 가족과 함께 조촐하게 보내려는 경향 때문이라고 합니다. 반면 크리스마스를 앞두고 쇼핑몰이나 유치원에 투입되는 미국의 산타들은 요즘 고민 중이랍니다. 올해 경기침체로 부모들의 지갑사정이 좋지 않기 때문입니다. 그래서 아이들의 기대치를 낮추기 위한 묘안을 준비 중이라고 합니다. 미시간주에 있는 산타클로스 학교에선 아이들이 도를 넘는 소원을 말하면 "북극의 말썽쟁이 요정 때문에 요즘 장난감 생산 공장이 제대로 굴러가지 않는다"는 등의 핑계를 대라고 산타들을 훈련시킨답니다. 불황기를 극복하려는 부모들의 행태가 똑똑한 것인지 서글픈 것인지가 헷갈립니다.

지난달 28일 대한상공회의소가 전국 주부 3천여 명의 '글로벌 금융위기 3년, 장바구니 동향'을 분석해 발표했습니다. 발표 내용은 지난 3년간 우리나라 밥상 트렌드는 웰빙(Well-being), 고물가(Inflation), 싱글(Single), 간편(Easy)이라는 개념으로 요약될 수 있고 이들을 의미하는 단어의 영문이니셜을 합쳐 'WISE(똑똑한)식단'이라는 표현을 사용했습니다. 그 근거로 홍초, 흑초, 유기농요구르트 등 이른바 웰빙식음료 소비가 큰 폭 증가했으며, 커피 소비는 제자리걸음이었다는 것과 고물가로 외식이 감소한 반면, 집에서 직접 식사를 해먹는 가정이 늘어 맛소금, 후추, 참기름의 소비가 늘었다는 것을 들었습니다. 또 1인 가구 증가와 함께 즉석 밥과 죽, 카레, 시리얼 등의 판매 증가도 그 근거로 듭니다.

똑똑한 메뉴 중엔 서글픈 측면도 없지 않습니다. 가격이 오른 돼지고기는 2% 가량 준 반면, 외국산 쇠고기는 8% 정도 늘었기 때문입니다. 또 최근엔 배추 가격이 작년의 3분의 1 수준으로 떨어졌는데도 불구하고 중국산 김치 수입은 작년보다 27%나 늘었다고 합니다. 이유는 중소급식업체나 식당 등에서 국산 김치 가격의 4분의 1 수준인 중국산 김치를 선호하기 때문이랍니다. 그런가 하면 유명 탤런트를 동원하여 광고하고 있는, 누구나 알만한 대형 식품업체들도 고추장용 고추를 중국산으로 바꾸고 있다는 뉴스도 이어집니다. 이래저래 크리스마스 때 맘에 드는 장난감 못 갖는 아이나 식당에서 중국산 김치를 먹게 되는 어른들 모두 마음이 허허로운 연말입니다.　　(2011. 12. 5.)

비빔밥 관광

지난주 울릉도 방문을 강행하고자 우리나라에 왔던 일본 자민당 의원들이 입국을 거절당하자 억지를 쓰며 9시간을 버티다가 되돌아가는 해프닝을 벌였습니다. 그런데 이들이 버티는 시간에 시켜 먹은 음식이 아이러니하게도 '비빔밥'이라고 합니다. 비빔밥의 원조라 할 수 있는 '진주비빔밥'은 임진왜란 때 진주성 방어에 나섰던 6만여 명의 일반 백성이 '최후의 만찬'으로 먹고 장렬히 전사한 아픈 스토리를 가지고 있습니다. 지난 2009년 일본 〈산케이신문〉 서울 지국장 구로다는 비빔밥을 '양두구육' 형태의 음식이라고 비하한 칼럼을 자기네 신문에 게재해 파장을 일으킨 바 있습니다.

비빔밥은 우리민족과 많이 닮은 음식이라고 할 수 있습니다. 함께 섞이고 무리 짓기를 좋아하는 우리 민족의 특성을 잘 나타내기 때문입니다. 몇 년 전 작고한 유명한 비디오작가 백남준은 비빔밥 예찬론자입니다. 그는 "한국에 '비빔밥정신'이 있는 한 멀티미디어 시대에 자신감을 가질 수 있다"고 극찬했습니다. 세계적인 팝스타였던 마이클잭슨의 경우 아예 그의 이름을 딴 '마이클잭슨 비빔밥'이 있을 정도로 비빔밥을 좋아했다고 합니다. 국내 항공사가 운행하는 국제선 여객기를 타면 기내식으로 다양한 한식이 나오지만 내·외국인을 불문하고 비빔밥이 가장 인기라고 합니다. 그러고 보면 우리의 비빔밥이 김치에 이어 전 세계에 진출할 유력한 한식의 선두주자라고 할 수 있습니다.

작년 11월 유네스코회의에서는 프랑스의 '가스트로노미(정통미식)', 그리스 등 4개국의 '지중해식', 멕시코의 '미초아칸' 등 전통음식 3가지가 최초로 인류무형문화유산으로 지정됐다고 합니다. 또 최근 세계적인 언론사 〈CNN〉의 문화 사이트가 '세상에서 가장 맛있는 50가지 음식' 리스트를 선정, 발표했는데 거기에 한국음식이 단 한 개도 선정되지 못했다고 합니다. 그런가 하면 최근 중국 정부는 연변의 조선족이 자국민이라는 이유로 '한복'과 '아리랑'을 자기네 것이라고 우긴다고 합니다. 이미 일본은 '기무찌'가 '김치'보다 원조라고 우겨댄 바 있습니다.

다국적 컨설팅업체 AT커니가 추정한 바에 의하면 현재 세계 식품산업 규모는 4천조 원이며, 이 규모는 2020년에는 무려 6천조 원이 넘을 거라고 합니다. 그리고 보면 IT나 자동차산업은 여기에 비할 바가 못 됩니다. 역사적으로 뛰어난 음식문화를 가지고도 그것을 충분히 마케팅하지 못하는 것은 음식 자체보다는 음식 외적인 것에 기인한다고 생각됩니다. 이제 한식이 가지고 있는 건강·웰빙적 요소를 이미지화하고 고급 브랜드화하는 노력 등을 전략적으로 하였으면 합니다. 요즘 우리는 그 가능성을 소녀시대 등 아이돌 가수들의 'K-팝 열기'에서 봅니다. 언젠가는 일본사람들이 그렇게 자랑스러워하는 '스시'를 제압하고 우리의 '비빔밥'에 세계인들이 열광하는 날이 올 것입니다. 그때는 일본 의원들이 독도를 자기네 땅이라고 우기러 오는 것이 아니라 비빔밥 관광차 우리나라에 오지 않을까 생각해봅니다.   (2011. 8. 8.)

우사인 볼트와 닭갈비

춘천 사람들은 손님 대접하기가 수월합니다. 바로 춘천을 대표하는 막국수, 닭갈비가 맛도 맛이려니와 가격 면에서 저렴하기 때문입니다. 내일부터 춘천에서는 2011 춘천 막국수·닭갈비축제가 열립니다. 주최 측에서는 축제기간 중 백만 명의 관광객을 유치한다는 야심찬 목표를 세웠다고 합니다. 몇 년 전까지도 막국수와 닭갈비축제는 따로 열렸습니다. 그러던 것이 2008년부터 효율적인 홍보를 위해 통합하여 열리게 되었습니다. 그런데 이 축제의 명칭은 해마다 바뀐다고 합니다. 막국수가 먼저냐 닭갈비가 먼저냐를 놓고 논란을 벌이다가 홀수 해에는 막국수를 먼저 쓰고 짝수 해는 닭갈비를 먼저 쓰기로 했다고 합니다.

아시다시피 춘천닭갈비는, 이름은 닭갈비라고 하지만 실은 닭의 가슴살이나 다리살을 펴서 양념에 잰 후에 야채와 함께 철판에 볶거나 숯불에 구워서 먹는 음식입니다. 저도 갈비가 아닌 가슴살이나 다리살을 구워 팔면서 닭갈비라는 이름을 붙인 이유가 궁금했었습니다. 그러던 차에 어느 음식평론가가 쓴 닭갈비 유래를 읽은 적이 있습니다. 내용은 이렇습니다. 1960년대 춘천 명동의 어느 선술집에서 술안주로 팔던 돼지갈비가 떨어졌다고 합니다. 그러자 술집아낙은 닭고기를 사다가 토막을 낸 후 양념을 해서 돼지갈비처럼 구워 팔았다고 합니다. 그런데 이것이 의외로 맛있었고 인기를 구가해 오면서 현재의 춘천 닭갈비로 발전됐다고 합니다.

최근 춘천에서 하루 평균 소비되는 닭갈비용 닭고기 량은 작년 8톤에서 금년엔 약 12톤 가량이라고 합니다. 또한 닭갈비 음식점도 그 작년 말 250여 개소에서 금년 7월에는 약 300여 개소로 늘었다고 합니다. 이는 춘천시 음식점의 약 30%에 해당된다고 하니 닭갈비는 명실공히 춘천의 향토음식이라 할 수 있습니다. 특히 서울춘천고속도로 개통과 작년 말 경춘선 복선전철로 늘어난 수도권 방문객이 효자노릇을 톡톡히 했습니다. 또 한류열풍을 타고 우리나라를 방문한 일본과 중국인 관광객이 심심찮게 춘천닭갈비를 먹는 광경이 목격되어 더더욱 고무적입니다.

세계 1만 3천여 개의 매장을 가지고 있는 프랜차이즈 KFC도 처음엔 별게 아니었다고 합니다. 1930년 창립자 커넬샌더스가 캔터키주 코빈의 한 작은 주유소에서 여행객을 위한 간식으로 닭튀김을 제공한 데서 출발했습니다. 닭갈비도 캔터키치킨처럼 세계적인 식품으로 도약할 수 있습니다. 때마침 대구 육상경기에 출전해 아깝게 실격한 세계적인 육상스타 우사인 볼트 선수는 치킨을 매우 좋아하는 '치킨킬러'라고 합니다. 그를 초청하여 춘천닭갈비 맛을 보인다면 참 좋겠다는 생각을 해봅니다. 올해 막국수·닭갈비축제의 캐치프레이즈도 '아시아를 넘어 세계 최고 맛의 향연!'입니다. 이제 향토음식을 비롯한 먹을거리는 우리의 자원입니다. 창립 50주년을 맞는 우리 농협이 우리의 먹을거리와 관련한 새로운 캠페인을 추진한다고 합니다. 기대됩니다.

(2011. 8. 29.)

여름 추석

사흘이 멀다 하고 내리던 비가 그치고 처서가 지나고 나니 가는 여름이 아쉽기라도 한 듯 늦더위가 한창입니다. 지난여름 휴가를 제대로 못 보낸 직장인들이나 관광지에서 장사하시는 분들 입장에서 보면 야속하기 그지없는 날씨입니다. 그렇지만 벼농사나 과일농사를 짓는 농업인들의 입장에서 보면 얼마나 다행인지 모릅니다. 모 농협 RPC장장과 대화 도중 이런 얘기를 들었습니다. 요즘 청명한 날씨 하루가 벼 등숙 비율(이삭에 붙은 총 벼알 수 대비 충실히 여문 벼알 수 비율)을 약 0.5%씩 높여준다고 합니다. 만약 이 늦더위 중에 샤워하듯이 비라도 가끔 뿌려준다면 금상첨화랍니다. 이유는 껍질이 얇아져서 쌀 품질이 더욱 높아지기 때문이랍니다.

이제 추석이 일주일 남았습니다. 올 추석은 햅쌀로 차례 지내기가 쉽지 않으리라는 걱정이 있었지만 다행히도 늦더위 덕분에 일부 햅쌀이 정상 출하되어 다행입니다. 그렇지만 최근 '추석 농산물 물가 고공행진 운운' 등 과도하게 부정적인 매스컴 보도가 걱정스럽습니다. 지난주에 '추석 차례상 선택'에 관해 설문조사를 한 내용이 〈농민신문〉에 실린 것을 읽었습니다. 모 인터넷 업체 설문결과 "차례상에 수입식품을 이용할 생각이 있다"고 답한 응답자가 64%에 달했고, "비싸더라도 국산으로 준비하겠다"는 답변은 32%에 불과했다고 합니다. 이는 너무 일찍 다가온 소위 '여름 추석' 때문이기도 하지만 앞뒤 가리지 않고 자극적, 감성적으로만 보도하는 언론의 행태와 단기적, 가시적 처방에 중점을 두는 물가 당국의 영향도 작용했다고 생각됩니다.

문제는 추석이 끝나고 예견되는 상황입니다. 사과, 배 등 과일의 수요가 집중되는 추석 대목에 물량을 소화하지 못하여 성출하기인 9월 말이나 10월에 가서 값이 폭락하지 않을까 걱정입니다. 또한 구제역 파동 시 언론의 과잉 보도로 한우고기의 수요가 수입산으로 대체되어 한우 값이 하락한 것과 같이 이번에도 우리 농산물의 수요가 수입 농산물 수요로 대체되지 않을까 하는 걱정입니다. 값이 떨어진다면 물가 당국은 얼씨구나 할 것이고, 언론은 더 이상 취재거리가 되지 않아 관심 밖일 것입니다. 이래저래 농업인만 골탕을 먹게 될 것입니다.

일각에서는 차라리 "음력 8월 15일인 추석을 양력으로 고정하자"는 제언도 있습니다. 이렇게 된다면 금년같이 3년마다 되풀이 되는 '여름 추석'이 농산물의 생산·유통·소비에 악영향을 미치지는 않을 것이기 때문입니다. 그러나 이 같은 주장은 음력 기준에 맞춰진 우리의 명절 문화와 관습에 비추어 맞지 않는다는 의견이 지배적입니다. 해법은 순리라고 생각합니다. 따라서 다분히 감성적이고 호들갑스런 언론보도와 가시적 성과만을 추구하는 물가정책을 자제했으면 합니다. 요즘 분위기는 우리 농산물로 차례 지내고 싶은 많은 주부들의 마음을 흔들어 대는 것은 아닌가 하는 생각도 듭니다.

(2011. 9. 5.)

오늘은 화창한 봄 날씨

봄이 오면 여름이 오고, 여름이 오면 가을이 온다는 것을 알았을 때, 철이 들었다고 합니다. 그런데 요즘 날씨는 한마디로 변덕스럽고 철딱서니가 없습니다. 봄이 오는가 싶더니 한여름 더위였다가 갑자기 선들선들한 가을날씨 같기도 합니다. 뒤죽박죽 헷갈리는 날씨 탓에 요즘 초겨울에나 있을 법한 '오뉴월 감기'로 고생하는 분들이 많아졌습니다. 사람뿐만 아니라 동식물들도 헷갈리기는 마찬가지입니다. 단계적으로 피어야 할 꽃들이 한꺼번에 피는가 하면, 통상 6월에나 알을 낳는 개구리들도 5월 초순에 벌써 알을 낳고 부화하여 올챙이가 관찰되고 있다고 합니다. 모 신문에선 이러한 현상을 '바람난 생태계'로 표현했습니다.

요즘 이렇듯 냉·온탕을 오가는 날씨 덕에 덕을 보는 사람들이 있는가 하면 상대적으로 손해를 보는 사람들이 많아졌습니다. 때 이른 무더위에 빙과와 여행, 에어컨업계는 매출이 크게 늘은 반면, 봄옷업체 등은 매출이 크게 줄었다고 합니다. 그런가 하면 이런 혼란스런 날씨는 양파와 마늘농사에도 악영향을 주어 작황을 불안하게 한다고 합니다. 이런 경우가 비단 이번뿐은 아닙니다. 작년 초겨울에는 예년에 없는 고온현상으로 곶감생산 지역에서 곶감 낙과피해 등이 발생하더니 지난 4월 초엔 일부 남부지역에 강풍이 불어 비닐하우스 파괴 등 피해가 발생했습니다. 지난주엔 느닷없이 경북 일부지역에 골프공만한 우박이 내려 농업인들의 가슴을 멍들게 했습니다.

금년 봄 같은 이러한 냉·온탕 날씨는 최근 그 빈도가 부쩍 잦아지고 있는 것 같고 정말 기후변화를 실감케 합니다. 어느 작가는 봄이 아이들이 느끼는 봄방학만큼이나 짧아졌다고 이야기합니다. 이는 비단 느낌만이 아니라 실제로도 그렇다는 것이 실증연구에서 속속 밝혀지고 있습니다. 전문가들에 의하면 전 세계가 현재와 같은 추세로 온실가스를 배출한다면 한반도 기온이 2050년까지 최대 3.7도 상승하고 우리나라 대부분이 아열대 기후가 될 것이라고 경고합니다. 또 그렇게 되면 북극의 빙하가 모두 녹아 없어진다는 연구 결과도 있습니다. 남태평양의 섬들도 없어질 거라고도 합니다.

때마침 기후변화로 인한 해양 생태계 파괴방지 방안에 대하여 어제부터 전 세계 해양 석학 300여 명이 여수 엑스포장에 모여 해법을 논의 중이라고 합니다. 박재완 기획재정부 장관은 최근 세계경제를 변덕스러운 봄 날씨와 비교했습니다. 어떤 날은 벌써 봄을 넘어 여름이 온 것처럼 느끼다가도 자고 나면 비바람과 함께 추위가 몰려오는 요즘 날씨가 지금의 경제 환경과 똑같다는 것입니다. 그는 지난 10일 열린 한 포럼에서 '글로벌위기 이후를 위한 대안과 과제'라는 연설을 통해 글로벌위기 이후의 대안으로 'ABC'를 내세웠습니다. 즉, Asia(아시아가 세계경제를 주도), Balance(소득 불균형 해소를 위한 고용 친화적인 성장과 일하는 복지 구현), Climate Change(기후변화 대응 방안 강구)를 강조했습니다. 변화하는 세상사만큼이나 날씨마저 ABC를 지키지 않는 요즘이라 ABC 대안론에 공감해봅니다. 오늘은 모처럼 화창한 봄 날씨입니다. (2012. 5. 15.)

신토불이(身土不二), 길을 잃다

제가 아는 공무원 한 분과 대화 중 "요즘같이 살벌한 때는 신토불이(身土不二)가 제일이야!"라는 말을 들었습니다. 즉, '몸과 땅이 하나가 되도록 납작 엎드려 몸을 사리는 것이 생존의 지름길'이란 뜻이랍니다. 말하자면 '신토불이'가 변신을 한 격입니다. 언론보도에 의하면 요즘 청와대와 총리실, 감사원 등에서 공직기강과 관련한 회의가 자주 열린다고 합니다. 아마 최근에 발생된 초유의 '정전사태'나 '저축은행 부실대출' 등이 모두 공직기강과 무관치 않아 그럴 것이라고 추측됩니다. 또한 대통령의 임기가 1년 반도 남지 않은 시기라 레임덕을 사전에 막기 위한 일련의 조치라는 생각도 듭니다.

그런가 하면 모 신문에선 공무원들이 미국산 쇠고기를 안 먹는다고 다그칩니다. 내용인즉, 금년 6월 말까지 정부청사 구내식당에서는 쇠고기를 약 8천킬로그램을 소비했는데 그 중 미국산 쇠고기 소비량은 71킬로그램을 소비한 게 전부라는 겁니다. 정부가 미국산 쇠고기를 안전하다고 홍보하면서 정작 공무원들은 철저히 외면한다는 내용입니다. 이 기사를 읽으면서 아무리 언론이 비판의 기능을 가졌다고 해도 참 어처구니없다는 생각을 했습니다. 금년 들어 구제역 여파로 일반 소비자들의 소비성향이 외국산 쇠고기로 돌아간 마당에 공무원들을 오히려 칭찬해야 마땅하지 않을까요? 오로지 비판기사에만 열을 올린 언론의 얄팍한 속내가 들여다보입니다.

최근 황영철 국회의원이 밝힌 국감자료에 따르면 지난 2009년 말 50%이던 한우고기 자급률은 작년 말 42%였다가 금년 7월 말에는 약 39%로 떨어졌다고 합니다. 이는 지난 2003년 36% 이후 7년 만에 다시 30%대로 떨어진 것이라고 합니다. 쇠고기를 포함하여 우리 식탁의 음식 원재료 자급률을 따져보기 위해서는 칼로리 자급률을 보아야 한다고 합니다. 칼로리 자급률이란 곡물, 육류, 채소 등 모든 음식물의 섭취량을 칼로리로 환산한 지표입니다. 실제로 일본에서는 곡물 자급률보다는 칼로리 자급률을 사용한다고 합니다. 농림축산식품부 자료에 의하면 2009년 말 기준 우리나라 칼로리 자급률은 50.1% 입니다. 이쯤 되면 약 절반은 신토불이가 아니라 신토분리(身土分離)가 되는 셈입니다.

지난여름 어느 신문에서 흥미 있는 기사를 읽었습니다. 바캉스 관련 기획 기사였는데, 휴가 떠날 시 준비 목록 중 모기 등 해충방지제를 꼭 챙기라는 내용이었습니다. 그 이유인즉 집 근처의 모기 등 해충에는 이미 면역력이 생겨 그다지 부작용이 없으나 집 떠난 타지에서의 해충에는 면역력이 약해 부작용이 크다는 겁니다. 우리의 입맛도 우리 주변의 우리 농산물로 만든 전래음식이 맞는 것 같습니다. 왜냐하면 요즘 수입 농산물이 범람하는 탓에 입맛을 잃은 사람들이 많기 때문입니다. 각 TV에선 호들갑스런 리포터를 총동원하여 맛 집을 찾아다닙니다. 또 음식점 간판엔 '원조', '할머니 맛', '장모님' 등의 접두어를 붙입니다. 그러나 왠지 허전하고 맛이 그저 그렇습니다. 그것은 아마도 '신토불이'가 길을 잃었기 때문이 아닌가 라는 생각을 해봅니다.

(2011. 9. 26.)

매직 푸드

서울시가 지난 8월 시민과 외국인 3천8백여 명을 대상으로 서울의 매력에 대해 조사한 결과, 시민들은 1위에서 5위까지 한강, 고궁, 편리한 대중교통, 남산, 청계천 순으로 꼽았습니다. 이에 반해 외국인들은 1위로 다양하고 맛있는 먹을거리, 2위 편리한 대중교통, 3위 친절하고 따뜻한 정을 가진 사람들을 꼽았다고 합니다. 답변 내용을 보면 내국인은 관광지와 상징 건물 등 주로 하드웨어적인 부분을 꼽은 반면, 외국인은 한식, 친절한 사람들 등 소프트웨어적인 부분을 매력으로 지목했다는 점이 특이합니다. 특히 이번 조사에서는 12위와 13위에 각각 길거리 음식과 전통음식이, 24위와 43위에 김치와 불고기가 올랐다고 합니다.

지금부터 10여 년 전인 1999년 안동을 방문했던 엘리자베스 영국 여왕은 우리의 전통음식으로 차린 자신의 73회째 생일상을 받고 감탄을 했다고 합니다. 지난 2009년 한국을 방문한 힐러리 클린턴 미국 국무장관은 김치를 "다이어트에 좋은 매직 푸드"라고 예찬 발언을 해 화제가 되었습니다. 지난 10월 초에는 미국 뉴욕에서 교포 2세가 운영하는 퓨전 한식당 한 곳이 세계에서 가장 권위 있다는 레스토랑 평가서 〈미슐랭가이드〉에서 별 1개 등급을 받았다고 하는 신문기사를 읽었습니다. 그 식당의 메뉴는 우리에게도 익숙한 부대찌개, 파전, 보쌈 등이었습니다.

외국인들이 한식에 매력을 가졌다고 해도 우리의 식문화 분야의 세계화는 멀었다고 봐야 합니다. 지난해 제주관광공사와 탐라대학교가 공동으로 실시한 '중국인 관광객 여행실태조사'에서 중국인 2명 중 1명은 음식과 관련해 부정적인 답변을 했다고 합니다. 원인은 언어소통, 상품표기, 맛, 친절도 등 여러 가지입니다. 이보다 더 심각한 것은 최근 외식업체 추세가 고급 한식당이 점차 사라지고 수입형 외식업체가 주를 이루고 있다는 사실입니다. 이들 외식업체에서 외국에 지불하는 로열티만 해도 연간 1,700억 원이라고 합니다. 더욱이 이들 업체에서 사용하는 식자재는 대부분 외국산임을 고려할 때 가뜩이나 FTA 등으로 위축돼 있는 우리 농업에 어두운 그림자가 되고 있습니다.

점심때마다 고객들로 바글대는 한 음식점 사장에게 비결을 물어본 적이 있었습니다. 대답은 의외로 간단했습니다. 자기네 식당에선 최고급 철원 오대쌀로 갓 지은 밥만을 제공한다고 합니다. 그 집 사장 왈 "밥맛이 없으면 반찬이 아무리 맛있어도 허사"랍니다. 언젠가 모 방송의 기획프로그램에서 대만의 유명한 '스시' 전문점들이 생선은 물론 자국보다 몇 배나 비싼 일본산 쌀을 수입해 사용하는 걸 보았습니다. 태국은 세계 각국의 태국 음식점 중 식재료의 80% 이상을 태국에서 수입하며 태국 출신 조리사가 요리하는 등의 조건을 충족하면 '타이셀렉트(Tai Select)'라는 인증을 준다고 합니다. 이제 우리도 자동차나 스마트폰에만 열광할 것이 아니라 우리 음식에도 열광해야 할 시점입니다. 왜냐하면 세계 식산업 규모가 자동차산업의 5배나 되기 때문입니다. (2011. 10. 24.)

'막걸리데이'

우리 강원도 평창과 2018년 동계올림픽 유치 후보 도시로 선정되어 경합을 벌였던 독일 뮌헨에서는 매년 10월 초가 되면 세계 최대의 맥주축제인 '옥토버페스트'가 열립니다. 옥토버페스트는 독일어로 '10월(Oktober) + 축제(Fest)'가 합친 말입니다. 올해로 178회째를 맞은 이 축제는 전 세계에서 7백여 만 명의 맥주 애호가와 관광객들이 참가했다고 합니다. 이들이 축제기간 동안 마셔댄 맥주는 1ℓ들이 머그컵으로 약 7백만 잔 정도이며, 돈으로 환산하면 무려 1천억 원에 달한다고 합니다. 이 축제는 1810년 바이에른주 루트비히 왕의 결혼식을 축하하기 위해 처음 개최됐다고 하는데 발전을 거듭하여 브라질의 '리우카니발', 일본의 '삿포로 눈축제'와 함께 세계 3대축제로 불립니다.

프랑스 와인 중에는 '보졸레누보'라는 와인이 있습니다. 이 와인은 프랑스 브르고뉴주 보졸레라는 지방에서 매년 그해 9월 초에 수확한 포도를 4~6주 숙성시킨 뒤, 11월 셋째 주 목요일부터 출시하는 와인을 말한다고 합니다. 프랑스어 '누보(Nouveau)'는 '새롭다(New)'라는 뜻인데, 우리로 말하면 '햇포도주'라는 뜻입니다. 이 와인이 지금처럼 유명해진 데에는 치밀한 마케팅 전략이 숨어있다고 합니다. 원래 부르고뉴 지방의 포도는 '가메'라는 품종만 있어 좋은 와인을 만들기 어려운 여건이었습니다. 쌓여 가는 재고를 보다 못해 고안해낸 것이 와인을 숙성시키지 않고 일찍 팔자는 역발상이었습니다. 그래서

1951년 11월 처음으로 보졸레누보축제를 개최하면서 그 해에 갓 생산된 포도주를 술통에서 바로 부어 마시는 전통을 만들어 발전시켜 왔던 것입니다.

독일에는 맥주, 프랑스엔 와인이 있다면 우리에겐 '막걸리'가 있습니다. 독일 사람들은 독일을 '맥주의 나라'라 생각하고, 프랑스인들은 와인을 '신의 물방울'이라고 호들갑을 떱니다. 그런데 우리는 막걸리를 선술집에서나 농삿일할 때 먹는 '서민주'쯤으로 여겨 천덕꾸러기 취급을 하여 왔습니다. 아마 이렇게 된 데에는 일제강점기 때 주세령 공포, 자가 주조 금지 등 민속주 말살정책의 영향이 컸다고 생각됩니다. 따지고 보면 맥주나 와인, 막걸리는 다 같이 그 나라의 주은 농산물을 재료로 한다는 점에서나 발효과정 등 주조법 면에서 비슷합니다. 또한 심혈관계 질환 예방과 항산화제 성분이 함유되어 있어 적당량 마시면 건강에 이로운 웰빙 주라는 점도 엇비슷합니다.

지난주 10월 27일은 정부가 정한 '막걸리의 날'이었습니다. 이날부터 어제까지 4일간 서울 상암동 월드컵공원에서는 전국의 100여 개 업체가 참여한 '대한민국 막걸리페스티벌'이 개최되었습니다. 농림축산식품부는 금년뿐만 아니라 매년 10월 넷째 주 목요일을 '막걸리의 날'로 정하여 각종 판촉행사를 벌여나가기로 했다고 합니다. 막걸리의 날을 이처럼 정한 것은 매년 11월 셋째 주 목요일에 전 세계에서 동시에 출시되는 프랑스의 '보졸레누보'를 본뜬 것입니다. '햅쌀막걸리'도 매년 10월 넷째 주 목요일에 전국에서 동시에 출시, 판촉전을 한다고 합니다. 10월의 끝자락인 오늘 '막걸리데이'도 '옥토버페스트' 못지않게 세계인이 열망하는 10월 축제가 되기를 소망해 봅니다.

(2011. 10. 31.)

고춧금은 똥금

열어 논 창문 틈으로 들어오는 바람이 선들선들합니다. 기상관측 이래 제일 더웠다는 올 여름이 언제 그랬냐는 듯 잊어버렸습니다. 이제 추석이 멀지 않았습니다. 저는 매년 이맘때쯤이면 중·고교 다닐 때 어느 국어책에 실렸던 노천명 시인의 '장날'이란 시가 되뇌어집니다. "대추 밤을 돈사야 추석을 차렸다. / 이십 리를 걸어 열하룻 장을 보러 떠나는 새벽 / 막내딸 이쁜이는 대추를 안 준다고 울었다. / ～ 중략 ～ / 나귀 방울에 지껄이는 소리가 고개를 넘어 가까워지면 / 이쁜이보다 삽살개가 먼저 마중을 나갔다." 이 시를 읽으면 눈에 넣어도 아프지 않을 막내딸에게도 주지 못하고 대추를 팔아야 추석을 쇠는 어려운 살림살이지만 왠지 마음은 풍성할 것 같은 농촌풍경이 연상됩니다.

오늘 아침 TV에서도 추석을 앞두고 배추가격을 비롯한 추석물가 이야기가 봇물을 이룹니다. 하나같이 비싸다는 게 그 요지입니다. 정부에선 추석 성수품에 대해선 철저히 물가관리를 하겠다고 합니다. 때마침 지난주 한국소비자원이 소비자 설문조사를 바탕으로 한 '2013년 소비생활지표'를 발표했는데 내용이 다소 의외입니다. 이 조사에서 자신의 소비수준에 대한 질문에 35%가 하류층이라고 답했다고 합니다. 또 최근 1년간 경제적 부담을 가장 크게 느낀 부분은 교육비, 통신비, 주거비가 아니라 식생활비라고 합니다. 선진국 대열에 진입했다고 하는 이즈음 먹고사는 게 가장 어렵다니 울적

합니다. 다분히 실제보다는 심리적인 면이 많이 작용하지 않았나 하는 생각
도 듭니다.

통계청이 지난주 초 8월 소비자 물가가 지난해 같은 달보다 1.3% 올랐다
고 발표했습니다. 이 정도면 상당히 안정적입니다. 이러한 소비자 물가 추세는
10개월째라고 합니다. 그런데도 배추가격 등 일부 신선채소가 지난달보다 좀
올랐다고 해서 언론에선 호들갑입니다. 일부 경제신문에선 지표물가 지수산
정에 문제가 많다고 주장합니다. 즉, 배추 등 농산물의 물가 가중치가 화장
품 등 공산품보다 낮아서 발생한 문제라고 분석합니다. 같은 농산물이라도
요즘 고추와 배의 가격은 그야말로 바닥입니다. 이런 사정은 잘 보도되지 않
습니다. 이슈가 아니기 때문일 겁니다. 물가 당국 책임자들이 앞 다투어 강원
도 고랭지 배추밭에서 현장행정하는 모습은 열심히 싣는 것 같습니다.

지난 9월 초에 발표한 12월 결산법인 상반기 실적을 보고 생각하는 바가
많았습니다. 올해 상반기 모 전자 매출액은 110조 3천억 원이라고 합니다. 그
런데 같은 날 모 신문에 보도된 2012년 농림업 연간 생산액은 46조 3천억 원
이라고 합니다. 단순 비교해보면 연간 농림업 생산액은 모 전자 매출액의 4분
의 1 수준이라는 얘깁니다. 때마침 중앙 일간지 맨 뒷면엔 전면광고로 ○○전
자 냉장고 광고가 배추밭을 배경으로 실렸습니다. 또 모 그룹은 그룹 사장단
일동이 자기그룹 계열사 대형마트 앞에서 전국 각지의 농산물을 들고 '추석
맞이 착한 가격(?) 고객사은행사' 사진이 실렸습니다. 또 다른 신문 한쪽 귀
퉁이엔 김용택 시인의 "~ 중략 ~ 고추가 저렇게 불송이같이 이글거리는데 /
어머님과 한마디 상의도 없이 / 올해도 고춧금은 똥금입니다"란 시가 실렸습
니다.

(2013. 9. 9.)

사르코지의 식견

최근 모 당의 유력한 대선후보가 "고용률을 경제정책의 중심지표로 삼고 취업유발계수가 큰 산업을 키워야 한다"는 비전을 발표했습니다. 그러자 모 경제신문은 사설에서 "측근 경제참모들 실력이 이 정도밖에 못 되느냐"면서 터무니없는 정책이라고 평가했습니다. 이유인즉, 고용유발효과가 큰 산업은 농업과 도소매업, 음식업 등인데 이런 분야에 정책을 집중하는 것은 경쟁에서 뒤진다는 것입니다. 그러면서 고용효과는 거의 없지만 부가가치가 높은 항공우주산업 같은 자본생산성이 높은 부문에 투자해야 한다는 논리입니다. 경제의 중심은 사람일진데 너무 돈에 치중한 논리라는 생각이 들었습니다.

지난 10월 31일로 세계 인구가 70억 명을 돌파했다고 합니다. 필리핀 정부는 이날 마닐라의 한 병원에서 태어난 '카마초'란 이름의 여자아기를 70억 번째 인류로 선정하여 장학금을 주는 등 이벤트를 벌였습니다. 세계 인구 70억 명이라는 뉴스에 지구촌의 표정은 그리 밝지 않은 것 같습니다. 이 추세대로라면 2100년이면 세계 인구가 무려 100억 명을 넘어설 것이란 예측입니다. 과거에도 그래왔지만 이제 말 그대로 '먹고 살 걱정이 태산' 같은 미래가 다가오고 있습니다. 전문가들은 2025년경에는 세계 인구의 3분의 1이 굶주림으로 고통 받을 것이라 경고합니다. 만약 세계적인 식량 부족 사태가 닥친다면 식량자급률 26.7%인 우리나라 사정도 남의 일이 아닙니다. 그땐 돈 주고도 쌀을 못 사기 때문입니다.

아이러니 하게도 세계 70억 번째 인류가 자기나라 아기라는 필리핀은 과거 식량이 남아도는 국가였다가 이제는 식량 부족 국가가 되었습니다. 60년 대 초 우리나라 최초 실내경기장인 장충체육관을 필리핀의 원조로 지었다는 사실을 아는 사람은 그리 많지 않습니다. 또한 국제미작연구소를 두고 60년 대 아시아 농업혁명을 이끌었던 나라가 바로 필리핀이었습니다. 우리가 70년대 녹색혁명을 이룬 기적의 벼인 통일벼도 필리핀 국제미작연구소에 파견된 서울대 허문회 교수가 개발하셨습니다. 그 필리핀이 90년대 초 '쌀은 사 먹으면 된다'고 하면서 농업투자를 절반으로 줄였습니다. 그 결과 2천 년대 들어 연간 2백만 톤 이상의 쌀을 수입해야 했고, 드디어 비싼 쌀값 때문에 국민들이 쌀을 달라며 정권퇴진운동까지 하게 되었습니다. 농업을 버린 필리핀은 그 혹독한 대가를 지금 치르고 있는 중입니다.

최근 들어 농업을 부가가치가 높은 2, 3차 산업을 접목하여 '돈 버는 산업'으로의 변화를 시도해야 한다는 주장이 제기되고 있습니다. 실제로 농업을 식품, 종자, 에너지, 의약품 등으로까지 외연을 넓힌 사례가 점차 증가하고 있습니다. 이 때문에 사르코지 프랑스 대통령은 "농업은 나노공학과 우주산업처럼 미래를 여는 열쇠다"라고까지 이야기하고 있습니다. 독일 정부는 농업을 식량보장, 새로운 일자리 제공 등 10가지 중요한 기능을 한다고 국민들에게 홍보하고 있습니다. 농업과 연관된 세계 식품산업규모는 자동차산업의 다섯 배인 4천조 원이라고 합니다. 세계 인구의 약 20%에 가까운 인구 대국 중국이 바로 옆에 있습니다. 이것이 우리가 농업을 지속적으로 지켜야 할 또 다른 이유입니다. FTA 체결로 몸살을 앓고 있는 요즘 많은 사람들이 '농업인의 날'은 모르고 '빼빼로데이'만 알고 있습니다.

(2011. 11. 11. 〈강원도민일보〉 기고문)

소피 마르소가 예쁜 이유

지난주 11월 8일이 겨울로 들어선다는 입동(立冬)이었습니다. 그리고 보면 어느덧 겨울 채비를 서두를 시점인 것 같습니다. 때마침 곳곳에서 김장시장이 열리고 배추며 총각무, 젓갈이 한창 주부들을 부릅니다. 또한 김장철에는 따뜻한 이웃을 생각하는 '사랑의 김치 나누기 운동'도 여기저기서 벌어집니다. 입동 다음날 모 일간지는, 모 유제품업체가 서울광장에서 아줌마 1,800여 명이 모여 벌였던 대규모 사랑의 김장나누기 행사장면을 두 면에 걸쳐 사진으로 실었습니다. 많은 사람들이 빨간 양념과 하얀 배추, 노란색 제복, 주황색 앞치마를 두르고 어우러진 모습이 마치 단풍을 보는 것 같았습니다.

언젠가 어느 신문 칼럼을 읽다가 베트남 전쟁 시 김치 때문에 박 대통령이 당시 미국 대통령이던 존슨에게 편지를 보냈다는 사실을 알았습니다. 편지엔 "각하! 월남에 있는 한국군에게 한국 음식을 공급할 수 있다면 사기와 전투력이 상상할 수 없을 만큼 증가할 겁니다. 한국인이 매일 빼놓을 수 없는 김치를 꼭……"이라고 썼다고 합니다. 결국 이 편지를 보낸 며칠 후 김치문제는 해결되었다고 합니다. 이렇듯 김치는 쌀밥과 더불어 없어서는 안 될 우리의 원형질 같은 존재입니다. 어렸을 때 학교에 갔다 집에 왔을 때 엄마가 계시지 않으면 허전하듯이 김치가 없으면 왠지 허전한 경우가 많습니다. 특히 외국여행 시 음식이 입에 맞지 않으면 더 간절해집니다.

그토록 필수품인 김치가 요즘은 푸대접을 받고 있습니다. 우리의 자라나는 아이들의 좋아하는 음식서열에서 인스턴트식품에 밀리고 있습니다. 어디 그뿐인가요? 지난해 모 인터넷 쇼핑몰에서 주부 7천여 명을 대상으로 설문조사를 했는데 응답자 중 무려 65%가 김치를 담글 줄 모른다고 답했다고 합니다. 실제 우리나라 가구의 반 정도는 이런저런 이유로 김치를 사먹고 있는 현실입니다. 우리가 이러고 있는 사이 이웃 일본과 중국에서는 우리 김치와 비슷한 '기무찌'와 '파오차이(泡菜)'를 가지고 자기네가 원조인 양 세계를 넘보고 있습니다. 실제로 일본의 기무찌 수출량이 우리의 김치 수출량을 앞선다고 합니다. 중국은 얼마 전 "한국의 김치는 1,500년 전 중국의 쓰촨성에서 만들어진 파오차이가 한국으로 넘어가 김치가 됐다"고 억지주장을 펴고 있습니다.

김치 재료에는 항산화 성분이 풍부해 노화억제, 항암 효과가 있다는 많은 연구 결과가 있습니다. 또한 한국식품연구원의 동물실험 결과 요즘 문제되는 조류인플루엔자(AI)에도 억제효과가 있다는 것을 밝혀냈습니다. 2006년 미국의 유명한 건강전문잡지인 〈헬스〉지는 김치를 세계 5대 건강식품으로 선정하였습니다. 특히 최근에 농진청과 아주대 병원이 임상실험을 한 결과 잘 익은 김치가 비만에 특효라는 것을 입증하였습니다. 청순미모의 상징인 프랑스 여배우 '소피 마르소'는 김치 예찬론자입니다. 그녀가 2009년 2월 한국을 방문했을 때 아름다움의 비결을 묻자 "김치를 많이 먹기 때문"이라고 밝혀 눈길을 끌었습니다. 무, 배추 값이 폭락한 요즈음 농업인들은 참 어렵습니다. 올 겨울엔 김치 많이 먹고 날씬해져서 '몸짱' 됩시다! 소피 마르소 처럼…….

(2011. 11. 14.)

대두황권(大豆黃券)

요즘 인사철이라 송별회 등 술자리가 부쩍 많아졌습니다. 그래서인지 점심 메뉴는 속풀이 음식을 찾게 되는 것 같습니다. 저도 오늘 점심은 동료직원과 함께 사무실 건너편 골목의 한 식당에서 콩나물 해장국밥을 먹었습니다. 이 곳의 콩나물 국밥은 특이하게도 콩나물을 비롯하여 김치, 계란, 밥, 즉석구이 김 등 콩나물국밥의 모든 재료를 한 번에 뚝배기에 넣고 끓인 '하나로(?) 국밥'입니다. 깔끔한 오리지널 전주식 콩나물국밥만은 못하다고 생각되지만 나름대로 가격과 맛 면에서 괜찮은(?) 집이라고 생각했습니다. 얼마 전 윗분 한분을 모시고 이곳에서 점심을 했었는데 그분은 유독 콩나물 해장국밥을 좋아하셨습니다. 아마 속 풀이도 속 풀이지만 농협의 체질과 닮은 하나로 국밥의 음식 형태가 맘에 드신 게 아닌가 추측해봅니다.

과거 제가 근무하던 사무실 앞 재래시장에 콩나물밥을 하는 조그마한 밥집이 하나 있었습니다. 규모에 걸맞게 이름도 '작은 밥집'이라고 지었습니다. 저는 가끔씩 입맛이 없을 때 들르곤 하였습니다. 왠지 그 집에서 간장에 비벼 무생채 김치를 곁들여 콩나물밥을 먹으면 어렸을 때 집에서 밥 먹던 생각이 나곤 했었습니다. 아시다시피 콩에는 단백질이 많이 들어있어 '밭에서 난 쇠고기'라 칭합니다만 비타민C는 들어있지 않다고 합니다. 그런데 콩이 싹을 틔워 콩나물이 되면 비타민C가 많이 생성된다고 하니 신기합니다. 그것도 콩나물 무침 두 접시 정도면 하루에 필요한 비타민C를 충당할 수 있다고 합니다.

거기다가 콩나물엔 숙취해소에 좋다는 아스파라긴산과 아미노산이 많이 들어 있다니 술 좋아하는 중년남성에겐 보약이나 다름없다 할 것입니다.

實제로 콩나물은 명약입니다. 왜냐하면 우황청심환의 중요한 재료인 '대두황권(大豆黃券)'이란 것이 콩나물을 말린 것이라고 합니다. 이의 근거는 고려 때의 한약서인 《향약구급방》에 기술되어 있다고 합니다. 이처럼 명약재료뿐 아니라 우수한 음식을 다른 나라에서는 먹지 않는다는 게 흥미롭습니다. 우리 민족은 콩나물을 먹는 '거의 유일한 민족'이라고 합니다. 그러고 보면 우리 조상들의 지혜가 참으로 놀랍습니다.

엊그제 농촌진흥청에선 아주 재미있는 조사 결과를 발표했습니다. 조사 결과 콩나물을 살 때는 몸통길이가 가운뎃손가락만한 걸 고르면 좋다는 겁니다. 즉, 소비자 90명에게 먹여보고 고소한 맛과 아삭한 정도 등을 평가하는 방식으로 선호도를 조사했더니 가장 맛있다는 평가를 받은 콩나물의 몸통길이가 대략 7.5~8㎝였다고 합니다. 너무 쑥쑥 커도 최고의 콩나물이 될 수 없고 '절제 있는 성장'이 최고라는 사실이 재미있습니다. 요즘 사업구조 개편을 앞두고 농협의 저력이던 '사업간 시너지효과'가 감소될 것을 우려하기도 합니다. 아무튼 사업구조 개편이 되더라도 '따로 국밥'이 아닌 '하나로 국밥' 같은 농협의 조직문화가 이어졌으면 하고, 절제 있는 사업성장이 됐으면 하는 바람입니다. 이래저래 콩나물 국밥을 먹으면서 많은 것을 생각하는 하루입니다.
(2012. 2. 22.)

고마리 작은 학교

제가 다녔던 초등학교는 이제 이름만 남은 채 없어졌습니다. 그 초등학교는 제가 졸업하던 해에 서른여섯 명의 졸업생을 배출하였는데, 그 숫자가 역대 그 학교의 최다 졸업생 배출 기록입니다. 여느 농촌학교가 그렇듯이 제 모교 역시 졸업생이 줄다가 20여 년 전에 폐교되고 말았습니다. 지난 일요일엔 초등학교 동창생인 친구의 딸 혼사에 다녀왔습니다. 거기서 반가운 초등학교 동기동창생들을 여럿 만났습니다. 까까머리 또는 단발머리에 코흘리개였던 우리의 시골 친구들은 어느새 머리가 희끗희끗한 중년이 되어 있었습니다. 우린 모처럼 촌아이들(?)로 돌아가 기억 한편에 꼬깃꼬깃 박혀있던 아련한 어린 시절의 추억을 끄집어내어 이런저런 이야기꽃을 피웠습니다.

강원도 양양군 현북면에 있는 조그마한 초등학교인 현성초교엔 '고마리 작은 학교'라는 교육프로그램이 같이 운영되고 있습니다. 이 학교는 전교생 35명 가운데 23명이 '고마리 작은 학교'에 다니는 도시유학생이라고 합니다. 이곳에서는 농업인들이 일하는 모습을 지켜보고 사시사철 변하는 들을 관찰하며 때로는 스스로 직접 밭을 일구는 체험형 학습을 한다고 합니다. 말 그대로 컴퓨터게임만 알던 도시아이들을 '촌화(?)'하는 프로그램입니다. 그런가 하면 서울시는 다음 달부터 도시아이들이 자연을 만끽할 수 있도록 서울 인근 숲 세 곳에 '숲속 유치원'을 연다고 합니다. 이곳에서는 아이들이 맨발로 흙 밟고 뛰어 놀며 물장구 치고 개구리 등을 만나게 할 거라고 합니다.

요즈음에는 농촌의 '촌스러움'도 재산이 되는 시대에 살고 있습니다. 지난주 농림축산식품부는 전남 완도의 구들장 논, 경남 남해의 다랭이 논, 전남 신안의 소금밭처럼 보전·전수·활용이 필요한 촌스러운 모습을 농어업 유산으로 지정, 관리하겠다고 발표했습니다. 한 발 더 나아가 이들 중 독창성이 뛰어난 자원은 유엔식량농업기구(FAO)의 '세계중요농업유산'에 등재를 추진할 계획이라고 합니다. 그런가 하면 요즘 원시성과 전통 농경화가 잘 보존된 오리지널 농촌은 '슬로시티'라는 외래어를 붙여 관광자원화하고 있습니다. 전남 신안 증도, 경남 하동 악양면 등이 대표적입니다.

얼마 전 어느 저녁식사자리에서 자리를 같이했던 한 분의 '촌놈론'이 귀에 맴돕니다. 그분의 말씀인즉, "우리 농협인들은 어딘가 모르게 어수룩하고 세련되진 못했지만 끈질기고 성실한 특유의 저력이 있는데, 난 이것을 '촌놈기질'이 아닌가라고 생각한다"고 했습니다. 그러면서 "우리 촌놈끼리는 말하지 않아도 통하는 무언가가 있다"고 했습니다. 어느 분은 이것을 '농협인 특유의 DNA'라고 세련되게 표현했습니다. 생명산업인 농업과 우리들의 고향인 농촌은 말하지 않아도 가르쳐주는 것이 많은 것 같습니다. 그렇지 않고서야 똑똑한 도시엄마들이 아이들을 농촌에 유학 보내고 유치원 아이들을 숲으로 데려갈 리 만무합니다. 또 공휴일이면 기를 쓰고 도시를 탈출하는 도시민을 보면 명백해집니다. 농업, 농촌 파이팅!! (2012. 4. 10.)

외로운 조지

어제 신문에서 두 가지 재미있는 기사를 읽었습니다. 하나는 남미의 에콰도르 갈라파고스 섬에서 '외로운 조지'라고 불리는 세계 유일의 코끼리거북이 한 종류가 숨졌다는 기사를 읽었습니다. 이 거북이는 체내에 수분을 비축할 수 있어 음식이나 물을 섭취하지 않고 최대 1년간 생존이 가능했었다고 합니다. 특히 연간 18만 명의 관광객을 불러 모으며 큰 인기를 누렸다는데 아쉽습니다. 또 하나는 화성 내부에 지구만큼 물이 많다는 기사입니다. 최근 미국 카네기연구소 과학자들이 화성 운석을 분석한 연구 결과라고 합니다. 이는 화성 내부에 물이 희귀하다는 기존의 연구 결과를 정면으로 뒤집는 것이어서 흥미롭습니다. 특히 화성에 물이 있다면 생명체 존재도 있다는 뜻이어서 관심 가는 연구 결과입니다.

요즘 가뭄에 농심이 타들어 갑니다. 104년만의 최악의 가뭄이라 합니다. 정치인들은 뾰족한 대책이 없자 가뭄현장에서 사진 찍는 감성행보를 하고 있습니다. 일부지역에선 기우제를 지낸다는 소식도 들립니다. 우리 직원들도 가뭄성금을 낸다고 합니다. 그야말로 물로 인해 스트레스를 받고 있습니다. 그런데 실제로 '물 스트레스 국가'라는 개념이 있습니다. 주기적으로 물에 대한 압박을 받는 국가를 말한다고 하는데 보통 1년당 국민 1인이 사용할 수 있는 물의 양이 1천7백㎥ 이하인 국가를 말한다고 합니다. 현재 우리나라는 1인당 수자원 량이 1,453㎥로서 전 세계 127위에 머무르고 있습니다. 전형적인 물 스트레스 국가로 분류되고 있다고 합니다.

전 세계적으로 물 부족 문제가 대두되면서 '물 스트레스 국'이란 개념 외에 '물 발자국(Water Footprint)'이란 개념도 대두되고 있습니다. '물 발자국'이란 특정제품이 생산되는 모든 과정동안 직간접적으로 사용되는 물의 총량을 뜻하는 것이라고 합니다. 지난해 유네스코 보고서에 따르면 1인당 물 발자국에서도 한국은 1,629㎥로 인구 5백만 명 이상 102개 국가 중 40위라고 합니다. 이처럼 우리 국민들의 물 씀씀이가 그야말로 물 쓰듯 하다 보니 외국에서 수입하는 물도 많다고 합니다. 대부분 가상의 물인 '버츄얼워터(Virtual Water)' 형태입니다. 즉, '버츄얼워터'란 수입한 농산물, 공산품의 생산에 소요된 물을 일컫는데, 작년 한해 427억㎥의 물을 사온 셈이라고 합니다. 이는 일본, 멕시코, 이탈리아, 독일, 영국에 이어 세계 여섯 번째라고 하니 심각합니다.

농업용수는 전체 수자원 이용량 337억 톤의 47%인 160억 톤 정도라고 합니다. 기후변화에 관한 정부간협의체(IPCC)보고에 따르면 기온이 1℃ 상승하면 농업용수 수요량이 10% 늘어난다고 합니다. 따라서 물 발자국을 줄이기 위한 체계적인 노력이 있어야 할 것입니다. 이젠 단기간의 응급조치식, 감성적인 가뭄대책으로는 물 부족 문제가 해결되지 않을 것입니다. 혹여 우리 인간이 '외로운 조지' 같은 코끼리거북이거나 화성의 물을 끌어오는 기적이 있으면 몰라도…….

(2012. 6. 27.)

9조 원짜리 휴가처

시골에서 살다가 몇 년 전에 서울에 와서 사는 동료직원의 말이 귀에서 뱅뱅 돕니다. 시골에 살 때는 몰랐는데 서울살이를 해보니 우선 공기가 탁해서 인지는 몰라도 괜스레 답답하더랍니다. 그래서 아파트 베란다에 화분이라도 갖다 놓으니 그제서 답답함이 조금 풀리더랍니다. 그의 말은 공기 좋고 물 맑은 시골에 있을 때 좀 더 그 좋은 자연환경을 마음껏 즐기지 못했다는 아쉬움으로 결론지어졌습니다. 그러면서 기회 있을 때마다 시골을 더 찾을 거라는 말도 덧붙였습니다.

몇 년 전 어느 선배께서 특강을 하실 때 한 말씀이 생각납니다. 그의 주장은 서울 사람 소득 5천만 원과 농촌 사람소득 5천만 원은 등식이 성립하지 않는다고 합니다. 왜냐하면 청정한 공기, 멋진 풍광 등 자연환경이 주는 정신적, 물질적 플러스 요인과 환경파괴, 교통체증 등 마이너스 요인을 감안해야 등식이 성립된다는 겁니다. 아마 그분은 농업인들에게 긍정마인드를 심어주기 위해 그런 말씀을 하신 것 같았습니다. 실제로 최근엔 이러한 발상에 기초하여 국가 전체적인 지표로서 국내 총생산을 나타내는 GDP개념에, 경제성장에 수반되는 자연파괴, 공해, 교통체증 등의 문제를 반영한 Green GDP 개념이 개발되었습니다. 일본을 비롯한 선진국에서는 그린GDP를 산출하여 발표하고 있다고 합니다.

최근 들어 각국과의 FTA를 추진하면서 일부 학자 또는 관료, 언론인들이 "우리나라 농업이 국내 총생산(GDP)에서 차지하는 비중은 2~3%에 불과하고, 이마저도 42%는 국가 재정의 기반 위에 있다. 따라서 농업이 무역자유화를 가로막아서는 안 된다"고 주장하고 있습니다. 일면 그럴듯한 논리입니다. 그러나 그들은 숲을 보지 못했습니다. 농촌은 휴식공간 제공에 약 9조 원, 지하수 함양, 수질보호 등 환경·생태계 보존에 약 13조 원 등을 합쳐 총 28조 3천억 원의 다원적 기능을 수행하고 있다는 것이 지난 2004년 농촌경제연구원의 연구 결과입니다. 과거 국회 농림축산식품부 위원장을 지냈던 이낙연 국회의원은 농업보조금에 도덕적 해이 운운하며 시비를 거는 일부 학자, 관료들에게 다음과 같이 달변가다운 논리를 전개한 바 있습니다. "농업의 다원적 기능 수행에 농업보조금은 당연한 보상이다. 따라서 농업보조금 지원은 지속돼야 한다."

바짝 마른 대지에 단비가 내리면서 7월이 시작되었습니다. 저는 해마다 이때쯤 되면 "내 고장 칠월은 / 청포도가 익어가는 시절…… / 로 시작되는 이육사 시인의 '청포도'란 시가 생각납니다. 또한 이때쯤이면 많은 도시사람들이 답답한 도시를 탈출하여 심신의 피로를 풀 휴식의 꿈을 꿉니다. 우리의 부모형제가 지켜온 농업과 농촌은 우리 모두의 고향이자 휴식처입니다. 금년 여름휴가는 해외여행도 좋겠지만 육사의 시처럼 "이 마을 전설이 주저리주저리 열리고 / 먼 데 하늘이 꿈꾸며 알알이 들어와 박히는……" 9조 원짜리 휴가처인 농촌에서 호화롭게(?) 보내는 것도 좋을 것 같습니다.

(2012. 7. 3. 〈강원일보〉 기고문)

오륜 농산물

지구촌 축제인 런던올림픽 개막이 이제 열흘 남았습니다. 요즘 출전을 앞둔 선수들을 격려하는 이벤트가 봇물을 이룹니다. 그저께 농림축산식품부도 태릉선수촌을 방문해 선수들을 격려했다고 하는데 격려품이 이채롭습니다. 이름하여 '오륜농산물'을 전달했다고 합니다. 오륜농산물이란 오륜기를 본떠 만든 농산물로 수박(초록), 참외(노랑), 청포도(파랑), 토마토(빨강), 검은콩(검정) 등을 말합니다. 이 오륜농산물을 전달한 뜻은 선수들이 우리나라 제철 농산물인 오륜기 색깔 농산물을 먹고 정정당당하게 최선을 다하라는 의미라고 합니다.

지난주 모 신문에 실린 중국 관련 기사를 보고 고소를 금치 못했습니다. 내용인즉, 지난 1일 중국에서 열린 세계 여자 배구대회에서 중국팀은 미국에 0-3으로 완패를 했답니다. 그런데 그 참패의 이유가 어이없습니다. 선수들이 3주 동안 고기를 먹지 못해 체력이 떨어져 그리됐다는 겁니다. 이같이 육류를 먹지 못하는 것은 소위 '짝퉁쇠고기' 여파로 인해 올해 초 중국 당국이 외부 육류섭취 금지령을 내렸기 때문이라고 합니다. '짝퉁쇠고기'란 돼지고기를 '살코기엑기스(肉精)'라는 약물에 담그면 맛과 색이 쇠고기처럼 변한다고 해서 붙인 말입니다. 문제는 선수들이 이 고기를 먹으면 약물검사에서 양성반응을 보이게 된다고 합니다. 이 때문에 중국 유도대표팀은 자신들이 먹을 돼지를 직접 기른다고까지 하니 참 딱한 사정입니다.

요즘 농촌지역 도로를 지나다 보면 찰옥수수를 파는 노점판매상이 많이 등장했습니다. 거의 대부분 판매상들은 양심껏 지역농산물을 팔고 있습니다. 그러나 일부 판매상은 중국산 풋옥수수를 쪄서 판다고 합니다. 전문가인 농산물품질관리원 관계자의 조언에 따르면 삶은 옥수수의 원산지 구별법은 다음과 같습니다. 첫째, 옥수수수염이 붙어 있는 것이 국내산이라고 합니다. 중국산은 공기압축기로 수염을 완전히 제거하기 때문이랍니다. 둘째, 국내산은 머리 부분이 원형 그대로라고 합니다. 시중의 버터구이 옥수수처럼 몸통만 있다면 대부분 중국산이라고 합니다. 셋째, 옥수수색깔이 연하고 줄이 삐뚤삐뚤한 것이 국내산이라고 합니다. 진한 노란색이면서 줄이 똑바르고 알이 촘촘하면 중국산일 가능성이 크다고 합니다.

대체로 먹을거리는 가까운 곳에서 금방 수확한 것일수록 맛이 있습니다. 먹을거리가 얼마나 멀리서 조달돼 오는지를 나타내는 지표로 비행기를 타고 멀리 갈수록 쌓이는 마일리지와 같이 '푸드 마일리지'라는 개념이 사용되고 있습니다. 즉, '푸드 마일리지'는 식품의 수송량에 수송거리를 곱한 수치로 나타냅니다. 지난 5월 국립환경과학원은, 2010년 기준 우리나라의 1인당 푸드 마일리지는 7,085t/km로 세계에서 가장 높은 수준이라고 발표했습니다. 앞으로 열흘 후 런던올림픽이 열리면 많은 사람들이 밤샘 응원을 펼칠 것입니다. 이번엔 치킨, 피자 등 고열량 간식 대신 수박, 토마토, 찰옥수수 등 웰빙 간식을 먹으며 '대~한민국'을 외쳐봤으면 하는 바람입니다.　　　(2012. 7. 17.)

미셀 오바마 피소(被訴)되다

미국에서 햄버거에 얽힌 두 사건이 지난주 언론에 보도되었습니다. 그 하나는 '류뚱'이란 별명을 갖고 있는 LA다저스의 류현진 프로야구 선수가 요즘 '홀쭉이(?)'가 되었다고 합니다. 사연인즉, '햄버거애호가'로 알려진 그가 스프링캠프에서의 훈련을 위해 햄버거를 끊었다고 합니다. 아마도 치열한 선발투수 경쟁에서 이기기 위한 고육책인 것 같습니다. 또 하나의 사건은 햄버거를 파는 식당에서 일하던 직원이 1년 6개월간 햄버거를 먹다가 심장마비로 사망했다고 합니다. 이 식당은 미국 라스베이거스에 있는데, 이름도 '심장마비 그릴(Heart Attack Grill)'입니다. 이 식당에서 파는 햄버거는 1개 무게가 1.36kg이고 열량이 9,982kcal이라고 합니다. 한마디로 무모하고 어이없습니다.

반면에 상큼한 소식도 들립니다. 미국 대통령 부인 미셸 오바마가 백악관 텃밭에서 재배한 배추로 김치를 담갔다는 소식입니다. 그녀가 주도하는 범미국 비만 방지 캠페인인 '렛츠 무브'의 일환으로 이 일을 추진했다고 합니다. 외국의 비만방지 프로그램에 우리 '김치'가 등장한 것이 자랑스럽습니다. 비만에 관한한 우리나라도 관심을 가져야 할 음식임에도 정작 우리는 별거 아닌 걸로 여겨온 것이 사실입니다. 날씬하고 예쁜 프로골퍼 최나연도 김치 예찬론자입니다. 그녀가 지난해 미국 LPGA투어에서 우승하고 나서 한 말이 인상적입니다. "매일 김치를 먹었다. 드라이버를 멀리 칠 때마다 캐디가 '저것이 바로 김치의 힘'이라고 외쳤다"고 했습니다.

지난해 7월 한국학중앙연구원이 '인문학자가 차린 조선왕실 식탁'이란 주제로 심포지엄을 열었습니다. 이 자리에서 학자들이 내린 결론은 조선 왕실의 음식 문화를 '절식(節食)'으로 표현했습니다. 왕자들은 '식탐하지 말라'는 교육을 받았다고 합니다. '진수성찬을 멀리하라'는 신하들의 말을 잘 들으면 성군이 됐답니다. 가장 대표적인 왕이 영조 임금이었다고 합니다. 영조는 태어날 때부터 몸이 약했지만 82세까지 장수한 임금입니다. 영조는 미음에 우유를 섞어 끓인 타락죽(駝酪粥)을 좋아했다고 합니다. 또 일흔이 넘어서는 고추장의 감칠맛에 빠져 고추장 없이는 밥을 먹지 못했다고도 합니다. 그러고 보면 타락죽이나 고추장도 웰빙 음식임에 틀림없습니다.

오늘 아침 〈농민신문〉엔 때맞추어 정월 대보름 음식에 관한 기획기사가 실렸습니다. 정월 대보름 음식의 대표격인 오곡밥은 쌀밥에 비해 열량은 20% 적고 칼슘과 철 성분은 2.5배 많다고 합니다. 활동량이 적은 겨울에 딱 맞는 음식이라고 생각됩니다. 그런가 하면 오곡밥에 반찬으로 먹는 묵은 나물은 겨우내 부족하기 쉬운 비타민제 역할을 한다고 합니다. 새삼 이같이 훌륭한 음식문화를 물려주신 우리 조상님들께 참 고맙다는 생각을 하게 됩니다. 마치 세계 곳곳에서 비만으로 고민하게 되는 걸 예측이라도 하듯이 김치, 타락죽, 오곡밥, 고추장 등 한식 그 자체가 웰빙 음식이며 다이어트 음식입니다. 진작 이럴 줄 알았으면 김치 레시피를 도용한(?) 미셸 오바마에게 소송이라도 하면 어떨까 하는 즐거운 상상을 하게 됩니다.

(2013. 3. 4. 〈강원도민일보〉 기고문)

신(新)보릿고개

한여름도 아닌데 벌써 삼십여 도를 오르내리는 더운 날씨가 계속되고 있습니다. 업친 데 덮친 격으로 원자력발전소의 무더기 가동 중단에 따라 전력난이 심각합니다. 연일 '준비'단계니 '관심'단계니 하는 경보가 울립니다. 벌써 이지경이니 올 여름 지낼 일이 걱정입니다. 양식이 모두 바닥나고 보리가 아직 여물지 않아 식량 사정이 여의치 않았던 이때쯤을 우리 할아버지, 아버지 세대는 보릿고개라 불렀습니다. 요즘 우리의 전력상황이 마치 보릿고개입니다. 그런가 하면 최근 미국 오리건주에서 승인받지 않은 GM(유전자변형)밀이 재배돼 해외로 유통됐다는 가능성이 제기되면서 전 세계가 비상이 걸렸습니다. 미국 내에서 유통되는 밀과 옥수수의 80%는 GMO라고 하고, 작년에 우리나라에 수입된 옥수수의 83%가 GM옥수수라는 보도도 있습니다.

지난주 독일 본에서 열린 '세계 물 시스템 프로젝트' 회담에 모인 5백여 명의 수자원 전문가들은 "2050년이면 전 세계 인구는 90억 명에 이르고, 이 중 절반은 물 부족에 직면할 것"이라는 예측을 발표했습니다. 그러면서 이들은 "아프리카 등 제3세계뿐 아니라 미국이나 유럽 등 선진국도 예외가 아니다"라고 각국에 대책 마련을 촉구했다고 합니다. 언젠가 수자원공사에서 발표한 자료를 보니 우리나라가 1인당 가용 수자원으로 보면 전 세계에서 127위로 꼴찌라는 겁니다. '물처럼 펑펑 쓴다'는 말은 이젠 옛말이 될 것 같습니다.

자원전문가들은 앞으로 가장 부족해질 자원으로 식량(Food), 에너지(Energy), 물(Water)을 꼽는다고 합니다. 생태학자 최재천 교수는 그의 책에서 이 부족해질 자원의 영어단어 첫 글자를 엮으면 '부족하다' 또는 '거의 없다'라는 뜻의 'Few'가 된다고 썼습니다. 그의 재치 있는 조어능력이 돋보입니다. 이들 자원 부족의 문제는 인구 증가, 지구 온난화는 물론 잘못된 인간행동도 한몫 합니다. 특히 최근에 발생한 전력문제는 '천인공노할 만행'으로 표현되리만큼 무모한 일부 사람이 원인입니다.

자원 부족에 대한 대책은 이미 지구촌의 숙제가 되어 각국이 이에 골몰하고 있습니다. 식량 분야에서는 곤충 섭취가 기근과 식량 안보의 충분한 대안이 될 수 있다는 희한한 연구 결과도 나왔습니다. 유엔 식량농업기구(FAO)의 보고서이니 마냥 터무니없는 것도 아닙니다. 이 보고서에 따르면 곤충들로 전 세계 20억 명의 식량을 해결할 수 있다는 것입니다. 그렇지만 자원부족 문제에 대한 당장의 대책은 우선 사용량을 줄여야 하는 것 외에 별뾰족한 대안이 없습니다. 며칠 전 모 신문에서 한국을 방문한 제임스 페인터 미국 일리노이대 교수의 대담기사를 재미있게 읽었습니다. 음식심리학자인 그는 다이어트 비결을 묻는 질문에 "성공하는 식이요법 체중조절은 없다. 다만 우리가 먹고 있다고 인지한 만큼만 먹어라"라고 답했습니다. 즉, 배부르다고 자신을 속여야 칼로리를 조정할 수 있다는 주장입니다. 말하자면 나물 먹고 물만 마셔도 배부르다고 허풍 치며 보릿고개를 이겨낸 우리 윗세대들의 지혜(?)와 똑같은 방법입니다.

(2013. 6. 7.)

삼겹살 종주국

휴일에 입맛 살리는 음식을 찾기 위해 가족 간에 주도권 다툼(?)을 하게 됩니다. 저는 번번이 아들 녀석들에게 KO패 당합니다. 집사람이 아들 녀석들 손을 들어주기 때문입니다. 제 메뉴는 기껏해야 콩국수, 아니면 냉면인데 비해 녀석들은 오로지 삼겹살입니다. 삼겹살을 얼마나 좋아하는지 고등학교 다닐 땐 아침에도 삼겹살을 먹었습니다. 매일 늦게 끝나고 오는 아이들의 영양보충을 위해 아침에 먹일 수밖에 없다는 게 집사람의 논리(?)입니다. 이를 우리는 '모닝삼겹살'이라 명명했습니다. 삼겹살은 집이나 식당보다는 밖에서 구워먹어야 맛있습니다. 야외에서 매운 연기와 함께 고소한 냄새를 풍기며 여럿이 구워먹는 그 맛은 상상만 하여도 즐겁습니다.

돼지고기 중에서도 유독 삼겹살을 좋아하는 이유에 대해 전문가들의 해석은 다양합니다. 최근 모 신문에 김홍우 한식재단 사무총장께서 우리나라가 '삼겹살 종주국'인 이유를 우리 역사에서 찾을 수 있다고 기고했습니다. 그는 고구려 때 삼월 삼일에 낙랑의 구릉에 모여 사냥하고, 돼지와 사슴을 잡아 하늘과 산천에 제사지낸 '삼국사기'의 기록을 그 근거로 제시했습니다. 또한 고기를 구워먹는 근거로는 조선시대 실학서 '동국세시기', '산림경제' 등에 기록돼 있다고도 했습니다. 이것이 발전되다가 조선후기 장사 수완이 좋은 개성 사람들이 돼지고기 중에서도 가장 인기 없는 비계를 가장 맛있는 살코기로 둔갑시켰는데 그것이 바로 삼겹살이라는 겁니다. 그 당시 개성사람들은 요즘 유행하는 말로 '창조경제'의 주인공쯤 되는 것 같습니다.

그제 아침 어느 경제신문을 보노라니 휴가철을 앞두고 돼지고기 가격이 뛰자 관련업체 주가도 뛰었다는 기사가 실렸습니다. 연초 최저가에 달했던 돼지고기 가격이 28%나 올랐다고 합니다. 모처럼 양돈농가에서 반길 소식인 것 같습니다. 그러나 마냥 즐거워할 일은 아닌 것 같습니다. 지난해 발표한 농협 경제연구소 보고서에 의하면 돼지고기 자급률은 60%대까지 떨어졌으며, 특히 삼겹살은 44%에 불과하다고 합니다. 이는 우리가 먹는 삼겹살의 60% 정도가 외국산이란 얘깁니다. 소비자 단체에서 조사한 바에 의하면 식당에서의 삼겹살 값은 지난 5년 동안 33% 올랐는데, 원재료인 삼겹살 값은 거의 그대로라고 합니다. 인건비를 감안하더라도 좀 이상합니다.

지난주 초 삼겹살 관련 반가운(?) 뉴스를 들었습니다. 정부가 올 가을부터 서비스산업 활성화 1단계 대책으로 도시공원에 바비큐 시설을 허용한다고 발표했습니다. 이렇게 되면 한강둔치나 남산공원에서도 삼겹살을 구워먹을 수 있다는 겁니다. 단 삼겹살의 단짝인 술은 금지시킨다니 애주가들은 난감합니다. 어찌됐든 삼겹살을 주제로 한 코리안 스타일 가든파티가 또 성행할(?) 것 같습니다.　　　　　　　　　　　　　　　　　　　　　(2013. 7. 12.)

스테이케이션

게릴라성 장마가 헤집고 다니더니 이내 불볕더위가 찾아왔습니다. 그와 더불어 연례행사 같기도 한 휴가철이 돌아왔습니다. 직장동료들 사이에선 휴가 언제 가냐, 또 어디로 가느냐가 안부인사가 되기도 합니다. 어떤 사람들은 모처럼 해외여행을 계획하기도 하고 또 어떤 분들은 유명한 휴가지에서 가족과 멋진 계획을 잡아놓고 있습니다. 그런데 많은 사람들은 그저 쉬고 싶다는 마음으로 일정만 잡았지 딱히 정해 놓은 휴가스케줄이 없기도 합니다. 들려오는 소식에 의하면 바캉스에 관한한 타의 추종을 불허한다는 프랑스 사람들도 약 38%가 올 여름 바캉스를 포기했다고 합니다. 우리나라도 국토교통부의 조사 결과 휴가를 가겠다는 사람들이 약 22%에 불과하다고 합니다. 휴가를 포기한 이유는 프랑스나 우리나라나 모두 돈 때문이라니 씁쓸합니다.

휴가를 집에서 보내는 것을 우스갯소리로 '방콕(방에 콕 박혀……)'이라고 합니다. 그런데 이 말을 세련되게(?) 표현하면 '스테이케이션(Staycation)'이라고 한답니다. 이 스테이케이션은 'Stay(머무르다) + 휴가(Vacation)'를 합성한 신조어로 지난 2008년 〈뉴욕타임스〉가 올해의 단어로 선정하기도 했다고 합니다. 이 말이 탄생된 배경엔 당시 리먼사태에 따른 금융위기가 사람들을 집에 머무르게 했기 때문이라고 합니다. 그런데 일부에선 이 신조어를 "아무 계획 없이 뒹구는 '방콕'과는 그 의미가 다르다"고 주장하기도 합니다. 마치 '찬물은 발 씻는 물'이고 '냉수는 먹는 물'이라는 논리와 비슷합니다.

방콕이든 스테이케이션이든 나름대로 콘텐츠가 충실하면 제대로 된 휴가가 아닐까 생각합니다. 스테이케이션이 증가한 때문인지 요즘에는 주문형 비디오(VOD)시청률이 전년 대비 약 30% 증가했다고 합니다. 또 휴가 중에 음식 만들기를 온 가족이 함께 하며 즐기는 경우도 많아졌다고 합니다. 어떤 분들은 인근 쇼핑몰에서 공연 관람이나 쇼핑을 하기도 하고 집 근처 공원 등에서 모처럼 한적한 시간을 갖기도 합니다. 제가 생각하기에는 인근의 농촌에서 머무는 '팜 스테이'가 피로한 심신을 달래기에는 제일 좋은 것 같습니다. 왜냐하면 농촌은 우선 휴가의 최우선 요소인 먹을거리가 해결되고 뭐니 뭐니 해도 돈이 적게 든다는 점 때문입니다.

요즘 베이비부머 세대들의 은퇴와 맞물려 '귀농·귀촌'이 증가하고 있다고 합니다. 귀농·귀촌이라고 할 때의 '귀(歸)'자의 한자 뜻이 '돌아오다'는 말이니 아마도 농촌은 어머니 품속 같은, 돌아오고 싶은 곳인지도 모릅니다. '돌아오다'는 말이 나오니 문득 지난 2월 전임대통령께서 퇴임 며칠 후 페이스북에 올렸던 메시지가 떠오릅니다. "정말 오랜만에 옛집에 돌아왔습니다. 어제부터 서재정리를 시작했습니다. ~ 중략 ~ 그렇게 한 나절을 후딱 보내고, 아내와 함께 짜장면과 탕수육으로 시장기를 달랬습니다. 후루룩 한 젓가락 입안 가득 넣어먹다 보니 이게 사람 사는 맛이지 하는 생각이 절로 들어 함께 쳐다보며 웃었습니다." 그러고 보면 행복을 느끼는 최고의 휴가처는 대통령이나 보통사람이나 가족이 있는 집인 것 같다는 생각이 듭니다.

(2013. 7. 25.)

김치, 문화가 되다

해마다 이맘때쯤 되면 신문과 TV화면에 소위 '사랑의 김장김치 담그기' 장면이 봇물을 이룹니다. 한 유제품 업체는 서울시청 앞 광장에서 수천 명이 참가한 김치 담그기 행사를 해서 장관을 연출하기도 합니다. 무엇보다도 김장김치 담그기 행사는 투자비용 대비 효과가 극대화(?)되는 이점이 많습니다. 우선 사진이 잘 나옵니다. 노란 배추에 빨간 양념과 분홍색 고무장갑이 조화되는 컬러풀한 사진구도는 홍보사진으로는 베리 굿(?)입니다. 또한 소외된 이웃에 전달하는 물품 중 김장 김치만한 풍성함(?)을 주는 물품도 찾아보기 힘듭니다. 그런가 하면 김치는 원재료를 공급하는 농업인들까지도 흐뭇하게 해주는 그야말로 '누이 좋고 매부 좋은(?)' 효과까지 있습니다.

저희 부서도 지난 11월 16일 토요일에 강원도 횡성 부곡마을에서 김장김치 담그기 체험을 겸한 나눔 행사를 가졌습니다. 처음엔 '취지가 참 좋다'는 명분 때문에 딱히 싫은 내색도 못하고 시큰둥한 얼굴표정을 내는 직원들도 더러 있었습니다. 하지만 그날 현장에서 생애 처음 김장김치를 버무리고 전달하는 행사를 직접 하면서 대부분의 직원들 얼굴들이 뿌듯하게(?) 변했습니다. 부서 체육대회와 사회공헌활동을 한꺼번에 해결(?)하고자 했던 저의 꼼수(?)가 드디어 빛을 보았습니다. 때마침 관련부서에서는 올해 배추 풍작으로 인한 농업인 시름을 덜어주고 쓸쓸한 이웃도 돌아보자는 의미로 연차휴가를 '김장휴가'로 갈 것을 권유하는 문서도 시행되었습니다.

요즘 여러 곳에서 김장김치 체험행사를 한 덕분인지 김장김치를 직접 담가 먹겠다는 사람들이 늘었답니다. 한국농촌경제연구소 설문조사 결과 올해 손 김치를 담그겠다는 비율이 59%로 지난 2010년 대비 5%나 증가했다고 합니다. 아마 김치재료가 싼 것도 있지만 무엇보다 시판되는 수입 김치에 대한 불안감도 손 김치가 부활한 이유라고 합니다. 이렇듯 손 김치 비율은 좀 높아졌지만 김치소비는 빠르게 줄고 있다고 합니다. 현재 국민 1인당 하루 김치 소비량은 68g 정도라고 합니다. 이는 10년 전 92g 대비 26%나 줄어든 수치랍니다. 이래가지고서야 우리 스스로 김치종주국이라고 자부할 수 있을까 걱정이 앞섭니다.

오늘 아제르바이잔에서 열리는 유네스코 무형유산위원회에서 우리가 신청한 김치와 김장문화의 인류무형유산 등재가 결정될 예정이라고 합니다. 김치 등재가 확정되면 김치에 관한한 종주국의 위상을 확보하게 됩니다. 어제 서울대 강사욱 교수팀은 김치에서 분리한 유산균에서 박테리아, 바이러스 퇴치에 탁월한 새로운 저분자 물질 복합체를 발견했다고 밝혔습니다. 하루 100g 정도의 신김치를 먹으면 질병예방효과를 본다고 설명합니다. 그러나 많은 사람들이 김치를 많이 먹으려 해도 과다한 나트륨 섭취를 고민하고 있습니다. 이에 대하여도 걱정은 'NO'입니다. 최근 세계김치연구소 김현주 연구팀은 쥐 실험 결과 김치 속 나트륨이 고혈압에 크게 영향을 미치지 않는다고 발표했기 때문입니다. 이쯤 되면 우리의 김치는 문화가 되고 약이 되는 셈입니다.

(2013. 12. 5.)

알코올샤워와 그린샤워

제 사무실 창문으로 내려다보면 이화여고 건물이 보입니다. 역사가 있는 오래된 학교라 그런지 제법 큰 나무들과 꽃나무가 어우러져 좋은 풍광을 연출합니다. 덕분에 사철 색다른 풍경을 감상하는 호사를 누립니다. 오늘 아침 밖을 내다보니 어느새 나뭇잎이 펴져 싱그러운 신록으로 갈아입었습니다. 올 봄엔 그 학교 건물 3층 옥상에 정원이 하나 생겼습니다. 봄 내내 나무와 꽃 그리고 잔디를 옹기종기 심고 꼬불꼬불 산책로와 벤치를 만들더니 제법 그럴 듯한 옥상정원이 됐습니다. 교장선생님으로 보이는 머리 희끗희끗한 분은 수시로 둘러보시곤 하는 걸 보니 관심이 대단하십니다. 어떤 때는 삼삼오오 재잘거리며 꽃모종을 심고 물도 주곤 하는 학생들이 마냥 즐거워 보입니다.

꽃밭이나 숲에서는 걷기만 해도 기분이 좋아지는 때가 있습니다. 전문가들은 이러한 현상을 뇌파와 관련이 있다고 설명합니다. 원인은 뇌에서 마음을 안정시키는 '알파파'라는 뇌파가 활성화돼 그렇다고 합니다. 실제 모 대학 생명환경과학원에서 40대 주부 12명을 대상으로 12주간 씨앗을 뿌려 꽃이 필 때까지 보살피게 하는 등의 활동을 시켰답니다. 그랬더니 우울감이 줄어들고 자존감이 높아졌다고 합니다. 이런 효과 때문에 꽃을 활용한 심신치료법이 등장했는데 이를 전문용어로 '플라워테라피'라고 한답니다.

또 일부 병원에서는 식물에 물을 주고 가지를 치는 등의 활동을 뇌졸중, 치매환자들의 맞춤 재활 원예치료에 활용하고 있다고도 합니다.

요즘 많은 도심 직장인들은 주말뿐 아니라 점심시간 등 자투리 시간에도 근처 공원 등지에서 숲길 걷기를 한다고 합니다. 이를 소위 '그린샤워(Green Shower)'라고 한답니다. 이 분야에 정통한 모 대학 정신과 우 모 교수는 그린샤워를 하면 뇌파 안정으로 기분이 좋아질 뿐 아니라, 스트레스 호르몬인 '코티졸'이 줄어든다는 겁니다. 또한 코티졸이 줄면 비만을 유발하는 호르몬이 줄어들어 날씬해지기까지 한답니다. 뿐만 아니라 암세포를 잡아먹는 소위 'NK면역세포'가 활성화돼 암 예방에도 특효라는 겁니다. 이쯤 되면 그린샤워는 만병통치약(?)이 됩니다.

최근에는 플라워테라피, 그린샤워 등의 단계를 지나 아예 전원에서의 농사일과 농촌 경관을 활용해 건강을 회복시키는 개념이 등장했습니다. 이름하여 '치유농업(Care Farming)'이라고 합니다. 농장에서 간호사 등 전문 인력을 갖추고 고객에 맞추어 원예치료를 겸한 돌봄 서비스를 하는 것입니다. 대상은 치매노인, 마약중독자, 어린이부터 스트레스를 받는 일반인에 이르기까지 다양합니다. 농협경제연구소의 자료에 의하면 현재 유럽 전역엔 3천여 개의 사회적 농장이 치유농업을 하고 있다고 합니다. 우리나라도 2011년부터 일부 교정시설에서 수형자 또는 일부 지자체에서 치매노인 등을 대상으로 프로그램이 시도되고 있답니다. 지난주엔 벚꽃 관광열차에서 꽃을 보기도 전에 술을 너무 많이 마셔 추태를 부리는 뉴스를 접했습니다. 가히 알코올로 샤워(?)한 수준입니다. 신록이 푸르러지는 이즈음 알코올샤워(?)는 하지 말고 '그린샤워' 좀 많이 합시다.

(2014. 4. 15.)

양파의 눈물

제 주말농장은 스스로 중간평가 한 결과 '실패'입니다. 옥수수, 고구마, 감자, 토마토, 고추 등 예닐곱 가지 농작물을 심어놓고 '풀과의 전쟁'을 벌이고 있습니다. 이제는 그 전쟁에서 KO패 직전입니다. 무엇보다 아쉬운 건 심혈을 기울여 지은 옥수수 농사입니다. 제 딴에는 2주 간격으로 세 차례 분산 파종하여 수확시기가 분산되도록 나름대로 전략을 세웠습니다. 작황은 괜찮았지만 지지난주를 기점으로 이번 주면 3주 만에 수확이 끝날 예정에 있습니다. 한꺼번에 홍수 출하한 덕분에 이웃에 선행(?)을 하게 된 것이 그나마 위안이 됩니다. 이같이 수확시기 조절이 안 된 것은 순전히 날씨 탓입니다.

올 여름 폭염과 마른장마 탓에 복숭아, 수박 등 여름과일들이 산지별로 출하시기가 분산되지 않고 동시 출하되면서 가격 폭락 사태를 낳고 있습니다. 복숭아의 경우 7월 들어 지난 주말까지 서울 가락시장 출하량은 6천9백여 톤으로 작년 같은 기간보다 2.3배 늘었다고 합니다. 이같이 된 이유는 전국 30곳의 복숭아 산지 가운데 28곳에서 작년보다 출하시점이 최대 열흘 가량 앞당겨졌기 때문이랍니다. 이 같은 현상은 수박과 토마토도 마찬가지여서 전국 동시다발 출하가 이뤄지면서 가격이 폭락하고 있다고 합니다. 이미 양파는 눈물을 흘렸습니다. 재배면적도 늘었지만 지난겨울 예년보다 따뜻한 날씨 탓에 작황이 좋아 생산량이 크게 늘었습니다. 이에 따라 양파 값이 폭락하면서 6월 평균 도매가격이 kg당 430원으로 작년 960원보다 절반 이하로 떨어졌습니다. 이 정도면 언론의 표현대로 '양파의 눈물'입니다.

날씨만 믿었다가 낭패 본 것은 축산물도 마찬가지입니다. 일반적으로 축산물 가격에 결정적 타격을 가하는 AI(고병원성 조류인플루엔자)나 구제역은 겨울철에 많이 발생하는 것으로 알려져 왔습니다. 그러나 삼복더위에 AI와 구제역이 동시다발로 발생해 농업인과 방역 당국을 당황하게 만들고 있습니다. AI는 5월이 마지막인가 했더니 지난 6월 중순경 강원도와 경북 등에서 발생하고 지난주 금요일에는 전남 함평에서 추가 발생했습니다. 구제역도 백신 접종 후 2년 이상 추가 발생이 없다가 7월 들어 경북 의성, 고령 등에서 발생했습니다. 이 같은 이유에 대해 전문가들은 보균동물이 있다면 외부 온도와는 무관하게 체내에서 복제되어 질병이 퍼질 수도 있다고 합니다.

날씨 탓은 비단 농촌에 국한된 일도 아닙니다. 요즘 도시 주택가에선 극성스런 매미울음소리로 잠을 설치는 사람들이 많아졌습니다. 최근 국립환경과학원이 전국 16개 주거지역 매미 소음도를 조사한 결과, 야간 평균 소음도는 73데시벨(dB)이랍니다. 이 수치는 도로변 자동차 주행소음 68데시벨보다 높고, 주거지역 야간 평균 소음규제기준인 45데시벨보다도 훨씬 높습니다. 이정도면 매미에겐 '사랑의 세레나데'라도 사람에겐 '공해'입니다. 이처럼 매미소리가 극성인 것은 대낮처럼 환한 불빛과 활동하기에 좋은 높은 기온 때문이라고 합니다. 하여튼 기후변화는 예상보다 빨리 오는 것 같습니다. 환경부의 시나리오보고에 의하면 오는 2020년에는 고랭지배추 재배면적이 현재의 절반 이하로 줄고, 2090년이 되면 국내산 사과를 먹지 못하게 될 것이라고 합니다. 날씨 탓보다는 체계적인 대응 준비를 서둘러야 할 이유가 여기에 있는 것 같습니다. (2014. 7. 29.)

백설공주가 예쁜 이유

올해 가을철 풍년을 맞은 과일가격이 3년 만에 최저수준으로 떨어졌다는 안타까운 소식입니다. 이는 이른 추석에다 별다른 풍수해가 없었고, 날씨가 도와줘서 풍작이 되었기 때문이란 분석입니다. 거기다가 체리, 망고 등 수입산 과일의 수요가 늘어난 것도 한 요인이라고 합니다. 특히 체리의 경우는 전년 대비 소비량이 46% 이상 늘었다는 소식입니다. 이로 인해 수박, 참외 같은 여름 과채류 소비가 대폭 줄었고, 이 영향은 도미노 현상처럼 이어져 사과와 배 가격을 폭락시켰습니다. 드디어 과일가격 폭락현상은 사과와 배를 거쳐 단감과 하우스감귤가격까지 이어지고 있다고 합니다.

과일의 대표주자인 사과가 이처럼 천덕꾸러기(?)로 변한 데에 격세지감을 느낍니다. 사과가 어떤 과일입니까? 하느님께서 최초의 인류인 아담과 하와에게도 따먹지 말라고 경고(?)했던 과일이고, 백설공주가 독이 있는지 확인도 하지 않고 얼른 먹었다가 졸도했던 과일 아닙니까? 그뿐입니까? 뉴턴은 사과나무 밑에서 놀다가 '만유인력의 법칙'을 발견해 유명세를 탔습니다. 19세기 근대 회화의 아버지로 불린 화가 폴 세잔도 처음엔 무명작가였다고 합니다. 그런 그가 사과를 그린 이후로 유명해졌답니다. 악마적 천재인 스티브잡스는 사과를 얼마나 좋아했는지 하루 세 끼를 사과로만 먹기도 했다고 합니다. 한술 더 떠 그는 회사를 세우며 이름도 '사과(Apple)'라고 붙이고 기업로고도 '한 입 베어 먹은 사과'로 정했습니다.

이처럼 과일의 지존인 사과에 대한 얘기는 동양보다 서양에서 더 많이 등장합니다. 이 때문에 사과 원산지는 서양일거라고 막연하게 생각하기 쉽습니다. 그러나 작년 모 경제신문에서 칼럼을 읽다가 뜻밖에도 사과나무의 고향은 중국 서쪽의 톈산(天山)산맥 일대라는 것을 알았습니다. 이곳엔 일리강 계곡을 따라 야생 사과나무가 군집을 이루며 광범위하게 분포하고 있다고 합니다. 아마도 실크로드의 길목인 이곳을 지나던 대상들이 사과를 발견해 유럽과 동아시아로 전파했을 것이란 추정입니다. 작년 이 사과의 고장 톈산산맥 일대가 유네스코 자연문화유산에 등재됐다고 합니다.

오늘(10월 24일)이 "사과향기 그윽한 10월에 둘이(2) 용서하고 사과(4)하자"는 '사과(謝過)데이'라고 합니다. 그래서 이날은 친구나 연인, 가족에게 미처 전하지 못했던 미안함과 고마움을 사과(沙果)를 주면서 표현하자는 겁니다. 우연하게도 사과는 성서의 가르침대로 죄를 깨우쳐준 과일이라서 더 의미가 있는 것 같습니다. 덧붙여 사과가 사랑의 선물로 좋은 이유가 또 있습니다. 미국 아이오와대학 연구에 의하면 사과껍질에는 비만을 억제 하는 '우르솔산(Ursolic Acid)'과 노화를 촉진시키는 활성산소를 제거하는 기능을 가진 퀄세틴(Quercetin)이란 성분이 들어있다고 합니다. 한마디로 말하면 다이어트와 미용에 좋다는 얘깁니다. 백설공주가 껍질째 허겁지겁 사과를 먹은 이유가 여기에 있나(?) 봅니다. 올 사과데이에는 주변의 선남들이 선녀들에게 사랑의 선물로 사과를 주고받는 것은 어떨까요?   (2014. 10. 24.)

폐 청소와 마음청소

참 희한한 마케팅도 있습니다. 강원도 영월의 한 리조트업체는 이른바 '봉이 김선달 마케팅'을 하고 있다고 합니다. 폐광지역 대체산업으로 추진하여 건립된 모 리조트는 최근 콘도분양에 나서면서 리조트 주변의 빼어난 동강 경관을 함께 팔기로 했답니다. 그래서 구호도 '동강은 덤으로 드린다'고 광고하고 있다고 합니다. 임자 없는 대동강 물을 자신의 소유라고 우겨 물 값을 받아 챙겼던 조선시대 봉이 김선달의 사례를 '벤치마킹'한 셈입니다. 오늘날의 관점에서 본다면 봉이 김선달은 '사기'에 해당됩니다. 그러나 경관을 콘도분양 이점으로 부각하는 것은 아직까지는 정상적인 마케팅 전략이라는 생각입니다.

심각한 스모그로 몸살을 앓고 있는 중국에서는 요즘 이름도 생소한 '폐(肺) 청소관광'이 유행이라고 합니다. 매년 10월 초 국경절 황금연휴가 끝나면 중국 여행업계가 비수기에 들어가는데, 올해는 다르답니다. 작년에 비해 여행객이 약 20% 가량 늘었답니다. 이유인 즉슨 일종의 피난여행 때문입니다. 중국은 겨울 난방이 시작되는 11월 초순부터 심각한 스모그 현상이 발생한답니다. 그래서 돈 많은 부자들과 외국인들이 이를 피해 시골로 여행을 다녀온다는 겁니다. 주로 중국 최남단의 하이난섬을 비롯하여 티벳 자치구의 라싸, 동중국해의 저우산군도 등 중국에서 손꼽히는 청정지역으로 간답니다. 중국 내 일부 다국적기업은 아예 '폐 청소 휴가제도'라는 것이 있다고 합니다.

요즘 연예인들의 귀촌생활이 화제를 낳고 있습니다. '가요계의 섹시퀸'인 가수 이효리는 제주도에 집을 짓고 전원생활을 하고 있답니다. 제주도 소길마을에 살아 '소길댁'이라 불리는 그녀는 콩을 직접 심어 수확해 제주지역 장터에 내다 팔기도 했습니다. 이런 이효리의 평범한 전원생활을 보기 위해 그녀의 블로그에는 하루 10만 명의 네티즌이 찾는다고 합니다. 또 한 케이블TV에서는 농촌을 배경으로 '삼시세끼'라는 예능프로그램을 방영 중인데, 의외로 인기가 높습니다. 저도 몇 번 봤는데 시골집에서 남자연예인 두 명과 게스트 한두 명이 세 끼 밥해 먹고, 텃밭에서 농사일 조금하는 것이 전부입니다. 얼핏 밋밋할 수도 있는 자연 그대로의 삶의 모습입니다. 오히려 이런 밋밋한 전원생활이 은근히 당기는 평양냉면 국물같이 사람을 매료시킵니다. 언젠가는 한 번 해보고 싶은 도시인들의 전원생활 로망을 대리만족시켜 주기 때문인지도 모릅니다.

최근 미국에서는 연평균 82억 원의 연봉을 받을 수 있는 프로미식축구선수를 포기하고 고향에 귀농하여 농부가 된 한 흑인청년의 사연이 화제입니다. 화제의 주인공은 미국프로미식축구리그(NFL)구단인 세인트루이스에서 활약했던 제이슨 브라운입니다. 잘 나갈 때인 2012년 돌연 은퇴, 고향인 노스캐롤라이나 루이스버그에 정착한 그는 고구마 농사를 지어 올해 첫 수확을 했다고 합니다. 그가 수확한 고구마 21톤은 자선운동가의 도움을 받아 노스캐롤라이나 일대의 흑인 빈민들에게 나눠 줄 계획이라고 합니다. 그는 "고구마를 나눠줄 수 있는 게 신의 은총이다"라고 했답니다. 그에게 있어 고향 농촌은 '폐 청소'를 넘어 '마음청소'를 하는 곳이 될지도 모릅니다. (2014. 12. 3.)

오지의 순결한 냄새

저에게 있어 지난 5월은 정말 눈 깜짝할 사이에 지나가 버렸습니다. 남들처럼 해외여행을 다녀온 것도 아니고 '계절의 여왕'이라는 찬사를 받는 아름다운 풍광을 마음껏 누리지도 않았습니다. 그렇다고 집안에 대소사가 남들보다 많았던 것도 아니었습니다. 굳이 이유를 대자면 두 번에 걸친 연휴를 뚜렷한 이벤트 없이 보냈을 뿐더러 제가 맡은 업무가 좀 바빴던 탓일 겁니다. 아니 그보다는 시간을 어떻게 보냈는지 딱히 기억이 나지 않는 게 맞을 겁니다. 그래도 증거가 남는 건 주말농장에 심어 놓은 고추, 토마토, 가지가 꽃이 펴서 앙증맞은 열매가 맺혔다는 사실입니다. 실하게 커가던 상추와 고구마는 주변 산에 기거하시는 고라니 친구에게 일부 뺏기는 수난(?)도 그 증거에 포함될 겁니다. 그렇게 거짓말처럼 5월은 지나갔습니다.

5월의 마지막 날인 어제도 성급하게 찾아온 더위와 함께였습니다. 그것도 새벽부터 한낮까지 줄곧 주말농장에서 보냈습니다. 집사람 얘기대로 애인이라도 감춰둔 양 주말농장에 갑니다. 문득 지난 5월 초 고도원의 아침편지를 보다가 엄마 같은 소설가 박완서 씨의 글을 읽은 기억이 납니다. 그녀의 《호미》라는 산문집의 '새벽 풀 냄새' 한 구절에 정신이 아득해졌었습니다. 어쩜 이렇게 섬세한 표현을 했나 싶었습니다. "새벽의 잔디를 깎고 있으면 / 기막히게 싱그러운 풀 냄새를 맡을 수 있다 / 이건 향기가 아니다 / 대기에 인간의 숨결이 섞이기 전 / 아니면 미처 미치지 못한 그 오지의 / 순결한 냄새다".

유월의 첫날 펼쳐든 조간신문엔 온통 '메르스(중동호흡기증후군)'라는 정체불명의 전염병 소식과 언제나 그렇듯 정치권의 싸움질(?) 소식 일색입니다. 그 와중에 지면 한 구석에서 배우 원빈과 이나영의 '작은 결혼식' 소식이 모처럼 새벽 풀냄새 같은 소식입니다. 이들 커플 결혼식은 원빈이 태어나고 자란 강원도 정선의 덕산기 계곡이라는 오지 밀밭들판에서 진행됐다고 합니다. 푸른 밀밭을 걸어 나온 두 사람이 양가 부모님의 축복을 받으며 결혼서약을 했답니다. 하객도 유명인은 한 명도 없고 오직 가족들뿐이었다고 합니다. 그렇지만 정선의 이름다운 풍광이 구름처럼 몰려든 하객보다 더 많은 하객인 셈입니다. 결혼식이 끝나고 모인 40여 명의 가족들은 밀밭 주변에 가마솥을 걸고 끓인 국수를 나누어먹었다고 합니다. 정말 한편의 영화 같은 풍경을 연상시키는 소박한 결혼식을 했습니다. 상상만 하여도 밀밭의 싱그러운 향기가 나는 듯합니다.

오늘자 모 신문 고정코너를 쓴 오태진 논설위원은 이렇게 썼습니다. "'유월'하고 소리 내면 걸리는 것 하나 없다 / '육월'에 난 모가 매끄럽게 깎었다 / 활음조(滑音調)현상이다 / 유월하면 청개구리, 소나기소리, 능소화, 감자꽃, 밤꽃이 생각난다." 어제 저녁엔 시집가서 인천에 살고 있는 누이동생을 만났습니다. 이런저런 얘기 끝에 "개구리 울음소리 나는 곳에 살고 싶다"는 말을 들었습니다. 그러고 보면 누구나 나이 들면 기억 저편에 있는 유년기의 추억이 그리움처럼 되살아나나 봅니다. 아무튼 발음대로 걸리는 것 하나 없이 찾아온 유월도 촌스런 감자 꽃의 덤덤한 향기와 묘한 부끄러움을 풍기는 밤꽃의 질펀한 냄새가 오월 정선 오지의 밀밭냄새 못지않을 것 같습니다.

(2015. 6. 1.)

막걸리 칠덕론(七德論)

19세기 낭만주의 시인 바이런의 "자고나니 유명해졌다"라는 표현이 '벼락 스타'의 탄생에만 적용되는 표현이 아닙니다. '상품'에도 해당된다고 봅니다. 요즘 '막걸리'가 바로 이 표현에 해당됩니다. 모 민간경제연구소가 인터넷 웹 사이트 회원 1만 5천여 명을 대상으로 설문조사를 했는데 올해 최고의 히트 상품이 '막걸리'라는 조사 결과가 나왔다고 합니다. 오랜 전통을 가진 민족 의 술인 막걸리가 값싼 술로 인식돼 천덕꾸러기 취급을 받다가 이제야 빛을 보는 것 같습니다. 저렴한 가격에 건강과 미용에도 좋은 효과가 있다는 점이 웰빙과 절약을 지향하는 소비자 트렌드에 맞아떨어져 국내외에서 '열풍'을 일 으켰다고 생각됩니다.

막걸리는 '쌀과 누룩으로 빚어 그대로 막 걸러내어 만들었다'고 해 붙여 진 이름이라고 전해집니다. 막걸리의 명칭은 농주(農酒), 탁주(濁酒)라고도 했 고, 일부 문헌엔 재주(滓酒), 회주(灰酒)라고도 불리었습니다. 옛날 가정에서 는 고두밥(물을 적게 넣어 고슬고슬하게 지은 밥)에 누룩을 섞어 빚은 술을 오지그릇 위에 '우물井'자 모양의 겅그레를 걸고 채로 막 걸러 뿌옇고 텁텁하 게 만들었습니다. 막걸리를 만드는 과정에서 더 증류시켜 물만 분리하면 우리 가 아는 맑은 술(청주)이고, 물을 더 넣어 걸쭉하게 걸러내면 탁주가 됐습니 다. 또한 거르지 않고 원료로 들어간 찹쌀이 그대로 떠 있는 상태를 동동주 라고 했습니다. 말하자면 청주나 동동주도 다 같은 막걸리 집안인 셈입니다.

술에는 양면성이 있어 '백약지장(百藥之長)' 또는 '백독지원(百毒之源)'이라고 했습니다. 술을 마시면 스트레스 해소에는 도움이 되나 알코올 도수가 높은 술은 위벽에 상해를 줘 궤양이 되기 쉽고, 간장에 큰 부담을 줘 간질환 위험이 높습니다. 그러나 곡물로 빚은 막걸리는 알코올 도수가 6% 정도로 몸에 큰 부담을 주지 않는 것은 물론이고 사람에게 유익한 상당량의 단백질과 당질, 콜린, 비타민 등을 함유하고 있다고 합니다. 이 중 단백질과 당질은 혈당의 감소를 방지하며, 비타민B2와 콜린은 간의 부담을 덜어 줘 알코올성 간질환을 예방해 준다고 합니다. 또한 막걸리에 다량 함유된 생효모는 콜레스테롤을 저하시켜 성인병을 예방해준다고도 하니 가히 보약 중의 보약입니다.

유명 칼럼니스트였던 이규태 씨는 모 일간지에 연재했던 그의 코너에서 막걸리는 오덕(五德)이 있다고 쓰고 있습니다. 즉, "인사불성일만큼 취하지 않음이 일덕(一德)이요, 새참에 마시면 요기되는 것이 이덕(二德)이며, 힘 빠졌을 때 기운 돋우는 것이 삼덕(三德)이다. 또 안 된 일도 마시고 넌지시 웃으면 되는 것이 사덕(四德)이며, 더불어 마시면 응어리 풀리는 것이 오덕(五德)이다." 저는 여기에 두 가지를 더해 칠덕(七德)이라 하고 싶습니다. 백약지장(百藥之長)인 막걸리의 효능이 더해지면 육덕(六德)이고, 남아도는 쌀 소비를 촉진해 농업인들이 좋아하니 칠덕(七德)이라고. 금년 송년회엔 쌀 막걸리로 건배합시다! 막걸리 파이팅!　　　(2009. 12. 22. 〈강원도민일보〉 기고문)

제빵왕 김탁구 유감

최근 모 경제신문에 세계적인 상품투자의 귀재로 불리는 짐 로저스 회장의 인터뷰 기사가 실렸습니다. 그는 "농산물 펀드에 미리 투자하라"고 권고했다고 합니다. 그러면서 그는 "전 세계 이상기온은 반드시 농산물 가격에 영향을 미칠 수밖에 없는데 이미 몇몇 곡물가격에서는 인플레이션 조짐이 포착됐다"고 지적했습니다. 실제로 세계 3대 밀 수출국인 러시아가 50년 만에 닥친 가뭄으로 생산량이 20%가 줄 것으로 예상하고 있습니다. 그 여파로 최근 한 달 새 국제 밀 가격이 42%나 급등하고 있다는 소식입니다. 경기가 회복되는 시기에 세계적인 애그플레이션(Agflation)이 임박했다는 느낌이 들어 안타깝습니다.

이 같은 국제적인 상황과는 정반대로 우리나라에선 현재 쌀 재고로 몸살을 앓고 있습니다. 쌀 소비가 크게 감소한 탓입니다. 현재 산지 농협의 쌀 판매량은 지난해 대비 약 20%나 줄었습니다. 이런 상황이다 보니 양곡창고가 포화상태에 있어 올 수확기 수매대란이 우려되고 있는 실정입니다. 통계청에 따르면 지난 1990년 1인당 쌀 소비량은 약 120kg이었는데, 2009년은 약 74kg으로 10년 동안 38%나 감소했습니다. 쌀 소비가 줄어든 원인은 1인 가구 및 맞벌이 부부의 증가, 대체식품 소비증가, 아침밥을 안 먹는 등 여러 가지를 들 수 있습니다.

그럼 쌀 소비 감소에 대한 해법은 무엇인가? 장기적으로는 대체작물 파종과 같은 생산조정제 등이 있겠지만 당장은 소비를 늘리는 길밖에 없습니다. 특히 아침밥을 안 먹는 풍조를 개선한다면 획기적인 쌀 소비 확대가 될 것입니다. 2008년 보건복지부가 발표한 국민건강조사를 보면 우리나라 국민들의 아침식사 결식률은 21.4%입니다. 국민 5명 중 1명이 아침을 먹지 않고 있는 것입니다. 이밖에 쌀 소비를 확대할 다른 방법은 밀가루를 쌀가루로 대체하는 것입니다. 밀가루의 10%를 쌀가루로 대체한다면 연간 20만 톤 이상의 쌀 소비기 가능하다고 합니다. 그러기 위해선 떡볶이, 쌀국수, 쌀빵, 쌀과자, 쌀음료, 쌀 미용제품 등에 대한 제품개발과 소비 저변 확대가 무엇보다도 중요하다고 생각합니다.

최근 모 방송의 수목드라마인 '제빵왕 김탁구'가 대박을 치고 있습니다. 시청률이 무려 40%를 넘는 국민드라마라 할 만합니다. 박진감 있는 스토리 전개와 명품배우들의 열연이 상승작용을 한 것 같습니다. 드라마가 인기를 끌면서 촬영지인 청남대에 관광객이 급증하는가 하면 유명한 빵집과 제과점들은 매출이 상당히 늘었다고 합니다. 그러나 쌀농사를 짓는 농업인이나 쌀 판매에 전념하여야 할 농협직원들의 입장에서 보면 '제빵왕 김탁구' 드라마에 마냥 즐거워할 수 없는(?) 처지입니다. 국제 밀 가격이 폭등한다는 기사가 쌀 재고 관련 기사가 묘하게 대비되는 시점이라서 더더욱 아쉬움이 남습니다. 다음엔 떡볶이집이나 떡집을 소재로 한 국민드라마가 나오길 기대해 봅니다. (2010. 8. 25. 〈강원도민일보〉 기고문)